Barbara Rose

Welche Farbe hat die Angst?

Titel in der Regel auch als E-Book erhältlich

Barbara Rose

Welche Farbe hat die Angst?

Boje

MIX
Papier aus verantwortungsvollen Quellen
FSC® C014496
FSC
www.fsc.org

Dieser Titel ist auch als E-Book erschienen

Originalausgabe

Umschlaggestaltung: FAVORITBUERO, München
Satz: Dörlemann Satz, Lemförde
Gesetzt aus der Adobe Caslon Pro
Druck und Einband: GGP Media GmbH, Pößneck

Printed in Germany
ISBN 978-3-414-82409-7

5 4 3 2 1

Sie finden uns im Internet unter: www.boje-verlag.de

Sieh dich um.

Schmecke das Lindgrün der Blätter, die an den Bäumen tanzen.
Versinke im Rubinrot der Rosen, im Taubenblau des Himmels.
Wärme dich im Goldgelb der Sonne.

1. PUDERROSA

Zart. Unschuldig. Schützenswert.

»He du, warte mal. Du mit der Wuscheljacke!«

Für den Bruchteil einer Sekunde hielt Katta inne und warf einen schnellen Blick über die Schulter. Am Anfang der Treppe, die sie gerade nach oben lief, stand ein Junge mit wilden, dunkelblonden Locken und winkte aufgeregt. Katta spürte einen Anflug von Panik, der sie blitzartig durchzuckte. Meinte der etwa sie? Mit einem Ruck zog sie ihre Mohairjacke wie einen Schutzpanzer um sich, beschleunigte die Schritte und versuchte möglichst unauffällig noch einmal über ihre Schulter zu sehen, während sie rannte. So ein Mist! Der Typ hechtete jetzt mit großen Sätzen die Treppe hinauf, immer zwei Stufen auf einmal nehmend. Er kam genau auf sie zu.

»Jetzt warte doch mal. Du! Mit der rosa Jacke!«

Katta biss sich auf die Lippen. Verflixt, warum musste sie ausgerechnet heute diese grässliche blassrosa Jacke tragen? Damit hatte Katta ihrer Mutter eine Freude machen wollen. Eigentlich hasste sie Rosa. Und mit dem wuscheligen Ding war sie ungefähr so unauffällig wie eine Leuchtreklame in stockdunkler Nacht. Instinktiv schüttelte sich Katta, als wolle sie eine lästige Fliege loswerden, und versuchte gleichzeitig, so schnell wie möglich die Treppe hochzulaufen und in den unendlichen

Gängen der Schule zu verschwinden, sich in Luft aufzulösen. Sie war schon auf der obersten Stufe angekommen, da spürte sie eine warme Hand auf der rechten Schulter.

»He, bist du taub? Du rennst ja, als wäre der Teufel persönlich hinter dir her!«

Mit einem kräftigen Druck drehte der Junge sie zu sich rum. Katta hielt den Atem an, als sie in seine jadegrünen, blitzenden Augen sah. Diese Augen waren so schön, so tief und klar, dass sie den Jungen, der jetzt dicht hinter ihr stand, nur völlig idiotisch anstarren konnte.

»Alles klar mit dir?«, fragte er.

Katta nickte verwirrt und drehte sich ganz um.

»Du bist doch Katharina, oder?«

»Katta. Ich werde Katta genannt.«

Sie legte den Kopf schief. Ihr Blick strich über sein Gesicht, wanderte von den Augen über die schmale Nase zu seinem Mund. Seine Lippen waren sanft geschwungen, dazu voll und weich. Ein perfekter Kussmund, würde ihre Freundin Melanie jetzt sagen. Katta musste lachen, als sie daran dachte.

Der Junge lachte auch. Bezaubernd und leise. »Puh, bin ich froh, dass du mich nicht umbringen willst. So hast du nämlich vorhin ausgesehen. Dabei hast du wirklich allen Grund zu lächeln«, seufzte er. »Ich habe dein Bild gesehen. Es ist toll! Du hast den Preis echt verdient. Ein Malkurs bei Josef Wild, verdammt, das ist so ziemlich das Beste, was einem passieren kann. Oh, sorry, ich hab mich noch gar nicht vorgestellt. Ich bin Alex.«

Als ob ich das nicht wüsste, wäre Katta beinahe herausgerutscht. Unten an der Treppe hatte sie ihn noch nicht erkannt. Aber als er jetzt vor ihr stand, intensiv und frisch nach einem lässigen Duft riechend, da war ihr sofort klar, wer er war. Jeder an der Schule kannte Alex. Katta hatte ihn bisher zwar immer nur aus der Ferne oder in einer Gruppe von Leuten gesehen, aber sie wusste, dass Alex Schlagzeuger in einer Band und ziemlich beliebt war, vor allem bei den Mädchen. Einige von Kattas Freundinnen schwärmten für ihn. Katta hätte nicht im Traum daran gedacht, mal mit so einem Typen zu sprechen.

Verdattert hielt sie ihm die Hand hin: »Oh, hey Alex. Nett, dich kennenzulernen.« Hilfe! Nett dich kennenzulernen, so ein gequirlter Quatsch! Das klang ja wohl völlig daneben.

»Dein Bild«, wiederholte Alex jetzt und drückte flüchtig ihre Hand. »Es ist sensationell!«

»Hm, es ist ganz gut, glaube ich«, flüsterte Katta, damit es kein anderer hören konnte. Bestimmt hätten sie sonst alle für eine Angeberin gehalten.

Alex runzelte die Stirn. »Ganz gut? Mensch, du bist unglaublich begabt. Ich weiß, wovon ich rede. Ich hab vor zwei Jahren einen Kurs bei Josef gemacht. Aber ich male nicht annähernd so gut!«

Später würde sich Katta noch oft an diese Szene auf der Treppe erinnern. An ihre Nervosität und an sein Lächeln aus so unglaublich grünen Augen, dass sie vom Anblick betrunken wurde. An seine weiche Stimme, zart wie eine sanfte Berührung, seinen Geruch und an seine Einschätzung ihres Bildes. Dieses wunderbar ehrliche Lob, das alles in ihrem Leben veränderte.

»Du malst?« Katta versuchte sich Alex mit einem Pinsel in der Hand und Tuben voll Ölfarben vor einer Leinwand vorzustellen. Aber das Bild wollte nicht in ihren Kopf. Sie sah immer nur diesen durchtrainierten Kerl vor sich, mit ausgewaschener Jeans und weißem T-Shirt.

Alex lachte laut auf. »Hallo? Suchst du gerade nach den Farbflecken? Tut mir leid, meinen Kittel habe ich heute ausnahmsweise zu Hause gelassen.« Er sah Katta in die Augen und legte theatralisch den Finger an die Lippen. »Ich weiß, ich sollte eine Baskenmütze tragen oder mindestens lange, fettige Haare haben. Oder einen Vollbart und Nerdbrille. Dazu am besten ein total grelles Outfit oder … hm, mehr fällt mir grade nicht ein. Aber so ähnlich stellst du dir doch einen Typen vor, der ab und zu eine Leinwand bepinselt, oder?«

Katta musste lachen. »Ertappt. Was malst du denn? Also, welche Technik, meine ich.«

Alex legte den Rucksack ab, der die ganze Zeit über seiner Schulter gehangen hatte. »Pastellkreide.« Er grinste. »Hättest du nicht gedacht, was? Aber ich mag es, wenn ich die Farben so richtig an den Händen spüre, sie mit den Fingern verwischen kann, wenn ich das raue Papier fühle, wenn … äh, ich quatsche zu viel, stimmt's?«

Katta zuckte mit den Schultern. »Ich höre dir gern zu.«

»Trotzdem. Es geht ja nicht um mich, sondern um dich und dein Bild. Und den Kurs bei Josef in Goldbach. Also, wann fährst du?«

»Ich weiß noch gar nicht, ob ich mitmache. Ich … äh … ich habe noch nicht mit meinen Eltern gesprochen. Und … vielleicht kann ich gar nicht, weil …«

Alex schüttelte heftig den Kopf. »Deine Eltern müssen es dir erlauben. Du musst dahin, wirklich. Du musst!«

Verlegen knabberte Katta an ihrem Daumennagel. Was sollte sie darauf bloß antworten? Zu gern würde sie in zehn Tagen den Kurs bei dem berühmten Maler Josef Wild machen. Der Zeitpunkt war genial, sie würde gerade mal zwei Schultage verlieren, und dann wären schon Sommerferien. Fünf Tage nichts als Leinwände und Papier, Acrylfarben, Pinsel und Schwämme, der sinnliche Duft nach Ölfarbe, würzigem Leinöl, der scharfe Geruch von Terpentin. Katta seufzte. Aber ihr Vater würde das nie erlauben. Der hatte längst die Reise nach Italien geplant. Ins Haus von Carlo, seinem alten Geschäftsfreund. Allein der Gedanke an Carlo Wötzel ließ sie innerlich würgen. Bloß nicht an den Typen denken. Nicht jetzt!

»Mein Vater hat eigentlich schon einen Urlaub mit meiner Mutter und mir gebucht, das mit dem Kurs kommt irgendwie total blöd.«

»Ist doch scheißegal, lass die beiden fahren, du kannst auch allein zum Kurs, alt genug bist du ja wohl …?«

»Bald sechzehn«, murmelte Katta verlegen.

»Siehst du. Ich kann dir in Goldbach eine Adresse vermitteln, wo du wohnen kannst. Total nette Leute. Die haben immer ein Zimmer frei.«

Aber Katta schüttelte nur den Kopf. »Du weißt nicht, wie mein Vater ist, das erlaubt der nie. Ich alleine! Und dann noch etwas Künstlerisches. Dem reicht es schon, dass er zu Hause meine Mutter sitzen hat, die …«

Sie brach ab und biss sich auf die Lippen. Verrückt, wie kam sie eigentlich dazu, diesem fremden Typen so viel von sich anzuvertrauen?

»Hast du Lust, in der Kantine eine Cola zu trinken? Dann erzähle ich dir von Josefs Kurs.« Alex sah Katta an. Seine Augen strahlten wie kleine Sterne.

Ihre Hände wurden feucht, hektische Flecken bildeten sich an ihrem Hals. Katta spürte, wie die Aufregung von ihrem Körper Besitz nahm. Auch dafür hasste sie sich.

»Kann nicht. Ich muss los«, log sie, denn auf dem Vertretungsplan hatte sie längst gesehen, dass der Nachmittagsunterricht heute ausfiel. »Bio. Wir schreiben eine Bioarbeit. Jetzt.« Sie beobachtete, wie sich sein Gesicht verdunkelte.

»Na, dann nicht. Vielleicht ein anderes Mal.« Alex klang plötzlich mürrisch und leicht genervt. Er hob die Hand, rannte die Treppe hinunter und verschwand um die Ecke.

Mist, dachte Katta, Mist, Mist, Mist. Ich Idiot! Wieder

ein Gespräch versiebt, das passierte ihr dauernd. Katta war zum Heulen zumute. Zu Hause rannte sie die Treppe hoch in ihr Zimmer, schleuderte den Rucksack in die Ecke und vergrub sich unter ihrer Bettdecke.

2. ASCHGRAU

Dunkler als Weiß. Heller als Schwarz. Unentschieden.

Als Katta erwachte, war der Himmel wolkenverhangen, die Bäume standen wie dunkle Schatten vor dem Fenster. Ein kräftiger Wind ließ Äste und Blätter erzittern. Das Geräusch erinnerte Katta an das Klappern von Kastagnetten. Ein kühler Luftzug wehte durch das offene Fenster, es roch nach Gewitter. Katta strich sich eine feuchte Haarsträhne aus dem Gesicht und sah auf ihre Armbanduhr. Fast fünf. Sie hatte drei Stunden geschlafen! Und geträumt, wild und intensiv geträumt. Ganz deutlich hatte sie mehrere Personen vor sich gesehen, aber je verbissener sie darüber nachdachte, desto weniger konnte sie sich die Gesichter wieder ins Gedächtnis rufen. An was sie sich aber noch gut erinnerte, war ein Bach. Kein sanftes Rinnsal, sondern wildes, strudelndes Wasser. Eine Brücke hatte genau über die Stelle geführt, an welcher der Bach einen unglaublich kräftigen Sog entwickelte. Hatte sie auf dieser Brücke gestanden? War sie vielleicht genau dort ins Wasser gefallen? Katta zog die Beine an, sie fröstelte. Ihr T-Shirt unter der warmen Mohairjacke war komplett durchgeschwitzt, die Hose klebte wie eine zweite Haut an ihr. Sie träumte häufig, eigentlich fast jede Nacht. Früher war sie oft schreiend und weinend aufgewacht und konnte lange nicht mehr einschlafen.

Einmal hatte sie einige Male hintereinander davon geträumt, dass Gulliver, ihr geliebtes Meerschweinchen, das zu dieser Zeit schon ziemlich alt und krank war, gestorben sei. Als Gulliver wenige Tage später tatsächlich tot in seinem Käfig lag, weigerte sich Katta für lange Zeit, abends ins Bett zu gehen, und hielt krampfhaft die Augen geöffnet. Wochenlang legte sie sich einfach im Schlafanzug zwischen ihre Eltern auf das große Sofa im Wohnzimmer, bis ihr vor Müdigkeit die Augen zufielen. Doch auch hier, in Gesellschaft, waren die nächtlichen Bilder immer wiedergekommen.

Ihr Vater hatte sie deshalb schon als achtjähriges Kind ziemlich genervt zu einem Psychoanalytiker geschleppt, aber der hatte nur ganz pragmatisch festgestellt, dass Katta ein völlig normales Mädchen sei, um das man sich keine großen Sorgen machen müsse. Träume gehörten zu Entwicklung, hatte er erklärt, und Kattas Vater war wutschnaubend mit seiner Tochter im Schlepptau aus der Praxis gerauscht. Auch wenn er es nicht zugeben wollte, machte er sich große Sorgen um seine Tochter. Sein einziges Kind, sein Augenstern. Doch er konnte seine Gefühle nicht in Worte fassen, damals nicht und heute immer noch nicht. Und er war viel zu beherrscht, um Katta einfach in den Arm zu nehmen und ihr auf diese Weise Sicherheit und Zuversicht zu vermitteln.

Ihre Mutter dagegen hatte in vielen Nächten ihre Decke gepackt und sich zu Katta ins Bett gelegt, Bauch und Oberschenkel ganz eng an den Rücken und ihre Beine gepresst. *Löffelliegen* nannte sie das, und Katta hatte es geliebt, mit der weichen Hand ihrer Mutter auf dem Kopf und ihrem Körper als Schutz gegen böse Träume einzuschlafen.

Zwei Jahre später machte eine Zeichenlehrerin in der Grundschule Kattas Eltern auf das Talent der Tochter aufmerksam, Katta begann zu malen, und die Träume wurden weicher, bunter, sie waren nicht mehr so dunkel und angsteinflößend.

Katta setzte sich mit einem Ruck im Bett auf. Jetzt wusste sie es wieder: Alex, der Junge aus der Schule, hatte in ihrem Traum auch eine Rolle gespielt. Aber da war noch ein Mädchen gewesen, Katta versuchte mit aller Macht, ihr Bild wieder hervorzurufen. Klein und zierlich war sie, mit elfenbeinfarbener Haut und kurzen blonden Haaren. Katta überlegte. Kannte sie dieses Mädchen? Vielleicht aus der Schule? Aber ihr wollte niemand einfallen. Egal, vielleicht erinnerte sie sich noch. Das Bild des Jungen gefiel ihr sowieso viel besser, das Bild von Alex.

Katta kicherte und angelte sich ein paar frische Klamotten aus dem Schrank, die rosa Mohairjacke, die Jeans und das feuchte T-Shirt warf sie achtlos auf den Schreibtischstuhl, dann hüpfte sie pfeifend die Treppe hinunter ins Wohnzimmer.

Ihre Mutter saß mit angewinkelten Beinen auf dem Sofa und starrte hypnotisiert auf den Fernseher. Wehmütige klassische Musik floss aus den Boxen und verwandelte den Raum in einen Konzertsaal. Zwei Tänzerinnen schwebten auf dem Bildschirm über eine riesige Bühne, die in ein warmes Orange getaucht war.

Katta hörte auf zu pfeifen und blieb auf der untersten Treppenstufe stehen. Die Szene wirkte wie die Fotografie in einem Modemagazin, schoss es ihr durch den Kopf: die samtig graue Hose, die sich um die schlanken Beine ihrer Mutter schmiegte, der weiße Pullover, der ihre schmale Figur umhüllte. Dazu die kastanienroten Haare, zu einem Dutt aufgesteckt, aus dem sich ein paar Strähnen gelöst hatten. Zu schade, dass sie die Haare immer so streng nach hinten kämmt, dachte Katta wieder einmal und wuschelte sich gedankenverloren eine Haarsträhne um den Finger. Eine alte Gewohnheit, wenn sie nervös war oder ihren Gedanken nachhing. Katta hatte zwar die gleiche rote Mähne wie ihre Mutter, bei ihr fielen die Haare allerdings glatt und seidig auf die Schultern. Auch sonst gab es einige Unterschiede zwischen Mutter und Tochter. Ida war groß, sehr dünn und hatte ein Gesicht, das jeden Betrachter sofort an eine dieser Sammlerpuppen aus Porzellan erinnerte, die vor allem bei älteren Leuten zur Zierde auf Sofakissen oder Fensterbänken sitzen: Schmollmund, große, dunkelbraune Murmelaugen, kleine Nase. Sich selbst fand Katta dagegen völlig durchschnittlich, mittelhübsch, mittelgroß und schlank, aber keineswegs dünn, und ihr leicht gebräuntes Gesicht war voller Sommersprossen.

Katta hielt ihre Hände trichterförmig vor den Mund und brüllte gegen die Musik an: »He, Vögelchen, gibt es in diesem Haus auch etwas zu essen, oder ernährst du dich nur von Körnerfutter?«

»Katta, na endlich!« Ihre Mutter drehte sich um und lächelte. »Ich habe schon gedacht, du willst gar nicht mehr aufstehen. Schau mal, meine Kollegen haben mir einen Mitschnitt von den Proben für ihr neues Stück geschickt. Ich könnte vor Neid platzen!«

Katta seufzte. »Deine Exkollegen, Mum, du bist keine Tänzerin mehr. Kannst du nicht mal damit aufhören, dir ständig diese Filme anzutun?«

Ida sah ihre Tochter irritiert an. »Ich kann nicht damit aufhören. Das Tanzen, die Musik, das ist meine Welt. Auch du wirst bestimmt nie aufhören zu malen, Katta. Eine echte Leidenschaft steckt in einem drin, lässt einen nie mehr los, niemals!«

»Ach, Mum! Ich will doch nur, dass du nicht immer so traurig bist, weil du nicht mehr auftrittst.«

Bis zu Kattas Geburt war Ida Voss eine bekannte Balletttänzerin gewesen, hatte auf großen Bühnen getanzt und mit den besten Choreografen gearbeitet. Bei einer Premierenfeier hatte sie Kattas Vater kennengelernt, Gregor Voss, Kunstliebhaber und Besitzer eines großen Sanitär-Betriebes. Die bildhübsche Ida und der smarte Gregor, die beiden waren ein Traumpaar, und schon nach einem halben Jahr feierten sie Hochzeit. Kurze Zeit später, Katta war gerade zur Welt gekommen, ging das Ensemble ihrer Mutter auf große Tournee, doch Ida war nicht mehr dabei. Der Leiter der Truppe hatte ihr telefonisch zu verstehen gegeben, dass sich Kind und Karriere nicht vereinbaren ließen. Ida war am Boden zerstört.

Gregor hatte sofort versucht, seiner Frau andere Engagements zu vermitteln, auf Bühnen in der näheren Umgebung. Aber das hatte Ida mit Hinweis auf ihre frühere Bedeutung abgelehnt. Seitdem war sie nicht mehr aufgetreten.

Jetzt packte sie energisch die Fernbedienung und drückte auf die Pausentaste. »Ist schon okay, ich habe ja jetzt zumindest mein Häkelkränzchen, wie dein Vater immer so schön sagt.«

Als Katta zwölf war und ihrer Mutter so langsam vor Langeweile die Decke auf den Kopf fiel, nahm sie für ein paar Stunden in der Woche einen Job als Handarbeitslehrerin an einer Privatschule an, die von einer Freundin geleitet wurde. Ihr Mann freute sich über diese neue Beschäftigung, wenn er sie auch nicht ganz ernst nehmen konnte. Von nun an stellte er seine Frau jedem Gast als seine *Strickliesel* vor, und er konnte es auch nicht lassen, sie ständig mit kleinen Bemerkungen über ihre Arbeit aufzuziehen.

Ida hielt einen halb fertig gestrickten Pullover in Taubenblau in die Höhe. »Gefällt er dir?«

Katta verdrehte die Augen. »Boah, mal ganz im Ernst, Mum, warum muss ich eigentlich immer wie ein Baby rumlaufen? In Rosa, Himmelblau oder Mintgrün? Geht es nicht mal in Grau, damit fällt man wenigstens nicht auf. Von meinem nächsten Taschengeld kaufe ich mir eine schwarze Lederjacke und Biker Boots, ich schwör's!«

»Untersteh dich! Möchtest du etwa, dass die Leute glauben, dir – und ganz nebenbei auch mir – sei es egal, wie du rumläufst?«

Katta öffnete den Mund, um etwas zu erwidern. Aber dann schluckte sie es lieber hinunter. Ihre Mutter würde sowieso nicht verstehen, dass Mode, Schminke, all dieser Klimbim, den Ida täglich betrieb, Katta längst nicht so viel bedeutete. Aber darüber hatten sie schon oft gestritten, das Thema war durch. Zumindest für Katta.

»Was ist denn jetzt mit dem Essen, Mum? Ich hab ein totales Loch im Bauch!«

»Na, jetzt können wir gerade noch abwarten, bis dein Vater kommt. Dann gibt es Abendessen, okay?«

»Meinetwegen.« Katta ließ sich neben ihre Mutter aufs Sofa plumpsen. »Kann ich was mit dir besprechen?«

»Hm, ich würde gerne erst meinen Film fertig sehen. Später ist doch immer noch Zeit, Schätzchen.«

Katta schnaubte. »Nee, dann ist keine Zeit mehr. Es hat mit den Ferien zu tun. Und es muss jetzt entschieden werden, am besten, bevor Papa kommt. Es geht um einen Malkurs, den ich machen könnte, und es ist wichtig!«

»Habe ich da gerade etwas von einem Ferien-Malkurs gehört?« Eine dunkle Stimme unterbrach das gerade begonnene Gespräch. Kattas Vater stand plötzlich neben dem Sofa, wuschelte seiner Tochter sanft übers Haar und hauchte seiner Frau einen Kuss auf die Wange. »Du weißt doch, dass wir unseren Urlaub wie jedes Jahr in Italien verbringen, Katharina. Ich habe alles schon fest ausgemacht.«

»Das verstehst du nicht, Gregor«, sagte Kattas Mutter, »hier geht es um künstlerische Ambitionen.«

Katta zuckte genervt mit den Schultern, ihr Vater hob die Augenbrauen: »Und ob ich das verstehe, meine liebe Ida. Unser ganzes Leben dreht sich um sogenannte künstlerische Ambitionen. Deine künstlerischen Ambitionen, wohlgemerkt.« Ruckartig band er sich die Krawatte ab, zog das Sakko aus und warf beides auf einen Sessel. »Und jetzt habe ich Hunger. Können wir drei das Ganze beim Essen besprechen?«

Das Letzte, was Katta vernahm, bevor sie in ihr Zimmer flüchtete und die Tür hinter sich zuknallte, war das Klirren von Gläsern und die schrillen Schreie ihrer Mutter. Während des gesamten Abendessens hatten sich ihre Eltern heftig gestritten. Dass Katta den Schulwettbewerb und damit einen Ferienkurs bei dem renommierten Maler Josef Wild gewonnen hatte, war nur der Auslöser für eine Auseinandersetzung, die Katta schon häufig miterlebt hatte und die ihre Eltern immer wieder und ziemlich lautstark führten: Berufung gegen Beruf. Oder – wie Katta es für sich weniger kompliziert ausdrückte – Bauch gegen Kopf. Auch die Worte ihrer Mutter hatte sie bereits tausendmal in immer neuen Variationen gehört, und obwohl sie ihr in manchen Punkten recht gab, nervte Katta es doch, wie übertrieben Ida sich ausdrückte: »Warum kannst du nicht ertragen, wenn jemand für etwas brennt? Deine Tochter ist begabt, sie ist eine Künstlerin wie ich, nun lass sie ihre Leidenschaft doch endlich leben!«

»Was du für unsere Tochter willst, ist eine Zukunft voll bunter Seifenblasen. Was ich für sie will, ist Zufriedenheit«, hatte Kattas Vater geantwortet. Ruhig und beherrscht, obwohl er innerlich schäumte, das erkannte Katta an den roten Flecken an seinem Hals.

Sie war ihrem Vater für seine Worte nicht böse. Er liebte Ballett, Theater, Malerei und gab im Namen seiner Firma viel Geld aus, um Projekte von jungen Künstlern aus dem Umkreis zu fördern, aber er wollte auf keinen Fall, dass seine Tochter sich in dieser schillernden Welt so verlor, wie er es bei seiner Frau empfand.

Mit dem Bild von den Seifenblasen im Kopf zog Katta sich in ihr Zimmer zurück und schloss die Tür ab. Mit einer Hand griff sie sich ihren iPod aus der Schultasche, mit der anderen setzte sie die Kopfhörer auf und drehte die Musik so laut, dass sie mit Sicherheit alle anderen Geräusche schluckte. Ein weiterer Handgriff, Katta angelte einen Bogen Papier aus der untersten Schreibtischschublade und brachte eilig eine Skizze zu Papier. Zart schillernde Kugeln in sanften Farbnuancen: Vanillegelb, Pistaziengrün, Himmelblau, Flieder und Aprikose. Als Katta fertig war, sah sie ihre Hände an. Sie hatte mit Pastellkreide gemalt, buntes Farbpulver klebte wie das Magnesiumcarbonat, mit dem sie sich beim Geräteturnen im Schulsport die Hände einreiben musste, an ihren Fingerspitzen, unter den Nägeln und auf den Handflächen. Alex' Bemerkung fiel ihr wieder ein: *Ich mag es, wenn ich die Farben so richtig an den Händen spüre, sie mit den Fingern verwischen kann, wenn ich das raue Papier fühle.* Dazu sein Grinsen, der Blick aus diesen grünen Augen. Unwillkürlich musste Katta lächeln. Sie lächelte beim Ausziehen, sie lächelte beim Abschrubben der Kreide von ihren Händen, beim Waschen und Zähneputzen. Lächelnd schlief sie schließlich ein.

3. LICHTBLAU

Feeling blue

Die letzten Tage in der Schule verliefen ereignislos. Katta hatte gehofft, Alex noch einmal zu treffen und ihn damit überraschen zu können, dass sie nun doch nach Goldbach zu Josef Wild fuhr. Vor dem Spiegel hatte sie sogar ein paar Sätze geübt. Ganz beiläufig sollten sie klingen, und dieses Mal wollte sie vorschlagen, ob sie gemeinsam in der Schulkantine etwas trinken und über den Kurs quatschen könnten. Aber Alex war wie vom Erdboden verschwunden.

Am Tag der Abreise war Katta schon um fünf Uhr wach. Unruhig wälzte sie sich in ihrem Bett hin und her. Hatte sie auch alles eingepackt? Oben auf dem zerbeulten Metallkoffer lagen ihr Handy, die Digitalkamera und der Laptop. Damit sie auf jeden Fall und überall bequem ins Internet konnte, um mit ihren Freunden zu chatten und Mails an ihre Eltern zu schicken, hatte Kattas Vater seiner Tochter eilig einen Surfstick besorgt. Immerhin wollte er selbst auch auf dem Laufenden gehalten werden, und die kryptischen Botschaften von Handy zu Handy nervten ihn. Daneben, auf ihrer auberginеroten Schultertasche, lag bereits Kattas zerfleddertes Malbuch, in dem sie Farbstimmungen, gepresste Blätter, Blumen und Fotos sammelte und neue Farbkombinationen ausprobierte. Auch ihre

Skizzenblöcke samt Bleistiften in verschiedenen Stärken hatte sie bereitgelegt. Am Morgen musste sie ihre Schätze nur noch in die Tasche stopfen, damit sie jederzeit griffbereit waren. Im Koffer hatte sie verschiedene Pinsel und ihre heißgeliebte Porzellanpalette mit dem zart bemalten Deckel verstaut, die ihr Vater von einer Geschäftsreise nach China mitgebracht hatte. Dazu zwei Jacken, ihre Lieblingsjeans, ein paar einfache T-Shirts und Sommerkleider mit Spaghettiträgern, die blauen Chucks mit Löchern und ein paar verwaschene Hemden, die beim Malen ordentlich dreckig werden konnten. Nie im Leben würde Katta einen dieser dämlichen Kittel anziehen! Auch nicht bei einem Malkurs.

Schlafwarm schälte sie sich unter ihrer Decke hervor, lief auf nackten Füßen zum Fenster, öffnete die Gardinen und legte sich wieder in die warme Kuhle, die ihr schmaler Körper in die Matratze gedrückt hatte. Versonnen beobachtete sie, wie der Tag erwachte. Diese blaue Stunde, die Zeit der Morgendämmerung, den fließenden Übergang zwischen nächtlicher Dunkelheit und Sonnenaufgang liebte Katta besonders. In diesen Momenten erschien ihr die Natur wie mit Weichzeichner aufgenommen, von beinahe mystischer Stimmung. Das berühmte Bild *Impression, Sonnenaufgang* von Claude Monet erschien plötzlich vor ihrem inneren Auge, scharf und klar wie eine Fotografie. Katta erinnerte sich noch genau an den Tag, als ihre Kunstlehrerin Luise Nagel, die von allen an der Schule liebevoll *Luna* genannt wurde, im Unterricht jedem Schüler eine Farbkopie von Monets Werk ausgeteilt hatte. Dazu hatte sie sehr plastisch die Geschichte des Bildes erzählt, das einer ganzen Bewegung den Namen gab. Wie Monet für die neue Stilrichtung nicht gelobt, sondern von den Kritikern verrissen und verspottet wurde, weil er sich mit seinen Werken vom Zeitgeschmack löste, den damals die einflussreichen und traditionellen Kunstakademien vorgaben. Ihre Lehrerin hatte berichtet, dass damit bei Monet, wie bei vielen anderen Künstlern auch, der wirtschaftliche Erfolg ausblieb. Katta konnte Monets Werk trotz Mitleidsbonus zunächst nichts abgewinnen, und auch die meisten ihrer Mitschüler fanden es doof. Blass, nichtssagend. Der Hafen von Le Havre, einer Küstenstadt in der Normandie, war darauf zu sehen, gezeichnet mit kleinen, kurzen Pinselstrichen. Im Hintergrund größere Schiffe und Industrieanlagen, die im Graublau des Nebels zu verschwinden schienen, im Vordergrund skizzenhaft gezeichnete Fischerboote in Violett und Blau, überstrahlt vom orangefarbenen Licht der aufgehenden Sonne, das sich im Wasser spiegelte.

Einige Tage später hatte Katta die Kopie noch einmal hervorgezogen, in Ruhe angesehen und auf sich wirken lassen. Erst da hatte sie festgestellt, dass der Maler genau die Ungenauigkeit, die den Morgen ausmachte, nicht einfach gemalt, sondern beinahe hingehaucht hatte. Katta erkannte, dass Monets Werk auf wunderbare Weise den verschwommenen Seheindruck am frühen Morgen spiegelte. Seither liebte sie das Bild, es klebte säuberlich zusammengefaltet in ihrem Malbuch. An einem Nachmittag war Katta sogar so mutig gewesen, ihrer Kunstlehrerin für die Kopie zu danken. In den folgenden Wochen hatten sich Luna und sie immer wieder nach Unterrichtsende über Malerei unterhalten. So war Luna auch auf die Idee gekommen, Katta zu fragen, ob sie eins ihrer Bilder zu einem Malwettbewerb einreichen dürfte, denn Katta selbst hätte so etwas nie gewagt. Umso mehr freute Katta sich nun, dass Luna ihre Fähigkeiten wohl richtig eingeschätzt hatte. Sie bekam den Hauptpreis zugesprochen, einen fünftägigen Malkurs.

Als der Wecker kurz nach sechs Uhr zeigte, glitt Katta aus dem Bett, schnappte sich ihre Jeans, ihren Lieblings-Kapuzenpulli, frische Unterwäsche und lief ins Bad. Katzenwäsche musste für heute reichen. Sie war viel zu aufgeregt, um sich irgendwie zu stylen. Duschen konnte sie auch noch am Mittag, nach der Fahrt, wenn sie in dem kleinen Hotel in Goldbach angekommen war, das sie mit ihrer Mutter im Internet entdeckt und für die Zeit des Kurses gebucht hatte. Ida hatte es sich nicht ausreden lassen, sich ebenfalls für eine Nacht im reservierten Doppelzimmer einzuquartieren, um sich gemeinsam mit ihrer Tochter bei Josef Wild vorzustellen.

Außerdem wollte sie persönlich mit den Hotelbesitzern regeln, dass ihre Tochter abends spätestens um zehn Uhr im Hotel sein musste. Allein.

Statt Frühstück trank Katta ein paar Schlucke Orangensaft direkt aus der Packung und wischte sich mit dem Handrücken die Lippen ab, was ihr gleich mehrere missbilligende Blicke ihrer Mutter einbrachte.

Ida saß wie aus dem Ei gepellt am Frühstückstisch, ihre roten Haare bildeten einen scharfen Kontrast zur schwarzen Bluse und der Hose, die sie für die Reise ausgewählt hatte. Ihren entschlossenen Gesichtsausdruck, der keine Widerrede erlaubte, kannte Katta. Er verhieß nichts Gutes. Bestimmt würden stundenlange Mutter-Tochter-Diskussionen über anständiges Verhalten, korrektes Auftreten, Höflichkeit und gutes Aussehen folgen.

Kattas Vater ließ sich an diesem Tag extra eine Stunde später von seinem Fahrer abholen, um seine Tochter zu verabschieden. Auf ihren Teller hatte er einen Umschlag gelegt, in dem sich ein absurd hoher Geldbetrag für die Reise befand, außerdem eine kleine Botschaft: *Ich freue mich für dich. Nutze die Zeit!*

Katta strahlte ihn dankbar an, ihr Vater lächelte zurück. Aber an seinem wehmütigen Blick konnte sie erkennen, welche Überwindung ihn diese Zusage gekostet hatte.

Nachdem Ida ihrer Tochter während der gesamten Fahrt auf der Autobahn von einem Zeitungsartikel vorgeplappert hatte, in dem es um ein angeblich sensationelles Theaterstück in Hamburg ging, bogen sie endlich ab auf eine einsame Landstraße. Mit halb geschlossenen Augen lehnte Katta am Fenster, die Beine eng an den Bauch gepresst und mit beiden Armen umschlungen. Sie fühlte sich furchtbar. Ein bisschen wie damals, als sie bei ihrer Konfirmation im schwarzen Minikleid und mit viel zu hohen Hacken den Weg vom Gemeindesaal zur Kirche bewältigen musste. Zehn Meter Kopfsteinpflaster, zehn Meter Holperstrecke, eine Qual.

»Süße, du bist ja ganz blass, was ist los?«, fragte Ida und fuhr langsamer.

Katta ließ das Fenster hinunter. »Kein Problem, fahr weiter. Ich habe nur … ich muss nur mal durchatmen. Die Luft hier drin ist echt zum Kotzen, sorry!«

In ihrem Kopf tobte die Angst wie ein heftiger Sturm. Sie hielt das Gesicht aus dem Fenster. Der Fahrtwind und die frische Luft taten ihr gut, die Enge in ihrem Oberkörper verschwand, nur dieser Druck auf den Magen wollte nicht weggehen. Am liebsten hätte sie ihrer Mutter die Wahrheit gesagt und ihre Gefühle rausgelassen: *Du, Mum, ich hab eine Scheißangst. Alleine an diesem einsamen Ort zu bleiben, diesen Kurs zu machen, bei einem wildfremden Typen. Vielleicht findet der, dass ich ganz gruselig male. Bestimmt wird alles furchtbar!*

Genau das wäre Katta gerne losgeworden, aber sie kannte schon die Reaktion. Ihre Mutter würde ihr mit hochgezogenen Augenbrauen zum x-ten Mal von ihren Bühnenauftritten erzählen, von damals, als sie jung war, nicht viel älter als Katta, und in jeder fremden Stadt, auf jeder fremden Bühne und vor wildfremden Menschen ihr Bestes gegeben und Selbstbewusstsein ausgestrahlt hatte. Weil es sein musste. Katta hasste diesen Anspruch, nie einen noch so kleinen Fehler machen zu dürfen. Sie hasste das Gefühl, Angst zu haben, nicht perfekt zu sein.

Der Geruch von Regen hing in der Luft, obwohl die Straße nur noch an einigen Stellen feucht war, aber an den tiefen Pfützen rechts und links konnte Katta erkennen, dass es vor kurzer Zeit heftig geschüttet haben musste. Sie sah sich um. Dutzende von Hängebirken bildeten eine Allee, ihre Äste hingen Richtung Auto, als wollten sie wie stumme Diener den Weg weisen. Der Himmel war wolkenlos, nur ab und zu huschte ein Sonnenstrahl durch das dichte Blätterdach und erzeugte eine ungewöhnliche grün-blaue Lichtstimmung, ein Gefühl von Leichtigkeit und Transparenz. Nach einigen Minuten wandelte sich das Licht wieder, die Sonne drang stärker durch, und aus dem dunklen Khaki der Blätter wurde ein strahlendes Maigrün. Katta lächelte versonnen. Solche Schauspiele der Natur beruhigten sie und gaben ihr das sichere Gefühl, dass alles nach einem bestimmten Plan vor sich ging. Auch in ihrem Leben.

»So, genug frische Luft geatmet«, unterbrach Ida die Träumerei ihrer Tochter und trat aufs Gaspedal. »Fenster bitte zu! In drei Kilometern sind wir da, zeigt das Navi an.«

Mit viel zu hoher Geschwindigkeit raste Ida über die Alleestraße, ihre schmalen Finger machten sich nebenbei am Radio zu schaffen und zappten durch die Kanäle. »Was für eine grottenschlechte Musik. Ein Glück, dass ich meine eigene dabeihabe. Wo steckt das blöde Ding denn nur?« Mit einer Hand ließ sie das Lenkrad los, fummelte an ihrer Ledertasche herum und angelte eine CD heraus.

»Guck du mal lieber nach vorne«, schimpfte Katta. »Kann ich dir irgendwie helfen?«

»Nein, kannst du nicht«, blaffte ihre Mutter zurück und hob den Kopf. Ihre Augen weiteten sich vor Schreck. »Verdammter

Mist, ich habe das Stoppschild übersehen. Wo kommt der denn jetzt her?«

Katta folgte ihrem Blick und nahm noch aus den Augenwinkeln wahr, wie ein Radfahrer Sekunden vor dem eigentlich unvermeidlichen Zusammenprall sein Rad herumriss, an ihrem Auto vorbeischoss und verärgert die geballte Faust in die Luft hob. Gleichzeitig spürte sie, dass ihre Mutter mit voller Kraft aufs Bremspedal trat. Kattas Kopf wurde mit einem Schlag gegen die Lehne gepresst. Dann ging alles rasend schnell: Metall krachte, Holz splitterte. Katta sah plötzlich mehrere Dinge auf einmal, wie in Zeitlupe. Den schweren Ast am Straßenrand, gegen den das Auto geprallt war, ihre Mutter, die hysterisch schluchzend über dem Steuer hing, und den Radfahrer, der mit rasendem Tempo in einen Waldweg einbog und hastig über die Schulter lugte. Kattas Atem ging schnell und flach.

Sie hätte schwören können, dass es Alex war.

4. GOLD

Verborgene Schätze. Geheimnisse.

Fast zwei Stunden später als geplant rumpelte der verbeulte Wagen mit Katta und ihrer Mutter ins Dorf. Mehr als Tempo 30 gab das Auto nach dem Unfall nicht mehr her, die Stoßstange hing knapp über dem Asphalt, die Fahrertür war eingedrückt wie eine Konservenbüchse, die Frontscheibe voller Risse. Demnächst würde sie mit Sicherheit in tausend Scherben zerbröseln. Kattas Mutter hätte sich am liebsten mit dicker Sonnenbrille und Perücke unkenntlich gemacht, so peinlich war ihr die Sache. Katta war lediglich aschfahl im Gesicht, zu ihrem eigenen Erstaunen aber ansonsten völlig ruhig.

Kurz nach dem Unfall hatte sie sich erst mal um ihre vollkommen aufgelöste Mutter gekümmert. Glück gehabt! Bis auf ein paar Schrammen und blaue Flecken war beiden nichts passiert.

»Ist doch nur Blech, Mum«, hatte Katta ihre Mutter getröstet. »Es hätte auch ganz anders ausgehen können. Für uns oder den Typen auf dem Fahrrad.«

Ida stand unter Schock, außer einem Nicken hatte sie keine Regung gezeigt. Katta dagegen war so erleichtert, dass sie über die völlig absurde Situation schon wieder lachen konnte. Neben den Schäden an Karosserie und Scheibe hatte nämlich auch das

Navigationsgerät einen Schlag abgekriegt. *Sie haben Ihr Ziel erreicht. Sie haben Ihr Ziel erreicht. Sie haben Ihr Ziel erreicht* hatte die Frauenstimme pausenlos in die Stille gequäkt, bis Katta den Stecker gezogen hatte.

Inzwischen war es längst Mittagszeit, die Sonne stand hoch am Himmel, die Luft flimmerte vor Hitze. Katta reckte sich aus dem Autofenster, um das Dorf besser sehen zu können. Die Gassen waren menschenleer, ein paar träge Katzen räkelten sich im Schatten der Bäume. An den Fenstern der Häuser in der Hauptstraße, durch die das Auto kroch, waren die Jalousien heruntergelassen. Im ganzen Ort war es still, unheimlich still. Nur ab und zu ließ eine Windbö summend ein paar trockene Blätter durch die Luft tanzen.

»Kommt mir vor wie eine Geisterstadt«, brummte Kattas Mutter. »Ob wir da wohl irgendwo etwas zum Essen bekommen? Oder wenigstens eine Tasse Kaffee?«

»Sieht schlecht aus.« Katta deutete auf die Eingangstür eines kleinen Lebensmittelgeschäftes. *Mittagspause* stand auf dem leicht eingestaubten Schild, das dort baumelte. Auch die Bäckerei, an der sie vorbeikamen, war geschlossen.

»Was haben die denn für merkwürdige Öffnungszeiten?«, meinte Kattas Mutter. »Mittagspause. Das gibt es aber nur noch in der völligen Einöde.«

»Danke, Mum, du machst mir echt Mut«, stöhnte Katta.

»Tut mir leid, so war das nicht gemeint. Sicher bekommen wir im Hotel etwas. Schau mal, das sieht doch ganz nett aus!«

Das *Hotel beim Goldbach* wirkte wie ein Gemälde aus längst vergangener Zeit. Mit den vielen Erkern, der weißen Veranda, den meerblauen Klappläden vor den Fenstern und den purpurroten Rosen, die sich üppig an einem Spalier über dem Eingang und an der Hauswand wanden, passte es überhaupt nicht in das einfache Dorf mit seinen Backsteinhäusern, Blumenkästen und Jägerzäunen.

»Sieht viel besser aus als auf dem Foto im Internet. Ein bisschen wie das Märchenschloss von Dornröschen«, fand Katta.

Ihre Mutter zuckte mit den Schultern. »Solange du dich hier nicht in einen Tiefschlaf fallen oder vom Prinzen wachküssen lässt, ist mir alles recht.«

Katta verdrehte die Augen und schwieg.

Ida parkte den Wagen neben der schmalen Kiesauffahrt. »So. Und jetzt brauche ich sofort eine Dusche!«

Sie holte ihre Tasche und ihre Schminkbox aus dem Kofferraum, drückte Katta den Metallkoffer in die Hand und rauschte zur Eingangstür hinein. Hinter einer massiven Holztheke stand ein sympathisch aussehender, nicht mehr ganz junger Mann mit dunkelblauem Pulli über dem weißen Hemd, modischer Hornbrille, Bart und Seitenscheitel.

»Willkommen, Sie müssen Ida und Katharina Voss sein. Ich hatte Sie bereits viel früher erwartet. Mein Name ist Timo Hansen, ich leite das Hotel.«

»Wie reizend!« Kattas Mutter strich sich ein paar Locken aus dem verschwitzten Gesicht und reichte dem Mann die Hand. Der schüttelte sie und erkundigte sich: »Ist denn bei Ihnen alles in Ordnung, standen Sie lange im Stau?«

»Tut mir leid, dass wir so spät kommen.« Kattas Mutter seufzte. »Aber wir hatten einen kleinen Unfall.«

Hansen sah seine Gäste besorgt an. »Ist jemand verletzt?«

»Nur das Auto!«, rief Katta fröhlich und stemmte ihren Koffer Richtung Aufzug. Das leicht angestaubte Hotel gefiel ihr.

»Na, dann ist es ja gut.« Hansen rückte die Brille zurecht. »Es wäre furchtbar, wenn im Zusammenhang mit den Malkursen bei Wild wieder jemand zu Schaden gekommen wäre.«

Katta bemerkte, wie seine dichten Augenbrauen zuckten. »Wie meinen Sie das?«, platzte sie heraus.

Hansen machte eine abwehrende Geste. »Ach, das ist mir so herausgerutscht. Alte Geschichte, nicht der Rede wert.«

Zu gern hätte Katta gewusst, was er damit andeuten wollte, aber ihre Mutter sah sie flehend an. Jetzt nicht, bedeutete dieser Blick. In Gedanken war Ida längst im Hotelzimmer unter der Dusche verschwunden, alles andere interessierte sie im Moment nicht. Katta schwieg.

»Blechschäden lassen sich leicht beheben«, nahm Hansen das Gespräch wieder auf. »In der Nähe gibt es eine gute Werkstatt. Soll ich einen Ersatzwagen für Sie besorgen?«

»Das wäre wunderbar.« Ida lächelte. »Außerdem hätte ich noch gerne eine große Tasse Kaffee und etwas Warmes zu essen, geht das?«

»Da muss ich Sie leider enttäuschen. Der Koch hat schon Mittagspause …«

Ida seufzte, Katta kicherte, Hansen runzelte verwirrt die Stirn. »Aber ich kann Ihnen ein Stück Apfelkuchen aufs Zimmer bringen. Ich habe gerade frisch gebacken. Und Kaffee haben wir selbstverständlich auch.«

Eine junge Frau war plötzlich im Flur aufgetaucht. »Schön, dass Sie bei uns ein Zimmer gebucht haben. Ich bin Sarah Hansen, die Frau vom Chef. Kommen Sie, ich zeige Ihnen Ihr Zimmer«, schlug sie vor. »Dann weiß ich gleich, ob es Ihnen gefällt oder ob Sie lieber ein anderes hätten. Bis die anderen Gäste da sind, könnten Sie nämlich noch frei wählen, wenn Sie möchten.«

Das Zimmer im ersten Stock gefiel Katta und ihrer Mutter auf Anhieb. Maigrüne Wolldecken lagen auf dem Doppelbett, das mit grün-weiß karierter Wäsche bezogen war. An der Wand gegenüber standen ein Schrank, ein Sessel und ein runder Tisch mit einem frischen Wiesenblumenstrauß darauf. Unter das Fenster war ein Schreibtisch geschoben, die Tür zum Balkon, der zum Garten hinausging, stand offen, zarter Rosenduft strömte herein. Zuerst duschte Kattas Mutter, danach brauste Katta sich kurz ab, fischte ein paar frische Klamotten aus dem Koffer und stapelte ihre wichtigsten Sachen auf dem Schreibtisch. Nach einem Blick in den Computer und einer kurzen Nachricht an ihre Freundin Melanie setzte Katta sich mit ihrer Mutter auf den Balkon, auf den die Nachmittagssonne schien. Mit Heißhunger stürzten sich beide auf den Kuchen, den Timo Hansen ihnen aufs Zimmer serviert hatte. Dann zogen sie los. Zum Atelier von Josef Wild.

Als sie dort ankamen, kippte der Maler gerade einen Eimer braun-grüne Brühe in ein Beet vor dem Haus.

»Haben Sie es also doch noch zu mir geschafft!« Josef Wild putzte sich die rechte Hand mit einem Lappen ab, dann begrüßte er Katta und ihre Mutter mit einem festen Händedruck. »Hereinspaziert! Keine Angst, ich beiße nicht.«

Katta war überrascht, wie jung seine Stimme klang. Das passte so gar nicht zu seinem Alter. Auch nicht zu der beginnenden Glatze, den grauen Schläfen und den zahlreichen Lachfältchen, die sich um die taubenblauen Augen des Malers rankten.

Als Josef Wild Katta und ihre Mutter hereinbat, lag ein spöttischer Zug um seinen Mund, obwohl der sich hinter einem grauen Bart versteckte. Katta wusste nicht, ob sie den Maler nett oder arrogant finden sollte. Was sie aber auf Anhieb mochte, waren seine Hände. Sie waren braungebrannt, feingliedrig und übersät mit unzähligen winzig kleinen Farbspritzern.

»Entschuldigen Sie, Herr Wild, wir hatten einen Autounfall, deshalb komme ich mit meiner Tochter leider zu spät zu unserer

Verabredung.« Kattas Mutter lächelte den Maler so entwaffnend an, dass er zurücklächeln musste.

»Kein Thema. Solange Ihnen nichts passiert ist?«

Katta schüttelte den Kopf. »Alles okay.«

»Du bist also meine neue Meisterschülerin. Welche Technik bevorzugst du?«

»Ich … äh … ich habe mich noch nicht entschieden«, antwortete Katta verunsichert.

Josef Wild hob die Brauen. »So, so. Der Kurs beginnt morgen früh, heute geht es nur darum, dass wir uns schon mal kennenlernen. Schau dich in Ruhe im Haus um. Man lernt schnell, wie ein Mensch tickt, wenn man sieht, wie er lebt.« Er deutete nach links, auf eine schwere Holztür, die offen stand. »Dort ist der Eingang zum Wohnhaus. Ich nehme deine Mutter mit ins Gebäude rechts, das ist mein Atelier. Ich möchte mich noch kurz mir ihr unterhalten, aber wir kommen gleich nach. Ach übrigens, wir duzen uns hier alle. Nennt mich einfach Josef.«

Damit verschwand er, Kattas Mutter stolzierte auf ihren Stöckelschuhen hinterher.

Komischer Typ, dachte Katta bei sich und machte sich auf den Weg, um sich das Haus anzusehen.

Von außen waren die beiden langgestreckten Gebäude, die von wildem Wein überwuchert waren, nichts Besonderes. Ungewöhnlich waren erst mal nur die Holzskulpturen und Figuren gewesen, die den Weg vom Dorf bis auf die Anhöhe säumten, auf der Josefs Haus stand: afrikanische Masken auf dicken Holzpflöcken, Papageien aus Speckstein, Buddha-Statuen, hölzerne Giraffen auf langen Stelzenbeinen, gedrechselte Hölzer mit Ornamenten. Eine bunte Sammlung aus aller Welt. Die setzte sich nun im Inneren des Wohnhauses fort, einem Raum, der fast die gesamte Grundfläche einnahm, zu dem noch eine offene Wohnküche und ein riesiger Kamin gehörten. Die Zimmerdecke war zart lila gestrichen. Ein Kronleuchter mit farbigen Glasstücken baumelte über einem breiten, senfgelben Sofa. Tücher in allen Regenbogenfarben hingen vor den Fenstern. Auf dem Boden standen flache Tische, auf denen sich Bücher und Zeitschriften stapelten, davor lagen orientalische Kissen, Poufs mit fröhlichen Blumenmustern, moderne Sitzsäcke in Signalrot, Froschgrün und Himmelblau. Ein gelungener Stilmix aus Neu und Alt, aus Fundstücken und Design.

»Ist ja irre!«, rief Katta spontan aus und drehte sich im Kreis. »Was für ein Farbflash!«

Und überall Bilder! Auf dem Kaminsims, an den Wänden, auf Kommoden, in Rollwagen hintereinander gestapelt wie in einer Galerie. Großformatige moderne Kunst, Stillleben, kräftige Aquarelle, alte Stiche in barocken Rahmen, Porträts, Landschaftsmalerei. Bilder voller Licht und Leben.

Passend zur ungewöhnlichen Stimmung erfüllte Musik den Raum. Aus den Boxen war ein Klavierstück zu hören, und die Melodie schwebte wie ein Schmetterling durch die Zimmer, leicht und zart, nur an manchen Stellen unterbrochen durch kräftige Anschläge. Die Musik löste in Katta eine starke Sehnsucht aus, ein unbestimmtes Verlangen, das sie gar nicht genauer hätte beschreiben können. Sie musste Josef Wild unbedingt fragen, wer der Komponist war.

Mit den verträumten Klängen im Ohr sah sie sich weiter um.

Auf zahlreichen Sideboards entlang der Wände reihten sich bauchige, eckige, ovale und kugelförmige Vasen, aus fast jeder reckten sich mindestens eine Blume oder ein paar schlichte, filigrane Gräser, die Katta sofort auf einigen Leinwänden und botanischen Zeichnungen wiederentdeckte: Iris, Rosen und Zinnien, Frauenmantel, Rutenhirse und Zittergras. Ein unbeschreiblicher Duft erfüllte den Raum. Katta schloss die Augen und atmete tief ein. Ein und aus, aus und ein. Fernweh erfüllte sie, und auf einmal hatte sie das Bild einer Südseeinsel im Kopf, mit Palmen, goldgelbem Sand und türkisfarbenem Meer. Sehnsuchtsort.

Paradies.

Eine fremde, hohe Stimme riss sie aus ihren Träumen: »Josef liebt Musik. Vor allem dieses großartige Stück von Schubert. *Impromptu Nummer 3*. Seine Musik geht direkt unter die Haut, findest du nicht? Sie zaubert sofort Bilder in den Kopf, deshalb kann mein Vater dieses Stück immer wieder hören. Und er liebt Blumen, genau wie ich. Meine zweite Leidenschaft, neben der Malerei. Sie gehören zu den zartesten und vergänglichsten Geschöpfen auf der Welt.«

Katta schlug die Augen auf. Eine kräftige Frau in einem kaftanähnlichen Kleid stand vor ihr. Tiefe Schatten lagen unter ihren durchdringenden braunen Augen, ihr Blick schien sich an Katta festzusaugen. Mit ihren kräftigen Fingern deutete sie auf eine Abbildung an der Wand: »Wusstest du, dass die Geschichte der botanischen Zeichnungen in Europa eng mit der Entdeckung fremder Länder zusammenhängt? Viele Bilder, die du hier siehst, sind fast unbezahlbar. Josef war schon überall auf der Welt. Aus jedem Land hat er etwas mitgebracht. Ich bin Gabriella, die Tochter und Managerin von Josef. Und seine Muse«, fügte sie selbstbewusst hinzu. »Willkommen zum Malkurs.«

Sie streckte ihre Hand aus, und Katta schüttelte sie höflich.

Gabriellas Händedruck war genau wie die Frau selbst, kühl und ein bisschen abweisend. Nur die vielen Sommersprossen unterhalb der Augen und auf Gabriellas Nase, die wie winzige Farbtupfer aussahen, gaben ihrem Gesicht etwas Zartes, Verspieltes. Katta überlegte kurz, ob Josefs Tochter in ihrem Leben wohl etwas Schlimmes erlebt hatte, dass ihr fröhliches Gesicht diesen leicht verhärmten Ausdruck angenommen hatte.

»Ich habe deine Mutter in mein Büro gebeten, damit wir ein paar Dinge besprechen können. Du kannst dich gerne weiter umsehen. Hier ist eine Liste der Sachen, die du morgen bitte mitbringst. Bis dahin!« Damit drehte sich Gabriella auf dem Absatz um, verschwand in einem der angrenzenden Zimmer und schloss die Tür.

Von ihrer Zeichenlehrerin Luna hatte Katta schon gehört, dass die Tochter von Josef Wild die Malkurse organisierte. Luna hatte auch erzählt, dass Gabriella Wild nicht viel redete, sondern schweigsam, aber mit großem Erfolg die Fäden im Hintergrund zog. Josef Wilds Bilder waren in allen größeren Galerien vertreten.

Katta zuckte mit den Achseln und setzte ihren Rundgang fort. Sie kam in den Flur, vor eine Wand mit unzähligen Fotos. Lange betrachtete sie die meist jugendlichen Gesichter.

»Meine Schüler«, erklärte Josef, der plötzlich aus dem Nichts aufgetaucht war. »So behalte ich sie in Erinnerung.«

Auch ein Foto von Alex war darunter, doch es hing ziemlich weit unten, deswegen bemerkte Katta es nicht sofort. Dann aber blieb ihr Blick lange daran hängen. Wie konnte es sein, dass er ihr so seltsam vertraut, so wichtig war? Sie kannte ihn doch kaum. Verrückt, so etwas.

»Jeder meiner Schüler hat seinen ganz eigenen Strich«, erklärte Josef weiter, »jeder ist einmalig. Erstaunlicherweise hat das Bild, das du zum Wettbewerb eingeschickt hast, mich zum ersten Mal in meinem Leben an die Bilder einer anderen Schülerin … ehemaligen Schülerin … erinnert.«

Überrascht beobachtete Katta, wie den Maler ein plötzliches Zittern durchlief. »So etwas … habe ich noch nie erlebt, zwischen euch beiden gibt es … eine wirklich unglaubliche Ähnlichkeit.«

Josef deutete auf das leicht vergilbte Foto eines jungen Mädchens. Kattas Augen folgten seinem gestreckten Zeigefinger – und plötzlich war ihr Mund staubtrocken, ihr Atem raste und das Herz schlug ihr bis zum Hals. Das konnte doch nicht wahr sein. Das gab es doch nicht. So ein Zufall war unmöglich! Auf dem Foto war das Mädchen zu sehen, das schon einige Nächte durch Kattas Träume gegeistert war. Klein und zierlich, mit elfenbeinfarbener Haut und kurzen blonden Haaren. Sie lächelte glücklich in die Kamera, ihre Wangen waren leicht gerötet, um den Hals trug sie eine Kette mit einem goldgelben Stern als Anhänger.

»Wer ist das?«, flüsterte Katta heiser.

»Miriam. Eine meiner besten Schülerinnen.«

»Die Kette um ihren Hals … sie ist schön.«

»Ich habe sie ihr geschenkt. Als Talisman, er sollte ihr Glück bringen.« Josef starrte auf das Bild. »Miriam war wie ein leuchtender Stern am Himmel. So begabt, so liebenswert.«

»Ist sie Malerin geworden?«, fragte Katta vorsichtig.

»Sie hat …« Josef machte eine lange Pause. »Sie ist gestorben. Schon vor vielen Jahren.«

Katta starrte den Maler an. Für einen Moment war sein Gesicht weich, voller Zärtlichkeit. Sekunden später lag wieder ein trauriger Ernst darin. Zu gerne hätte Katta gefragt, was mit Miriam passiert war, aber sie fühlte instinktiv, dass sie Josef damit verletzen, er ihr nur eine ausweichende Antwort geben würde. Die Wahrheit würde er sicher nicht erzählen.

Noch viele Stunden später dachte Katta über Miriam nach. Sie spürte eine tiefe Verbundenheit zu dem Mädchen, wenn sie dieses starke Gefühl auch nicht erklären konnte. Nur mit halbem Ohr hörte sie beim Abendessen zu, wie ihre Mutter begeistert von Josef, seinen Bildern und seinem Haus sprach, wie sie etwas gehässig über die zurückhaltende Gabriella lästerte und sich darüber ausließ, wie ein so hochbegabter Künstler eine so langweilige Tochter haben konnte. Mechanisch stopfte Katta sich einen halben Teller Nudeln in den Mund, wie in Trance zog sie sich aus und legte sich ins Bett. Und während ihre Mutter sich mit zwei Schlaftabletten und Ohrstöpseln mühsam in den Schlaf half, dämmerte Katta sofort weg. Hinein in ein wildes Traumtheater, in dem ein zierliches blondes Mädchen die Hauptrolle spielte. So nah und realistisch, dass Katta sogar das Pochen von Miriams Herz zu hören glaubte. Miriam streckte verzweifelt die Arme nach ihr aus. Immer wieder versuchte Katta, sie zu greifen und zu halten, doch jedes Mal, wenn sie das Mädchen fast zu packen bekam, verschwand Miriam in einem silbergrauen Nebelfeld.

Schwer atmend wachte Katta auf. Der Traum war weg, zerplatzt wie eine Seifenblase. Aber dieses Pochen war noch da. Dumpf wie ein heimliches Klopfen. Wie konnte das sein, dass sie immer noch den Herzschlag des Mädchens aus dem Traum hörte? Das war doch irre! Katta drehte sich zu ihrer schlafenden Mutter um, aber von ihr war nichts zu hören außer rhythmischen, entspannten Atemzügen. Da! Wieder ein Pochen. Nein, kein Pochen. Ein leichtes Klirren, so als ob jemand …

Katta setzte sich mit einem Ruck im Bett auf.

… als ob jemand kleine Steinchen an ihr Fenster warf!

5. CRIMSON

Farbe des Herzens

Der Himmel war mit Sternen übersät, es sah aus, als wären unzählige goldene Farbspritzer auf eine schwarze Leinwand getupft worden. Schlaftrunken trat Katta auf den Balkon, die weiß gekalkten Lärchenbretter knackten unter ihren nackten Füßen. Mit angehaltenem Atem blieb sie stehen und lauschte. In der Stille war nur das Plätschern des kleinen Brunnens mit dem Löwenkopf zu hören, den Katta bei ihrem Rundgang in einem abgelegenen Teil des Hotelgartens entdeckt hatte. Gespeist wurde er von einem glasklaren Bach, dem Goldbach, der hier ungezähmt durch die Wiese mäanderte. Überrascht hatte Katta festgestellt, dass sich, passend zum Namen, tatsächlich ein paar flinke, rötlich glänzende Goldfische in den Algen versteckten, die sich in Fließrichtung wiegten.

Eine Weile blieb sie fröstelnd auf dem Balkon stehen und wartete, während ihr Atem sich beruhigte und das Herzklopfen nachließ. Endlich hatte die Neugier über ihre Angst gesiegt. Katta trat an die Balkonbrüstung, beugte den Kopf darüber und sah hinunter. Nichts. Niemand zu sehen. Hatte sie sich das Ganze nur eingebildet? Die Außenbeleuchtung des Hotels warf ein paar zitternde Strahlen in den Garten. Ein Schatten huschte über die Wiese, schätzungsweise von einem kleinen Tier. Vielleicht eine Katze? Katta beugte sich ein Stückchen weiter nach vorne, um besser sehen zu können. In diesem Moment traf sie ein Steinchen an der Schulter.

»Autsch, verdammt!« Jetzt wurde ihr das Ganze aber zu blöd!

»He, du Idiot da unten. Das tut doch weh. Was machst du da?«

Ein mühsam unterdrücktes Kichern drang zu ihr nach oben. »Katta?«, hörte sie eine weiche Stimme.

Diese Stimme! Sie hatten nur kurz miteinander gesprochen, aber Katta erkannte den Klang sofort wieder. Vorsichtig wagte sie noch einmal den Blick nach unten. Im schwachen Licht erkannte sie einen Jungen mit dunkelblonden Wuschelhaaren.

»Alex?«, flüsterte Katta.

»Da staunste, was?«

»Was machst du denn hier?«

»Falsche Frage«, wisperte er. »Die richtige Frage lautet: Wie geht es dir, bist du verletzt? Immerhin seid ihr mit eurer Karre haarscharf an mir vorbeigedüst. Und was ist danach passiert? Die Kiste auf dem Parkplatz dahinten sieht ganz schön demoliert aus.«

Katta holte tief Luft. »Oh, verdammt, du warst wirklich der Typ auf dem Fahrrad. Dachte ich mir doch.« Ein bisschen verdattert war sie bei seinem Anblick schon, aber eigentlich nicht überrascht. Wenn sie ehrlich war, hatte sie die ganze Zeit schon gedacht, dass es Alex war, den sie gesehen hatte, und insgeheim hatte sie gehofft, dass er irgendwann hier auftauchen würde. »Tut mir leid, meine Mutter hat nicht aufgepasst. Sie ist dann noch ziemlich heftig gegen einen Baumstamm am Straßenrand gekracht. Wir haben aber beide nur ein paar Kratzer abgekriegt. Ist dir was passiert? Und wieso bist du überhaupt hier?«

»Darf ich nach oben kommen, dann erzähle ich es dir.«

Katta tippte sich mit dem Finger an die Stirn. »Spinnst du?

Mein Zimmer ist im ersten Stock. Wie willst du denn hier raufkommen?«

»Kein Problem.« Alex' Stimme war jetzt schon viel näher.

Katta lauschte und hörte ein Keuchen, ein Rascheln, dann ein feines Klappern. Skeptisch beobachtete sie, wie eine Hand die Balkonbrüstung umfasste, eine zweite nachgriff, dann schwang sich ein Bein darüber. Katta schauderte. Wie verrückt war das denn? Ein bisschen erinnerte sie die Situation gerade an die Horrorfilme, die sie sich häufig mit Melanie ansah. An den spannendsten Stellen stopften sie sich beide jedes Mal die Finger in die Ohren und zogen sich eine Wolldecke bis unter die Nasenspitzen. Das hätte Katta jetzt auch gerne getan. Zu spät.

»Geschafft!« Mit einem Sprung stand Alex vor ihr. »Gar nicht übel, so ein Rosenspalier. Fast wie 'ne Leiter.«

Mit schnellem Handgriff zog Katta die Balkontür hinter sich zu und legte einen Finger auf die Lippen. »Psst, nicht so laut! Meine Mutter schläft da drin. Wenn du noch weiter hier rumschreist, wacht sie auf. Trotz Schlaftabletten und Ohropax!«

Alex zog Katta auf den Boden. »Gut, dann flüstern wir hier unten weiter.« Er ließ sich im Schneidersitz auf den Dielen nieder und strahlte sie an. »Wieso ist deine Mutter dabei? Brauchst du einen Babysitter?«

»Quatsch! Sie wollte einfach sehen, ob ich gut untergekommen bin, morgen fährt sie wieder.« Katta biss sich leicht genervt auf die Lippen. »Ich glaube, ich verziehe mich besser.« Sie sprang auf.

Hastig griff Alex nach ihrer Hand. »Entspann dich, war nicht so gemeint. Zweiter Versuch, okay?« Er verbeugte sich leicht. »Willkommen in Goldbach. Wusste ich doch, dass du den Kurs machst.«

Gegen ihren Willen musste Katta lächeln. »Du tickst ja nicht richtig!«

Alex lächelte zurück. Da war er wieder, dieser unglaubliche Blick aus seinen grünen Augen, der sie schon bei ihrem ersten Gespräch auf der Schultreppe so fasziniert hatte. Selbst hier im Halbdunkel des Balkons konnte sie das magische Leuchten darin erkennen. Alex' Blick verwirrte Katta, vor Aufregung bekam sie eine Gänsehaut.

Alex bemerkte ihr Zittern sofort. »Du frierst. Kein Wunder, ich hab dich direkt aus dem Bett geholt, sorry.«

Erst jetzt registrierte Katta, dass sie nur die kurzen Schlafshorts und ein dünnes Top trug. Verlegen setzte sie sich wieder und verkreuzte die Arme vor der Brust.

»Warte«, flüsterte er, zog seine Sweatshirtjacke aus und legte sie Katta um die Schulter.

Dabei strich er flüchtig mit den Fingerspitzen über ihre nackte Haut. Ein beinahe elektrisches Kribbeln strömte durch ihren Körper, durch die Arme, in den Bauch, die Beine entlang bis in die Zehenspitzen. Herrlich! Noch nie hatte jemand mit einer kurzen Berührung ein so wohliges Gefühl in Katta ausgelöst.

»Was machst du in Goldbach?«, fragte sie leise. »Und woher weißt du, dass ich in diesem Hotel bin?«

»Ich wohne hier«, antwortete Alex. »Zumindest in den Ferien. Meiner Stieftante und meinem Onkel gehört die Bäckerei Kosack. Und das beantwortet auch deine zweite Frage. Der Laden ist nämlich so was wie Facebook live. Hier treffen sich alle, hier kriegst du jede Info. Hat genau fünf Minuten gedauert, bis Hansen heute Morgen erzählt hat, dass eine Frau mit ihrer Tochter bei ihm absteigt. Und dass diese Tochter einen Malkurs machen wird. Warum ist deine Mutter mitgekommen?«

Katta zuckte mit den Schultern. »So halt. Sie will mit Josef Wild alles ganz genau abklären. Meine Mutter ist …«

»Ziemlich streng, oder?«

»Streng nicht unbedingt, aber super genau. Stammt wohl aus ihrer Zeit als Tänzerin beim Ballett. Es ist schwer, meine Mutter zufrieden zu stellen.«

Alex sah Katta lange an. »Tanzt sie immer noch?«

»Nein, sie ist schon ewig nicht mehr aufgetreten. Und alles wegen mir.« Katta seufzte.

»Wegen dir?«

»Kind und Karriere, das geht eben nicht.«

Alex schüttelte energisch den Kopf. »Blödsinn. Anderen Frauen geht es doch auch so, die versuchen, irgendwie in ihrem Job weiterzumachen. Früher oder später. Du bist längst alt genug, um auf dich selbst aufzupassen. Also zieh dir den Schuh bloß nicht an, dass du sie ausgebremst hast.«

»Leichter gesagt, als getan. Wenn ich sie schon sehe, wie sie die alten Filme von ihren Auftritten ansieht … da kriege ich die Krise. Das ist wie ein stummer Vorwurf.« Kattas Stimme wurde leise, kaum mehr hörbar. »Meine Mutter ist lieb, aber irgendwie ein bisschen durchgeknallt. Ich will auf keinen Fall so werden wie sie. Das ist meine größte Angst.«

»Mmmmh. Verstehe.« Alex streckte die Beine aus, legte sich flach neben Katta und verschränkte die Arme unter seinen Locken. »Mach dir keinen Kopf, Katta. Jeder macht das, was er will. Oder sollte es wenigstens tun, auch wenn es einigen Leuten nicht in den Kram passt. Und du musst malen.«

Katta schoss das Blut in die Wangen. »Woher willst du wissen, was ich will? Wir kennen uns doch gar nicht richtig.«

»Ich muss mir nur deine Bilder ansehen …« Alex machte eine Pause, » … und dich.«

Verlegen starrte Katta auf einen blinkenden Stern weit weg am Himmel. Der Mond tupfte silberne Flecken auf die Balkonbrüstung, in der Ferne hörte man den hohlen Ruf eines Tieres.

»Huhu, huhu«, ahmte Alex den Klang nach.

Katta kicherte. »Gibt es hier Gespenster?«

»Quatsch, das sind Eulen. Im Wald oberhalb von Josefs Haus leben ganz viele. Vor allem am Goldsee. Wenn du willst, dann zeige ich ihn dir. Ist ein ziemlich versteckter Natursee, total grünes, kühles Wasser. Man kann super drin schwimmen.«

»Uaah, wie kitschig. Goldbach. Goldsee.« Katta stöhnte. »Ist hier alles goldig?«

»Nö. Nicht alles. Und im Moment sowieso nur das Mädchen, das neben mir auf dem Balkon sitzt.«

Alex sah sie forschend an, und Katta senkte verlegen den Kopf. In seiner Gegenwart fühlte sie sich auf einmal so leicht, so frei. Sie spürte, dass alle Gedanken und Träume in ihr nur darauf brannten, dass sie Alex davon erzählte. Aber sie traute sich nicht. Verdammt! Würde das irgendwann mal anders sein? Wie schön wäre es, wenn sie Alex eines Tages noch viel mehr von sich anvertrauen könnte!

»Du hast doch auch schon diesen Kurs bei Josef Wild gemacht«, fragte sie. »Wie war das?«

»Genial. Erst denkst du, der Typ hat einen an der Waffel, weil er so seltsame Dinge von dir verlangt. Aber je mehr Tage vergehen, je mehr du malst, desto besser fühlst du dich. Josef versteht es, ein Talent so richtig aus einem herauszukitzeln.«

»Das hört sich nach ganz schön viel Arbeit an!«

»Ist es auch.« Alex zuckte mit den Schultern. »Muss es auch sein, wenn du etwas lernen willst. Ich glaube, dass ich bis zum Kurs bei Josef gar nicht richtig wusste, was man mit Farben, mit den richtigen Pinseln und dem passenden Maluntergrund alles anstellen kann. Josef hat mir so viele Bilder gezeigt, dass mir fast schwindelig geworden ist. Und er hat mit so viel Leidenschaft von Malern und ihren Schicksalen erzählt … so was vergisst man nie mehr, das ist tausendmal besser als der ganze langweilige Kunstunterricht in der Schule.«

»Oh, da hatte ich wohl mehr Glück.« Katta grinste. »Ich hatte Luna im Kunstunterricht. Du weißt schon, Luise Nagel. Sie ist eine tolle Lehrerin, ihr verdanke ich, dass ich den Kurs machen kann. Sie hat nämlich mein Bild eingereicht.«

»Leider war sie nie meine Lehrerin, ich hatte nur die anderen verschnarchten Heinis, die bei uns an der Schule sind. Warte mal …« Alex überlegte kurz. »Hm, vielleicht bekomme ich das Zitat von Friedensreich Hundertwasser noch zusammen, das Josef mir ungefähr zehnmal am Tag vorgebetet hat. Hast du schon mal von ihm gehört?«

Katta schnaubte. »Also hör mal! Wir haben schon in der Grundschule über ihn gesprochen und versucht, seine Bilder nachzumalen. Oh Gott, wenn ich daran denke: mit Wasserfarbkasten und Block aus dem Supermarkt. Wie peinlich!«

»Finde ich nicht.« Alex streckte sich. »Ist doch super, wenn Kinder schon so früh an Kunst rangeführt werden. Sonst bleibt das ein völlig abstraktes Ding, mit dem später keiner mehr etwas anfangen kann. Wer in der Grundschule oder im Kindergarten nie gemalt hat, tut es später sicher auch nicht.«

Katta lachte. »Jawohl, Herr Lehrer. So ist es. Nee, du hast recht. Und Hundertwasser ist wirklich ein genialer Künstler. Ich liebe seine leuchtenden Farben und seine ungewöhnlichen Bilder. Und die Häuser, die er sich ausgedacht hat. Wahnsinn!«

Alex hielt den Zeigefinger an die Lippen. »Ich bitte um Ruhe, sonst kriege ich das Zitat nicht richtig hin. Also: *Malen ist Träumen. Wenn ich male, träume ich. Wenn der Traum zu Ende ist, erinnere ich mich nicht mehr daran, was ich geträumt habe. Das Bild aber bleibt. Es ist die Ernte meines Traumes.* Besser kann es doch kein Mensch ausdrücken, oder?«

Ein jähes Gefühl von Zuneigung rieselte durch Kattas Körper. Die Worte klangen aus seinem Mund so wunderbar, die Art, wie er sie ausgesprochen hatte, war so zärtlich gewesen, dass Kattas Herz sich für einen Moment zusammenzog. Mit einem Mal verspürte sie eine unglaubliche Sehnsucht danach, diesen Jungen zu küssen, ihre Lippen auf seinen weichen Mund zu pressen.

Jetzt.

Jetzt.

Jetzt.

Es war so still, dass man das sanfte Plätschern des Brunnens mit dem Löwenkopf hören konnte. So still, dass es langsam unangenehm wurde.

»Katta? Habe ich was Blödes gesagt?«

Mist. Chance verpasst.

Katta räusperte sich verlegen. »Äh, nein, das war schön. Echt schön. Malst du hier auch? Also bei deiner Tante und deinem Onkel?«

Alex lachte. »Ab und zu. Aber ich gebe offen zu, dass ich mich im Moment vor allem auf die Musik konzentriere. Das ist noch mehr mein Ding, schätze ich. Mal sehen, vielleicht mache ich nach der Schule irgendwas in die Richtung. Und wenn das nicht klappt, muss ich eben noch ein paar Kurse bei Josef belegen.«

»Du magst ihn, oder?«

»Josef ist wirklich total in Ordnung. Wenn er jemand zu seinem Kurs einlädt, dann ist das schon eine echte Auszeichnung.« Alex knuffte Katta freundschaftlich in die Schulter. »Aber pass auf, er ist ganz schön streng!«

»Und Gabriella, seine Tochter? Was macht die?«

»Ich nehme mal an, dass Josef ohne sie ziemlich aufgeschmissen wäre. Josef ist der Künstler, sie die Macherin. Jeder hier im Ort weiß, dass Gabriella Josefs ganzes Leben managt. Sie kümmert sich ums Haus, um die Finanzen, verkauft die Bilder, einfach alles. Und sie kann super kochen, das wirst du bei deinem Kurs noch merken. Ich bin immer gut mit Jella klargekommen, ich mag sie.« Nachdenklich fuhr Alex sich durch die Haare. »Manchmal kommt sie zu uns in die Bäckerei. Meine Tante bittet sie immer darum, sie hat das gern. Viel zu sagen haben sie sich meiner Meinung nach nicht, aber sie trinken Kaffee und essen Käsekuchen. So wie früher, als Gabriella noch mit meiner Cousine … also früher war sie die beste Freundin meiner Cousine.«

»War? Haben sie sich gestritten?«

Er schnaubte leicht genervt. »Nee. Das ist alles schon ewig her. Miriam lebt nicht mehr, ich habe sie gar nicht gekannt. Angeblich wollte sie nicht mehr leben. Wenn du verstehst, was ich meine.«

Für einen Moment hielt Katta den Atem an. Miriam. Etwa das Mädchen vom Foto? Das Mädchen aus ihren Träumen?

»Hat sie gemalt? Bei Josef Wild? Deine Cousine, meine ich. Ich glaube, ich habe ein Foto von ihr in der Galerie von Josef gesehen.«

»Ja, Miriam hat gemalt, sie war richtig gut. Meine Stieftante und mein Onkel hatten jede Menge Bilder von ihr, ein Typ aus dem Ort hat ihnen sogar einen ganzen Stapel abgekauft und bei sich aufgehängt, weil er sie so genial findet.«

»Welcher Mann? Weißt du seinen Namen?«

»Nee, keine Ahnung.«

Katta sah Alex in die Augen. »Meinst du, du kannst es rauskriegen? Bitte!«

»Mal sehen. Wieso interessiert dich meine Cousine so? Ich will jetzt echt nicht mehr über Miriam sprechen, klar?« Alex klang plötzlich fast abweisend.

»Ist schon okay«, flüsterte sie beruhigend. »Ich wollte dich nicht nerven. Das hier ist nur alles so verrückt, so neu für mich. So viele fremde Leute, der Unfall, dann steigst du hier mitten in der Nacht auf den Balkon und …« Katta spürte ein wohliges Prickeln im Bauch. »Ich freue mich. Ich freue mich, dass ich mich gegen meinen Vater durchgesetzt habe. Dass ich den Kurs mache. Dass ich hier bin. Dass du …« Sie schlug sich mit der flachen Hand auf den Mund.

»Hallo? Ich bin völlig platt. Das war ja jetzt der totale Redeschwall.«

»Sorry.« Katta grinste ihn schief an.

Alex setzte sich auf und legte einfach nur vorsichtig den Arm um sie.

Der Morgen dämmerte bereits, als Katta behutsam die Balkontür öffnete und wieder ins Bett schlüpfte. Ihre Mutter atmete leise und gleichmäßig.

Mit dem Zeigefinger strich Katta sich über ihre Lippen, die Alex vorhin berührt hatte. Sanft und unendlich vorsichtig war er zum Abschied mit seinem Daumen den Bogen von Kattas Mund nachgefahren. Danach war er aufgesprungen und über das Rosenspalier wieder nach unten geklettert. Noch bevor Katta reagieren konnte, hatte die Dunkelheit ihn verschluckt.

In dieser Nacht träumte Katta von Alex.

Nur von ihm.

6. FLIEDER

Kleine Machtspiele

»Mach mal Platz, damit ich das Tablett abstellen kann.«

Die Stimme ihrer Mutter drang wie durch einen Berg dicker Wolldecken an Kattas Ohr. Geschirr klapperte, es roch nach Tee und frischen Brötchen. Unruhig wälzte Katta sich im Bett hin und her. Was war das denn jetzt? Träumte sie noch?

»He, Katharina! Du schläfst ja wie ein Murmeltier. Die Landluft scheint dir gutzutun. Aufstehen, ich muss los.«

Mühsam schlug Katta die Augen auf. Neben ihr auf dem Bett saß ihre Mutter, fix und fertig angezogen, in ihren Händen balancierte sie ein Tablett mit einem leckeren Frühstück.

Kattas erster Impuls war, ihre Mutter einfach zu ignorieren und weiterzuschlafen. Aber das ließ Ida nicht zu.

»Roomservice«, erklärte sie fröhlich. »Ich habe gedacht, das gönne ich uns zum Abschied.« Sie hielt Katta ein Croissant unter die Nase. »Mal abbeißen?«

Katta legte sich stöhnend ihr Kissen über den Kopf. »Hilfe, wie kann man früh am Morgen nur so gute Laune haben!«

»Dann nicht.« Ida stand auf, schob den kleinen Tisch ans Bett und stellte das Tablett darauf. »Esse ich eben alleine. Aber lieber hier am Tisch statt im Bett. Wer weiß, ob du nicht gleich noch um dich trittst.«

»Kann passieren«, brummte Katta. »Wie spät ist es?«

»Kurz nach sechs. Um halb sieben muss ich los, da kommt der Mietwagen. Um neun fängt dein Kurs an. Komm, Katta, leiste mir ein bisschen Gesellschaft. Du kannst doch später noch eine Runde schlafen.«

Katta hob das Kissen vom Kopf und blinzelte ihre Mutter an. »Okay. Aber nur, wenn du mich nicht gleich volltextest!«

»Versprochen!«

Genau fünf Minuten hielt ihre Mutter sich an ihr Versprechen, dann platzte sie heraus. »Ich habe gestern noch eine Weile mit Josef Wild gesprochen. Der Mann ist wirklich großartig, ein echter Künstler. Wir haben so viel gemeinsam, die Liebe zur Musik, zur Malerei, zum Theater. Mit ihm kann ich endlich mal wieder richtig über Kunst reden. Ach, wie in alten Zeiten! Was hältst du davon, wenn ich nach Hause fahre, meine Sachen hole und auch eine Weile hierbleibe? Zu deiner Unterstützung … sozusagen.«

Katta war mit einem Schlag hellwach. »Wie bitte?«

Ihre Mutter nahm die Teetasse und trank hastig ein paar Schlucke. »Das wäre doch schön. Wir zwei an diesem traumhaften Ort. Dein Vater soll ruhig mal alleine ein paar Tage in Italien verbringen. Mit Carlo. Das tut den beiden sicher auch gut.«

»Spinnst du eigentlich? Endlich kann ich mal was alleine machen, und jetzt kommst du? So machst du das jedes Mal, Mama!« Katta hieb sich mit der flachen Hand an die Stirn. »Immer muss alles nach deinem Kopf gehen. Immer geht es nur um dich!«

Kattas Mutter spitzte die Lippen. »Schätzchen, beruhige dich. Ich will doch nur dein Bestes.«

»Mein Bestes? So ein Quatsch. Ich kann mir lebhaft vorstellen, wie das wird. Die nächsten fünf Tage schleichst du um Josef herum, ich stehe ständig unter Beobachtung und darf jeden Abend mit dir verbringen. Na super!« Katta schrie jetzt, ihre Stimme überschlug sich vor Zorn.

»Katta, psst, nicht so laut. Ich wollte nicht, dass das so eskaliert. Ich habe gedacht, dass du dich über mein nettes Angebot freust. Immerhin verzichte ich für dich auf den Urlaub in Italien!«

»Du verzichtest? Dass ich nicht lache. Ach, auf einmal bin ich dir so wichtig, ja? Ganz toll. Sonst noch was?« Katta hieb wütend auf ihr Kissen ein.

»Was möchtest du denn, Süße? Sag es mir doch! Können wir nicht einfach in Ruhe reden? Ich war doch immer für dich da, Katta, ich habe es doch immer gut gemeint.« Ida machte einen Schritt auf ihre Tochter zu und versuchte, ihr den Arm um die Schulter zu legen. Doch Katta wehrte ab.

»Ach, Scheiße, Mum. Jetzt willst du über meine Gefühle sprechen, gerade jetzt?« Sie lachte kurz auf, nicht zynisch, sondern traurig, genervt und unendlich verletzt. »Ja, du warst da für die Familie. Hast gekocht, mich zum Sport, in die Musikstunden gefahren, mir die Klamotten gewaschen, gebügelt, alles, das ganze Programm. Aber die halbe Zeit hast du in deiner Ballettwelt verbracht, vor der Glotze, in Zeitschriften und alten Bildern versunken. Ständig hast du mir das Gefühl gegeben, dass mit meiner Geburt dein Leben vorbei war. Kannst du dir vorstellen, wie das ist für ein Kind? Wenn man genau weiß, dass man die Karriere der Mutter versaut hat? Verdammt. In Wirklichkeit interessiert dich mein Leben doch gar nicht, meine Freunde, meine Musik, meine Gedanken. Du merkst es ja nicht mal, wenn Melanie nach irgendwelchen Horrorfilmen heimlich bei mir pennt. Du weißt gar nichts von mir, rein gar nichts. Mit wem war ich vorgestern im Kino? Na? Los, sag schon!«

Überrascht sah Ida ihre Tochter an. Ihre Augen flackerten.

Katta bemerkte, dass Tränen darin standen, die Ida nun nicht länger zurückhalten konnte. Und schon tat ihre Mutter ihr leid, aber Kattas Wut war so groß, dass sie sich jetzt nicht bremsen lassen wollte. Deshalb wiederholte sie einfach nur mürrisch ihre Frage: »Ich hatte dich gefragt, mit wem ich gestern unterwegs war. Hallo? Wusste ich's doch. Nicht mal das kannst du mir sagen.« Mit einem heftigen Ruck sprang sie aus dem Bett. »Das ist das Problem. Du warst da, Mum. Immer. Aber du warst nie anwesend!«

Katta trat ans Fenster und sah hinaus. Die ersten Sonnenstrahlen brachen über die hohen Birken im Hotelgarten herein, zinnoberrot und dottergelb. Gemischt mit dem Flieder und Azurblau des Himmels und dem Weiß des Mondes, der langsam im Morgenlicht verblasste. Ida stellte sich neben sie und strich sich seufzend über die glatt gebügelte Hose. Sie versuchte ihre Tochter zu umarmen, aber Katta wich aus.

»Du hast recht, Katharina. Ja, du hast recht. In allem. Aber weißt du, ich könnte das Gleiche von dir sagen. Was weißt du von mir, von meinen Gefühlen? Interessieren sie dich überhaupt?«

Katta schnaubte wütend. »Retourkutsche, was?«

»Ich weiß jetzt schon, dass ich mich in Italien völlig alleine fühle, ohne dich. Obwohl dein Vater bei mir ist. Aber er interessiert sich schon lange nicht mehr für Kunst, dazu arbeitet er viel zu viel. Aber du, Katta, du tickst genauso wie ich. Und wie Josef Wild.«

»Ich will aber gar nicht so sein wie du, Mama! Und ich will auch nicht deine Beziehungsprobleme mit Papa lösen. Ich will einfach mal 'ne Weile meine Ruhe haben. So, und jetzt gehe ich duschen.«

Ida schüttelte den Kopf. »Nein, hör mir zu, bitte. Vielleicht war ich keine gute Mutter, vielleicht. Ich weiß es nicht. Aber die ganzen Jahre über waren wir als Familie unterwegs, Gregor und ich haben uns nur um dich gekümmert. Und jetzt …« Sie stockte. »Jetzt habe ich fast ein bisschen Angst davor, mit ihm alleine in Urlaub zu fahren. Ich bin das einfach nicht mehr gewohnt. Vielleicht haben wir uns gar nichts mehr zu sagen. Vielleicht …«

Katta starrte ihre Mutter an wie eine Fremde. Sie war gar nicht so überrascht von dem, was ihre Mutter da sagte, aber sie merkte jetzt, dass ihre Mutter anders aussah als sonst. Ida hatte sich mit einem Taschentuch die letzten Spuren von Tränen aus dem Gesicht getupft. Und auf einmal bemerkte Katta die strahlenden Augen ihrer Mutter, die feinen Grübchen in ihren geröteten Wangen, den weichen Zug um den Mund. Sie sieht auf einmal so jung aus, dachte Katta, so unsicher. So hatte sie ihre Mutter noch nie wahrgenommen.

»Was ist? Bist du sauer auf mich?« Idas Mundwinkel zuckten.

»Nein. Quatsch. Ich bin nur …« Katta hielt mitten im Satz inne. Sie drehte den Kopf weg und sah aus dem Fenster.

Es ist seltsam, dachte sie bei sich. Auf einmal geriet ihre ganze Welt ins Wanken. Noch gestern hatte sie Angst davor gehabt, alleine in Goldbach zu bleiben. Aber in diesem Moment fühlte es sich gut an, genau richtig. Katta spürte, dass sich gerade etwas in ihrem Leben veränderte, auch wenn sie noch keine rechte Ahnung hatte, was. Auf jeden Fall wollte sie sich endlich aus dem Klammergriff ihrer Eltern, vor allem ihrer Mutter, befreien. Sie wollte wirklich frei sein und sich nicht schon wieder gedanklich an ihre Mutter oder ihren Vater ketten. Zumindest für die paar Tage des Kurses wollte sie auf eigenen Beinen stehen, alleine entscheiden.

Zwanzig Minuten später stand Katta auf dem Balkon und winkte ihrer Mutter zu. Kaum war Ida in dem Mietwagen losgefahren, den Timo Hansen für sie besorgt hatte, schnappte Katta sich ihren iPod und warf sich aufs Bett. Endlich allein! Sie wählte ihre Lieblingsmusik und schloss die Augen. Die Bilder des vergangenen Tages, der vergangenen Nacht zogen an ihr vorbei. Der Besuch bei Josef, sein Haus, seine Tochter Gabriella, das verstörende Bild von Miriam, der nächtliche Besuch von Alex.

Alex. Alex, immer wieder Alex.

7. KHAKI

Geerdet

Es war, als würden ihre Füße gar nicht den Boden berühren, so leicht und beschwingt lief Katta ein paar Minuten später zu Josef Wilds Haus. Den iPod hatte sie in ihre Umhängetasche gestopft, die knallroten Kopfhörer pumpten die Beats in ihre Ohren. Katta musste sich zusammenreißen, um nicht ständig laut zu singen oder dämlich zu grinsen. Sie hatte es tatsächlich geschafft, sich erfolgreich gegen ihre Mutter zu wehren. Jetzt freute sie sich wie verrückt auf die fünf Tage Malkurs. Fünf Tage ganz alleine! Katta fühlte sich leicht. Federleicht und glücklich. Den Jungen, der gerade aus Josefs Atelier sprang, nahm sie erst wahr, als sie aneinanderknallten.

»He! Tomaten auf den Augen?«

Katta zog verlegen die Stöpsel aus den Ohren. »Entschuldigung!«

Der Junge, Katta schätzte ihn auf siebzehn, achtzehn Jahre, blinzelte gegen die Sonne, die sein Gesicht anstrahlte. Er sah nett aus. Nicht supergut, aber sympathisch. Braune Dreadlocks, die ihm bis auf die Schultern hingen, milchschokoladenbraune Haut und dunkle Augen, eine etwas knubbelige Nase. Vor allem aber hatte er riesige Hände, die gar nicht richtig zu seinem restlichen Körper passten. Er trug ein khakifarbenes T-Shirt, eine olivgrüne Hose und – trotz Sommerhitze – Boots.

»Pascal Le Blond«, erklärte Josef, der mit Malerkittel und tropfendem Pinsel bewaffnet aus dem Atelier kam und dem Jungen die Hand auf die Schulter legte. »Mein zweiter Schüler für diesen Kurs.« Er deutete auf Katta. »Und das ist Katharina Voss. Ihr zwei müsst die nächsten fünf Tage miteinander auskommen.«

»Wenn sie sich ordentlich benimmt und mich nicht beim Malen nervt, kriegen wir das hin.«

Pascal grinste. Ein eigenartiges, etwas verschmitztes Grinsen, wie von einem Kobold. Als er sich ein paar Dreadlocks aus dem Gesicht schob, sah Katta, dass er leichte Segelohren hatte, spitz und abstehend wie bei den magischen Wesen in ihren alten Bilderbüchern.

»Hallo. Ich bin Katta«, murmelte sie.

Mehr fiel ihr nicht ein, Smalltalk war noch nie ihr Ding gewesen, und in diesem Moment schon gar nicht. Katta fühlte sich überhaupt nicht wohl in ihrer Haut. Zwei Typen, die bestimmt ein paar lockere Sprüche von ihr erwarteten, zumindest aber eine einfache Unterhaltung, das überforderte sie. Schüchtern starrte sie auf ihre Fußspitzen, als gäbe es an ihren gestreiften Flip-Flops etwas Besonderes zu sehen. Pascal musterte sie mit verschränkten Armen.

»Na, jetzt habt ihr euch ja intensiv vorgestellt«, unterbrach Josef mit einem Lachen die peinliche Stille. »Kommt mit ins Atelier. Ich will gleich mit euch loslegen.«

Katta hatte ein vollkommenes Durcheinander erwartet, kreatives Chaos, wie es beim Malen auch in ihrem Zimmer herrschte. Aber Josefs Atelier war so aufgeräumt, dass sie staunend die Luft anhielt. Pinsel in allen Größen und Formen standen sorgfältig angeordnet in Gläsern, an den deckenhohen Regalen klebten breite Etiketten mit den Namen der verschiedenen Farben und Farbmittel, die hier lagerten: Tempera-, Acryl- und Ölfarben, Kohle, Pigmente, Gläser mit Chinatusche und Graphitpulver, Fixierspray, Holzbeize, Ölpastellkreiden, pflanzliche Farbstoffe, Binde- und Lösungsmittel. An den Wänden lehnten fertige Leinwände und Keilrahmen in unterschiedlichen Größen, Stoffballen aus grobem und feinem Leinen warteten auf ausziehbaren Tischen auf die Weiterverarbeitung, darunter lagerten Stapel von Holz für Rahmen. Bleistifte in allen Stärken lagen auf einer Anrichte, weiche und harte Radiergummis, Zeichenblöcke und Skizzenpapier mit verschiedener Körnung.

Mit großen Schritten durchquerte Pascal den Raum und winkte Katta zu einer Staffelei, auf der eine quadratische Leinwand mit einem unfertigen abstrakten Gemälde stand.

»Ich habe heute Morgen schon was angefangen. Ich bin mir jetzt schon sicher, das wird richtig gut. Willst du mal sehen?« Ein etwas überhebliches Lächeln breitete sich auf seinem Gesicht aus. Katta wollte spontan den Kopf schütteln, sein Angebot ausschlagen und einfach nicht hinsehen. Aber dann nickte sie. Vielleicht war seine Arroganz nur vorgetäuscht, vielleicht verbarg sich Unsicherheit hinter seinem Auftreten. Es wäre nicht das erste Mal gewesen, dass Katta diesen Widerspruch erlebte. Viele ihrer Mitschüler verbargen ihre Gefühle hinter einer Maske aus gespielter Lässigkeit. Das machte sie nach außen hin weniger verletzlich, weil sie ihre Schwächen und Zweifel nicht offen zugaben. Katta musterte Pascal. Sein Blick schien auf einmal zu flackern, seine Mundwinkel zuckten nervös.

Also doch!

Ein Urwald. Das war Kattas erster Eindruck von Pascals Bild. Der zweite: Wie konnte man so viele Grüntöne so unglaublich aufregend kombinieren? Auf Pascals Bild leuchteten kräftige Pinselstriche in Limonen-, Apfel- und Maigrün um die Wette, Mintgrün verschmolz mit Pistazie, intensives Kobaltgrün tanzte um Felder aus dunklem Khaki.

»Ich dachte immer, dass Grün eine langweilige Farbe ist«, stieß sie hervor. »Aber das ist echt genial!«

Pascal klopfte sich auf die Schultern. »Ich weiß, ich weiß. Du bist ja nicht die Erste, die mein Talent erkennt. Deshalb bin ich schließlich hier. Was ist, möchtest du ein Autogramm?«

»Später!« Katta schüttelte den Kopf und lachte.

Pascal lachte auch. Das Eis zwischen ihnen war gebrochen. Möglicherweise war Pascal ein Angeber, mit Sicherheit ganz schön eingebildet, aber er war zumindest witzig.

»Pascal malt am liebsten ganz früh am Morgen, er hat mich heute schon aus dem Bett geschmissen«, erklärte Josef. »Der Kerl hat ein unverschämt gutes Farbgefühl. Du, Katta, bist nicht nur ein großes Talent, wenn es um Komposition geht, deine Bilder leben, sie atmen förmlich. Wenn ihr zwei wollt, könnt ihr nicht nur von mir, sondern auch viel vom anderen lernen, deshalb habe ich euch für diesen Kurs ausgewählt.« Er fischte ein Bild, das mit einem Tuch zugedeckt war, aus einem Stapel von Leinwänden, stellte es auf eine Staffelei und zog die Schutzhülle weg. »Hier ist übrigens das Werk von Miriam, das ich dir zeigen wollte, Katharina.« Mit heiserer Stimme fügte er hinzu: »Sie hat es nie fertiggestellt, es ist ihr letztes.«

Überrascht sah Katta auf das Bild, ein Selbstporträt, das mit Bleistift gezeichnet und mit Farbstiften zart und fast durchscheinend koloriert war. Das Mädchen hatte eine sehr helle Hautfarbe, nebelgraue Augen, eine schmale Nase, der Mund war himbeerrot, die Haare schimmerten goldblond. Betont kräftig dagegen leuchtete der Anhänger der Kette, die Miriam um ihren schlanken Hals trug. Der gelbe Stern war Katta schon auf dem Foto in Josefs Bildergalerie aufgefallen. Miriams Gesichtsausdruck auf dem Bild berührte Katta, er war voller Zärtlichkeit. Mit der Kuppe ihres Zeigefingers strich sie sanft über eine noch unbemalte Stelle und spürte der rauen Oberfläche des Papiers nach. In diesem Augenblick hatte sie das Gefühl, dass jemand sie ansah, dass sich Miriams Blick durch das Bild hindurch in ihre Augen bohrte. Katta schauderte. Sie zog ihren Finger zurück, als hätte sie sich verbrannt, und stopfte die Hände in die Hosentaschen. Langsam wurde ihr die Sache ein bisschen unheimlich! Verwirrt sah sie sich nach Josef und Pascal um, aber die schienen nichts bemerkt zu haben.

»Zum Vergleich hier das Werk, das deine Kunstlehrerin eingeschickt hat.« Josef hielt Kattas Bild in die Höhe, eine Zeichnung mit Bleistift, Kohle und Kreide. Ein Mädchen im Profil, aufgestützt auf seine Hand, völlig versunken in der Betrachtung einer vor ihr rankenden Blume.

»Mensch, ihr habt voll den gleichen Strich, ist ja irre!«, rief Pascal aus. »Kennt ihr euch? Du und dieses Mädchen, das das andere Bild gemalt hat?«

Katta schüttelte den Kopf. Sie war immer noch sprachlos.

»Wir wollen mal nicht übertreiben, es gibt schon einige Unterschiede zwischen Miriams und Kattas Bild«, erklärte Josef beschwichtigend. »Aber beide haben unglaubliche Tiefe, eine Seele. Das ist das Wichtigste, denn sonst ist Malerei keine Kunst, sondern lediglich Farbe auf Leinwand oder Papier. Ein echter Künstler bringt seine Persönlichkeit, seine Ideen und Visionen zu Papier. Er kann die spröde Leinwand zum Leben erwecken. Genau das werde ich mit euch tun. Bei mir werdet ihr in den nächsten Tagen fundierte Fähigkeiten in Komposition, Perspektive, in Zeichnung und Malerei erwerben.« Er schritt zu den Regalen, in denen die Farben lagerten. »Und wir werden uns besonders intensiv mit der Farblehre auseinandersetzen. Mausgrau und Lila, Cochenille, Safran und Lapislazuli. Nilgrün, Rapsgelb oder Cremeweiß. Kardinalrot und Menninge. Hier findet ihr das Leben, denn hier sind die Farben, mit denen ihr ab heute arbeiten werdet. Eine Welt ohne Farbe ist eine tote, dunkle Welt. Licht erzeugt Farben, Farben lösen Stimmungen und Gefühle aus. Das ist die große, wunderbare Gabe der Malerei, das ist euer Talent.« Josef rieb sich zufrieden die Hände. »So. Und jetzt möchte ich, dass ihr euch Stifte und einen Skizzenblock schnappt, zusammen nach draußen geht und genau das zeichnet, was ihr am wenigsten könnt. Ihr seid nicht hier, um mich mit euren Künsten zu beeindrucken, sondern um zu lernen!«

Katta runzelte die Stirn und sah Pascal fragend an. Der zuckte mit den Schultern.

»Ihr habt mich schon verstanden. Los, Leute, in dieser Sekunde beginnt euer Kurs. Ich gebe euch genau zwei Stunden Zeit. Dann will ich Ergebnisse sehen.«

Während Pascal sofort seine Tasche packte und Material für mindestens ein Dutzend Bilder hineinstopfte, wagte Katta einen letzten Blick auf Miriams Bild. Ihre Hände waren seit Minuten feucht vor Aufregung, ihr Herz schlug wie verrückt.

Aber sie konnte nicht anders, irgendetwas in der Zeichnung zog sie magisch an. Katta legte den Kopf schief und betrachtete das Bild aufmerksam. Die Farben, die Miriam gewählt hatte, waren zart, aber von ungeheurer Energie. In ihrem Selbstporträt lag kein bisschen Wehmut, weder Angst noch Schmerz, sondern Leidenschaft. Hingabe. Liebe.

Ein solches Bild, da war Katta sich sicher, konnte kein Mensch zeichnen, dem es an Lebensmut fehlte.

8. SIGNALORANGE

Optimismus

Direkt hinter Josefs Haus floss der Goldbach, der dem Dorf seinen Namen gegeben hatte. Ein schmaler Wanderweg führte an seinem Ufer entlang auf die Anhöhe. Stumm liefen Pascal und Katta im Gänsemarsch hintereinander her, jeder seinen Gedanken nachhängend. Um sich wieder auf den Kurs und die Malaufgabe konzentrieren zu können und nicht ständig an Miriam zu denken, nahm Katta ihren ganzen Mut zusammen und begann ein Gespräch.

»Wo wohnst du eigentlich?«

»Frankfurt.«

Katta stöhnte. »Ich meine doch, während wir den Kurs machen.«

»In Josefs Haus.« Pascal drehte sich zu ihr um. »Mein Vater hat kein Geld, um mir ein Hotel zu bezahlen.« Er kniff die Augen zusammen, als erwartete er eine Reaktion von Katta, aber die zuckte nur kurz mit den Schultern, also fuhr er fort: »Ich habe eine Mail an Josef geschickt und die Sache auf meine Weise geregelt.«

»Auf deine Weise?«

»Bei uns ist die Kohle immer knapp. Wenn ich etwas unbedingt haben will, dann muss ich dafür jobben, so macht es mein

Vater auch. Der ist richtig cool, er arbeitet in einer Dönerbude. Geld ist ihm nicht wichtig, er will nur, dass es seiner Familie gut geht.« Pascal grinste. »Ich habe noch fünf Geschwister, um die satt zu kriegen, muss mein Vater jeden Tag eine Menge Döner verkaufen. Für so was wie meinen Kurs hat er kein Geld übrig, obwohl er mich total gerne unterstützen würde. Also habe ich gefragt, ob ich irgendwie bei Josef unterkommen kann, dafür würde ich auch arbeiten. Gabriella hat die Mail gelesen und mir eine Kammer unterm Dach angeboten, die Frau ist voll in Ordnung. In dem kleinen Zimmer lagern sonst eh nur alte Bilder. Dafür bleibe ich nach dem Kurs noch zwei Tage länger und helfe Josef, irgendwelche Bilder für eine Ausstellung zu verpacken.«

Lässig hüpfte er über einen Ast, der im Weg lag. »Und du, wo wohnst du?«

»Im Hotel am Goldbach.«

Pascal pfiff durch die Zähne. »Nobel. Bestimmt nicht ganz billig, oder?«

»Mmh, keine Ahnung. Zahlt mein Vater.«

»Was arbeitet der denn?«

»Baut Klos.« Katta hüstelte verlegen. Sie musste Pascal ja nicht gleich auf die Nase binden, dass man aus Scheiße tatsächlich Gold machen konnte.

Oben auf dem Hügel führte eine nicht besonders vertrauenerweckende Holzbrücke über das Wasser, das an dieser Stelle moosgrün war und wirbelnd schnell ins Tal hinunter rauschte. Der Bach, der unten an Kattas Hotel noch klar und beinahe durchsichtig schimmerte, war hier ein richtiger Wildbach.

»Der sieht an dieser Stelle ganz anders aus als im Dorf. So breit und gefährlich.« Katta beugte sich weit über das Geländer. »Wahnsinn!«

»Ich hoffe, du kannst schwimmen!«, rief Pascal und tat so, als würde er sie gleich ins Wasser schubsen.

»Lass das!« Katta brüllte panisch los.

»'tschuldigung. War doch nur ein Spaß.«

»Mach das ja nicht noch mal!« Katta blitzte Pascal zornig an. Das strudelnde Wasser flößte ihr Angst ein. Sekundenlang stand sie einfach nur da, starrte auf den enormen Sog und konnte sich nicht von der Stelle rühren. Sie hatte diesen Bach schon einmal gesehen. Aber wann? War sie schon einmal hier gewesen? Vielleicht als Kind? Katta überlegte fieberhaft, bis es ihr wieder einfiel. Der Traum! An dem Tag, als sie in der Schule zum ersten Mal mit Alex gesprochen und sie sich am Nachmittag hingelegt hatte. Da hatte sie geträumt. Intensiv und verwirrend. Alex war in ihrem Traum aufgetaucht, Miriam und ... dieser Bach hier. Genau diese Stelle! Aber das war ja völlig verrückt, das konnte doch gar nicht sein?

»He, ist alles okay mit dir?« Pascal war neben sie getreten. Er schien Kattas Anspannung zu spüren. »Was ist, sollen wir zum Zeichnen am Wildbach bleiben?«, fragte er vorsichtig. »Oder fühlst du dich hier nicht so richtig wohl?«

Katta atmete tief durch und sah sich um. Wiesenschaumkraut, Gräser und Sumpfdotterblumen, deren letzte Blüten eifrig von Hummeln umkreist wurden, säumten den Bach auf der einen Seite, auf der anderen Seite stand dichtes Schilf. Ein Heer von Schmetterlingen pendelte zwischen beiden Ufern hin und her, ließ sich mal hier, mal dort nieder.

»Kannst du noch?«, wollte Pascal wissen. »Da vorne im Wald ist nämlich ein See. Den hab ich gestern entdeckt. Der ist richtig cool. Es gibt ein paar Bänke, da kannst du dich hinsetzen und dich einen Moment ausruhen. Vielleicht können wir ja sogar 'ne Runde schwimmen.«

Katta erschrak. Der See im Wald. Der Goldsee, von dem Alex ihr in der Nacht auf dem Balkon vorgeschwärmt hatte.

Eigentlich wollte sie sich den See viel lieber von ihm zeigen lassen, mit ihm dort schwimmen, in der Sonne liegen, die Wärme auf ihrer Haut spüren und vielleicht …

»Geht nicht. Ich hab keine Badeklamotten dabei.«

Die Stelle hier am Bach war ihr zwar nicht ganz geheuer, aber sie hattc auch absolut keine Lust, mit Pascal im See zu schwimmen. Mit ihm malen, das ging ja noch, aber alles andere? Pascal war ganz okay, aber absolut nicht ihr Typ.

Katta sah auf ihre Armbanduhr. »Dauert es nicht viel zu lange, bis wir da hingelaufen sind?«

Pascal schüttelte energisch den Kopf. »Wenn ich Josef richtig verstanden habe, dann sollen deine Bilder ein bisschen mehr Farbe bekommen. Am See kriegst du jede Menge Anregungen für ungewöhnliche Farbtöne, du wirst staunen, was es dort alles gibt. Und ich weiß auch schon, was ich zeichnen will.« Pascal turnte vor ihr auf und ab wie ein Stehaufmännchen und schnitt Grimassen. »Mann, sei doch nicht so langweilig.«

Langweilig? Katta hatte schon den Mund geöffnet, um etwas Schnippisches zu erwidern, da musste sie auf einmal loslachen. Pascal war echt der Hammer, er gab einfach nie auf.

»Du hast recht. Warum nicht? Laufen wir hin!«

Pascal und Alex hatten nicht zu viel versprochen. Der See war ein Traum. Klein und sichelförmig verbarg er sich hinter wippendem erbsengrünem Schilf und ein paar Kiefern, die sich einige Meter vom Ufer entfernt wie eine Mauer um das tiefgrüne Wasser rankten und einen Sichtschutz bildeten. Die Oberfläche des Sees glitzerte im Sonnenlicht, das sich seinen Weg durch die hohen Bäume brach. An den seichten Stellen kräuselte ein lauer Wind die Wasseroberfläche, violett schimmernde Libellen tanzten darüber hinweg, Luftblasen, die sich kreisförmig an der Oberfläche ausbreiteten, wiesen auf zahlreiche Fische hin.

»Sieht voll aus wie ein Natursee, ist aber vor was-weiß-ich-wie-vielen Jahren hier angelegt worden«, meinte Pascal und fügte schnell hinzu: »Ist nicht auf meinem Mist gewachsen. Hat mir ein Spaziergänger erklärt.«

Katta warf ihre Tasche auf eine der Holzbänke am Ufer, schlüpfte aus ihren Flip-Flops und stieg bis zu den Waden ins flache Wasser.

»Wahnsinn!«, rief sie begeistert. »Total kühl. Am liebsten würde ich reinspringen.«

»Mach doch!« Pascal sah sie auffordernd an.

»Geht nicht, dann schaffe ich das Bild nie. Wir haben schon eine halbe Stunde vertrödelt. Ein anderes Mal, okay?« Barfuß lief Katta zu ihren Malutensilien und angelte den Skizzenblock und einen Bleistift heraus. »Guck dir mal diese Blumen an. Die hat bestimmt auch einer vor was-weiß-ich-wie-vielen Jahren hier gepflanzt.« Sie breitete die Arme aus. »Mehr Farbe geht ja wohl nicht!«

Im Schneidersitz ließ Katta sich auf dem warmen Waldboden nieder, direkt vor einem Streifen Wiese, der mit unzähligen Trollblumen übersät war. Deren kugelig zusammengewachsene Blätter leuchteten in sattem Signalorange. Katta seufzte und freute sich, in die Welt der Farben, Formen und Strukturen abzutauchen. Mit wenigen Strichen skizzierte sie einen Ausschnitt des Seeufers, die zarten Pflanzen, die Wiese, im Hintergrund die Kiefern und das Schilf. Zu jedem Bildelement notierte sie am Rand die Farbe, mit der sie die Zeichnung später fertig kolorieren wollte. So fasziniert war sie von ihrer Arbeit, dass sie gar nicht merkte, wie Pascal sich ganz in ihre Nähe setzte und sie sorgfältig zu porträtieren begann.

»Oh Gott, wie spät ist es?« Katta warf den Bleistift neben sich und reckte beide Arme in die Höhe. »Puh. Ich habe völlig die Zeit vergessen.«

Sie sah sich um. Hinter ihr war niemand, auch die nahen Bänke rings um den See waren leer. War Pascal etwa schon ohne sie gegangen? Katta stand auf. Ihr Blick fiel auf einen Felsen am Ufer, auf dem ein Blatt Papier lag, jemand hatte es mit ein paar Steinen beschwert. Gespannt lief Katta dorthin, nahm die Steine herunter und betrachtete die Zeichnung. Es war ein Porträt.

Ein Porträt von ihr. Und es war richtig gut! Pascal hatte sie gemalt, während sie selbst gezeichnet hatte. Okay, ihre Nase war vielleicht ein bisschen zu groß geraten, aber sonst hatte er sie wunderbar getroffen. Sie sah richtig hübsch darauf aus!

Für dich! stand in krakeliger Schrift am Rande des Blattes.

Vorsichtig steckte Katta das Bild in ihre Umhängetasche und suchte mit zusammengekniffenen Augen den Waldrand ab.

Weit entfernt am Seeufer entdeckte sie Pascal schließlich. Katta konnte sich ein Lachen nicht verbeißen. Ziemlich ungelenk tanzte er über den weichen Waldboden und sang laut zu der Musik mit, die er auf seinem iPod hörte. Es gefiel ihr, dass er dabei gar keine Hemmungen hatte, sie beneidete ihn um seine Lässigkeit.

Als hätte er gemerkt, dass sie ihn beobachtete, drehte Pascal sich plötzlich um und brüllte: »Was ist? Wieso grinst du?«

»Du gehst bei deiner Musik ja voll ab. Was hörst du?«

Pascal tänzelte zu ihr, zog sich die Kopfhörer von den Ohren und streifte sie Katta über. »Reggae. Die beste Musik ever. Musik ist so was wie Farbe für die Ohren. Wie findest du's?«

Die ungewohnten Klänge faszinierten Katta. Der pulsierende Rhythmus ging ihr direkt in den Bauch und pumpte gute Laune in ihren Kopf. Gerade wollte sie auf Pascals Frage antworten, da stand plötzlich Alex vor ihr. Wie ein Geist war er aus dem Nichts aufgetaucht. Katta riss sich die Kopfhörer runter und drückte sie Pascal in die Hand. Auf einmal kam sie sich komisch vor.

»Alex, was machst du denn hier?«

Die Vertrautheit zwischen ihr und Pascal sah Alex nicht gerne, das spürte Katta sofort.

Statt eine Antwort zu geben, meinte er nur: »Schade, jetzt kennst du mein Geheimnis schon. Eigentlich wollte ich dir den See zeigen.« Und zu Pascal gewandt: »Kennen wir uns?«

Pascals Augen verengten sich zu schmalen Schlitzen. »Sollten wir? Oder sollten wir besser nicht?«

Eine eisige Stimmung breitete sich plötzlich aus. Katta konnte förmlich fühlen, wie Alex und Pascal sich wie Boxkämpfer im Ring musterten. Pascal verschränkte abwehrend die Arme vor der Brust und blitzte Alex feindselig an.

»Alex, das ist Pascal, wir beide machen zusammen den Malkurs. Josef hat uns rausgeschickt, damit wir etwas Besonderes zeichnen. So sind wir hier am See gelandet«, fügte Katta entschuldigend hinzu. Und zu Pascal meinte sie: »Das ist Alex. Er ist ein … Freund. Wir kennen uns aus der Schule. Alex hat auch schon einen Kurs bei Josef Wild gemacht.«

»Hey«, sagte Alex und hielt Pascal die Hand hin. Wenn er Kattas Malkollegen noch immer komisch fand, ließ er es sich zumindest nicht mehr anmerken. »Der Kurs bei Josef ist echt cool. Da beneide ich euch drum.«

Pascal sah Katta an, dann Alex, dann wieder Katta. Mit einem breiten Grinsen ignorierte er die ausgestreckte Hand von Alex, stülpte sich ohne ein Wort zu sagen seine Kopfhörer über und schaltete die Musik auf volle Lautstärke.

Alex zuckte mit den Schulten und legte seine Handfläche auf Kattas Schulter. »Sehen wir uns später? Der Kurs ist doch am Nachmittag zu Ende, oder?«

Katta nickte. »Um halb fünf.«

Ihr Herz flatterte. Am liebsten wäre sie ihm um den Hals gefallen, aber das wäre ja wohl völlig bescheuert gewesen. Vor Pascal. Und überhaupt.

»Also bis später, ich hole dich bei Josef ab!«

Nachdenklich sah sie Alex nach, während der sich auf sein Mountainbike schwang und mit kräftigen Tritten im Wald verschwand. Seine durchtrainierten Oberarme hielten den Lenker wie Schraubstöcke, die Muskeln spannten sich unter seinem T-Shirt. Katta konnte ihren Blick kaum von ihm lösen.

Noch immer spürte sie die Wärme seiner Hand auf ihrer Schulter. Mit diesem prickelnden Gefühl packte sie ihre Sachen und rannte Pascal hinterher, der schon zum Atelier von Josef Wild vorgelaufen war.

9. SCHWEFELGELB

Neid. Eifersucht. Hass.

Als Katta beim Haus des Malers ankam, duftete es herrlich nach Essen. Erst jetzt merkte sie, wie hungrig sie war. Was für ein Glück, dass die gemeinsamen Mahlzeiten zum Kurspaket dazugehörten. Unter einem Sonnenschirm war ein Biertisch mit Bänken aufgestellt, darauf standen fünf Teller, eine riesige Schüssel Salat, Brot und eine Karaffe mit Wasser. Josef und Pascal saßen schon ungeduldig am Tisch und klopften mit ihren Gabeln auf das Holz.

»Hunger! Wir haben Hunger!«, riefen sie im Duett.

Katta ließ sich auf die Bank fallen, das letzte Stück war sie gerannt, um Pascal noch einzuholen. Aber keine Chance. Der Kerl hatte einfach viel zu lange Beine. Keuchend sah Katta zu, wie Gabriella Wild mit einem Topf Nudeln aus dem Haus trat.

»Na, endlich seid ihr zurück«, brummte Josefs Tochter. »Demnächst wären meine Spaghetti völlig verkocht.«

»Entschuldigung!«, meinte Katta.

Pascal nickte. »Sorry, wir haben nicht auf die Uhr geschaut.«

»Schon okay«, erklärte Gabriella. »Aber bitte denkt die nächsten Tage daran: Um Punkt eins wird gegessen. Also lasst eure Pinsel besser vorher fallen!«

»Für ein gutes Essen tue ich alles«, meinte Pascal und

schnupperte. »Und das hier riecht verdammt gut! Für wen ist eigentlich der fünfte Teller? Gibt es noch einen Schüler?«

Josef schüttelte den Kopf. »Nein, aber einen sehr begabten Exschüler, der mich oft besucht. Ich habe ihn vor ein paar Minuten spontan hergebeten. Da ist er ja!«

Mit einem breitem Grinsen schlenderte Alex über die Wiese vor Josefs Haus. Kattas Herz hüpfte vor Freude. Gleichzeitig fühlte sie sich ein bisschen überfordert mit der Situation. Wie sollte sie jetzt auf Alex reagieren? Hier. Vor Josef, Gabriella und Pascal.

Am Tisch blieb Alex stehen. »Ich bin sofort losgerast, als du mich auf dem Handy angerufen hast, Josef. Danke dir für die Einladung. Spaghetti carbonara? Lecker! Und die besten macht eindeutig Jella!«

Mit einem Ruck stellte Gabriella die Schüssel auf den Tisch, lief auf Alex zu und umarmte ihn herzlich. »Willst du dich bei mir einschleimen?«, fragte sie mit einem Grinsen.

»Muss ich das?«, fragte Alex zurück.

Gabriella schüttelte den Kopf. »Fühl dich wie zu Hause.«

Aus den Augenwinkeln beobachtete Katta, wie Pascal Alex genervt ansah. Offensichtlich passte es ihm gar nicht, dass Josefs ehemaliger Schüler mitessen würde.

Alex drückte sich neben Katta auf die Bank. »Darf ich?«

»Und wenn ich Nein sage?«, flüsterte sie lächelnd.

»Pech. Jetzt sitze ich schon.«

Gabriella füllte die Teller mit den dampfenden Nudeln, und mit Appetit machten sich alle über ihre Portion her.

»Läckär«, meinte Pascal mit vollem Mund.

Alex nickte. »Schmeckt super. Wie immer!«

Eine Weile herrschte Schweigen, jeder war mit dem Essen beschäftigt, das Gabriella gezaubert hatte. Kochen konnte sie, das musste man ihr lassen. Trotzdem mochte Katta sie nicht.

Irgendetwas störte sie an dieser Frau. Sie merkte auch, dass es Gabriella nicht entging, dass Alex immer wieder, wie aus Versehen, an Kattas Arm stieß oder sie mit seiner Hand leicht berührte. Mit finsterem Blick sah Josefs Tochter Katta an. Die genoss die versteckten Zärtlichkeiten von Alex, wagte aber nicht, sie zu erwidern.

Als alle mit dem Essen fertig waren, wischte Josef sich den Mund ab und fragte neugierig: »Und, was habt ihr gezeichnet? Wo wart ihr eigentlich?«

Zu Kattas Erstaunen schwieg Pascal.

»Am Goldsee«, beeilte sie sich zu sagen. »Es ist einfach wunderschön dort. Erst wollte ich gar nicht hingehen, aber Pascal hat mich überzeugt«, erklärte sie mit einem Seitenblick auf Alex. »Ich musste mich nur für ein paar Minuten auf die Wiese setzen, dann wusste ich schon, was ich malen würde.«

»Und?«, wollte Josef wissen.

»Soll ich das jetzt echt zeigen. Vor allen?«

»Mensch, Katta, wenn du nicht malen könntest, wärst du nicht hier«, meinte Alex. »Jetzt geht es doch nur darum, dass du dich weiterentwickelst.«

Josef nickte ihr aufmunternd zu. Katta nahm ihre Tasche, holte den Skizzenblock raus und hob ihr Bild in die Höhe.

»Ich habe es nur ganz wenig koloriert, das will ich jetzt noch machen. Ich weiß nicht … vielleicht mit Pastellkreide?«

»Viel zu verspielt«, erklärte Josef. »Dein Bild braucht mehr Farbe. Jedes Lebewesen, jede Jahreszeit, jeder Gegenstand hat seine eigene, unverwechselbare Farbigkeit. Trau dich, Katta. Wähle Aquarell. Eine Nass-in-nass-Technik. Kann ich dir gleich erklären. Damit bekommt dein Bild auf jeden Fall auch wieder die nötige Leichtigkeit. Oder ganz anders und mutig: Acryl.«

»Uargh«, nölte Pascal. »Dann wird's so ein Uralt-Schinken.«

Josef lachte. »Die typische Meinung über Acryl. Aber damit kann man spießig oder richtig cool und modern malen. Ein Künstler hat verschiedene Werkzeuge, die er für seine Arbeit einsetzen kann. Da ist einmal natürlich die Technik, die man allerdings auch beherrschen sollte, zum anderen ist es das Können. Und damit meine ich vor allem, dass man loslassen kann, dass man sich mit den Themen, die man darstellen will, auseinandersetzt und die bestmögliche Ausdrucksform dafür sucht. Und die kann von Mal zu Mal eine andere sein. Macht euch frei von äußeren Zwängen, von Meinungen, von allgemeingültigen Vorgaben, wie etwas angeblich sein muss. Nur wer wagt, gewinnt.«

Für einen Moment herrschte Stille am Tisch, jeder hing seinen Gedanken nach.

»Ich mag es, wie du Blumen und Gräser zeichnest, Katta«, unterbrach Alex das Schweigen. »Liebevoll. Leicht. Mit Seele.«

»Finde ich auch«, stimmte Josef zu. »Mit diesen paar Worten hast du ihren Stil genau beschrieben. Besser hätte ich es auch nicht sagen können.«

Unter der Bank griff Katta spontan nach Alex' Hand und drückte sie sanft. Bei seinen Worten hatte sich eine Gänsehaut auf ihrem Rücken gebildet, so zärtlich klang sein Lob.

»Boah, können wir jetzt mal weitermachen, oder sülzen wir den ganzen Tag hier rum?« Pascal lehnte sich zurück und verschränkte die Arme.

»Kein Problem, ich muss eh los.« Alex sprang auf, beugte sich noch einmal zu Katta und flüsterte ihr ins Ohr: »Wir treffen uns besser heute Abend bei dir im Hotel, okay? Um acht?«

Katta nickte.

Den Nachmittag verbrachten Josef, Pascal und sie damit, das zweite Porträt, das Pascal für den Kurs von Katta gezeichnet hatte, zu besprechen und die Farben für Kattas Bild auszuprobieren. Josef war ein genialer Lehrer. Er zeigte Pascal, wie er mehr Sanftheit in seinen überwiegend harten Strich legen konnte, und regte Katta dazu an, bei ihren Farbgebungen Neues auszuprobieren, aus alten Mustern auszubrechen. Jede Frage seiner Schüler beantwortete er geduldig und nie schien er genervt, wenn Schwierigkeiten beim Zeichnen auftraten.

Als sie gegen Abend im Hotel ankam, fühlte Katta sich völlig schlapp. Und ausgerechnet jetzt funktionierte der alte Fahrstuhl nicht, was für ein Mist! Mit bleischweren Beinen lief sie die unzähligen flachen, mit rotem Samt überzogenen Stufen zu ihrem Zimmer hinauf, vorbei an einer langen Bildergalerie, die sich durch das gesamte Treppenhaus zog. Katta beachtete sie nicht, für heute hatte sie genug von Malerei!

Nachdem sie ein paar Maiswaffeln gegessen hatte – Restbestände von der Autofahrt mit ihrer Mutter –, ausgiebig geduscht und eine Weile mit ihrer Freundin Melanie gechattet hatte, schrieb sie eine kurze Mail an ihre Eltern. Danach packte sie die Malsachen für den nächsten Tag. Sie musste sich ordentlich zusammenreißen, um sich auf die Liste von Gabriella zu konzentrieren. Gerade wollte sie ihre Porzellanpalette in die Tasche stopfen, da klopfte es von außen an die Scheibe der Balkontür, die einen Spaltbreit offen stand. Katta erschrak so heftig, dass ihr die Palette aus der Hand rutschte, zu Boden fiel und zersprang. Etliche Scherben lagen über den Teppich zerstreut.

»Oh nein!«

»Ich Idiot!« Alex zog die Tür auf und sah Katta zerknirscht an. »Super. Die Überraschung ist mir gelungen. Tut mir leid, ich wollte dich nicht erschrecken. Was war das?«

»Eine Malpalette. Hat mir mein Vater von einer Reise mitgebracht.« Katta seufzte. »Mist.«

»Sorry, Katta, echt!«

Katta fing seinen Blick auf. Er war so weich und zärtlich, dass sich ihr Herz fast überschlug. Auf keinen Fall konnte sie ihm böse sein.

Alex schob Katta behutsam zur Seite, kniete sich auf den Boden und sammelte die Bruchstücke in seine Handfläche.

»Oje. Sieht nicht so aus, als würde man das wieder kleben können, oder?«

»Schon okay.« Katta schluckte. Sie konnte sich gar nicht entscheiden, wer oder was ihr mehr leidtun sollte. Der völlig bedröppelte Alex oder der Verlust der Palette. Obwohl ihr das Geschenk ihres Vaters so viel bedeutet hatte, überwand sie sich, packte mit festem Griff den Papierkorb und hielt ihn Alex hin. »Los, weg damit. Scherben bringen Glück!«

Sie lächelte ihn an. Als er die Teile langsam in den Eimer fallen ließ, bemerkte Katta das Blut. Ein feines Rinnsal lief aus Alex' rechtem Handballen, einige Tropfen waren schon auf seiner Jeans gelandet.

»Mist, du hast dich geschnitten!«

»Halb so wild.«

»Zeig mal her.« Sanft nahm Katta seine Hand, hielt sie fest, zog nebenbei ein Päckchen Papiertaschentücher aus ihrem Koffer und wickelte eines davon vorsichtig um die Wunde. »Tut's weh?«

Alex schüttelte den Kopf. Er stand jetzt so nah bei Katta, dass sie seinen Herzschlag hören konnte.

»Von dir könnte ich mich stundenlang verarzten lassen«, murmelte er. Und noch bevor Katta eine blöde Antwort geben konnte, hob er mit der gesunden Hand ihren Kopf zu sich und flüsterte: »Aber wenn ich jetzt keine Mund-zu-Mund-Beatmung kriege, klappe ich auf der Stelle zusammen.«

Mund-zu-Mund-Beatmung! Katta hatte plötzlich das Gefühl, den Boden unter den Füßen zu verlieren. Es war, als ob sich in ebendieser Sekunde eine Falltür unter ihr öffnen und sie tief hinabstürzen würde. Erschrocken wich sie einen Schritt zurück. Urlaub. Meer. Carlo, schoss es ihr durch den Kopf. Carlo Wötzel. Da waren sie wieder, die Bilder, die Katta so gerne aus ihren Gedanken verbannt hätte. Hervorgerufen durch eine banale Redewendung. Die Bilder von ihrem letzten Urlaub im vergangenen Sommer in Italien. Ihre Eltern waren zu einem Museumsbesuch aufgebrochen, Katta war allein mit Carlo zum Schwimmen gegangen, eine Welle hatte sie ins Meer hinausgezogen, und Carlo hatte sie gerettet. Katta schüttelte sich. Wie eine Filmsequenz spulte sich die Szene, die dann folgte, in ihrem Kopf ab: Obwohl es ihr schon wieder gut ging, hatte Carlo sich über sie gebeugt, gegen ihren Widerstand seinen Mund auf den ihren gepresst, hatte sie mit seinen Händen in den Sand gedrückt und sie immer wieder geküsst, obwohl sie geschrien, sich gewehrt hatte. Mit seinem ganzen Gewicht, seinem feuchten Körper hatte er sich auf sie gelegt, fast nackt … bis eine Familie mit zwei kleinen Kindern am Strand aufgetaucht war. Später hatte er gelacht und gemeint, er habe nur Erste Hilfe geleistet, das sei doch alles nur Spaß gewesen. Nichts weiter. Das würde er auch ihren Eltern erzählen, sollte sie nicht die Klappe halten.

Und Katta hatte geschwiegen.

»Katta, verdammt, was ist los? An was denkst du?« Alex strich ihr eine Haarsträhne aus dem Gesicht. »Was ist passiert?«

Katta zuckte zusammen. »Nichts. Lass mich. Bitte.«

Aber Alex ließ nicht locker, jetzt drückte er Katta sanft an sich. »Komm, erzähl schon. Ich kann ziemlich gut zuhören.«

Und da, endlich, kamen die Tränen. Anfangs versuchte Katta noch verlegen, sie mit den Ärmeln ihres Shirts wegzuwischen. Es gelang ihr nicht. Ein Beben durchzuckte sie, sie schmiegte sich in die Arme von Alex und weinte. Weinte hemmungslos und erzählte stockend die ganze Geschichte, die sie aus Angst und Scham zu verdrängen versucht hatte. Doch die Vergangenheit ließ sich nicht einfach so aus ihrem Leben verbannen. Und das wollte Katta jetzt auch nicht mehr. Sie wollte die Erinnerungen, die sie verfolgten, die sie quälten, die sie bei jeder Zärtlichkeit, jeder Nähe hemmten, endlich loswerden. Es fiel ihr nicht leicht, ihre Gefühle in Worte zu fassen, aber nachdem sie darüber gesprochen hatte, fühlte sie auf einmal eine tiefe Zufriedenheit. Als wäre eine Last von ihrer Schulter genommen worden, die sie seit Langem niedergedrückt hatte. Endlich fühlte es sich wieder normal an in ihrem Inneren.

Katta seufzte. »Oh nee, wir kennen uns erst seit ein paar Tagen, und ich erzähle dir gleich so blöde Geschichten von mir. Tut mir leid. Bestimmt hältst du mich jetzt für bescheuert, stimmt's?«

»Dich? Spinnst du? Diesen Kerl halte ich für bescheuert. So ein Arschloch! Was hat dein Vater gesagt? An seiner Stelle hätte ich den Typen verprügelt!«

»Das hätte mein Vater auch getan. Aber ich habe es ihm nicht erzählt. Ich habe es keinem erzählt. Bis jetzt.« Katta warf Alex einen fragenden Blick zu. »Kennst du das? Erst wenn man darüber redet, wird es … wird es irgendwie wahr.«

»Klar kenne ich das. Glaub mir, jeder trägt so ein Päckchen mit sich rum. Du kannst dich drauf verlassen, dass ich es für mich behalte. Ich weiß, dass das jetzt ein wahnsinniger Vertrauensbeweis ist, immerhin kennst du mich ja noch gar nicht richtig. Aber wenn ich diesem Typen jemals begegne, darf ich dann das Verprügeln übernehmen?«

Alex drückte Katta ein Papiertaschentuch in die Hand und zog sie auf den Balkon. Draußen zwitscherten die Vögel, die letzten Strahlen der Abendsonne tauchten die Umgebung in goldenes Licht. Ein leichter Wind kam auf und trug einen zarten Rosenduft über das Geländer. Obwohl Katta gerade ganz schön durcheinander war, lag über der ganzen Situation ein besonderer Zauber.

Alex hob den Zeigefinger, legte ihn auf Kattas Lippen und flüsterte: »Pst, ist gut, ist alles gut. Genug geweint. Vergiss den Kerl.« Rhythmisch trommelte er mit seinen Fingerkuppen auf den Dielenboden. »Kennst du das Lied *It's me* von *The men*?«

Katta schüttelte den Kopf.

»Eins meiner Lieblingslieder. Darin geht es um einen Typen, der immer einen auf dicke Hose macht. Und zwar so krass, dass die Frauen richtig Schiss vor ihm kriegen. Er übertreibt es völlig und erreicht damit genau das Gegenteil von dem, was er eigentlich erreichen wollte. Nur eine Frau, auf die er schon eine ganze Weile steht, die bleibt total cool und schaut sich das Ganze ziemlich lange an. Bis sie ihn mal anspricht, warum er sich denn so blöd aufführt. So sei er doch gar nicht. Erst ist er total sauer, er brüllt sie an und macht sie vor seinen Kumpels lächerlich, aber sie reagiert gar nicht, sondern geht einfach. Lässt ihn stehen. Mitten auf der Tanzfläche. Und da merkt er, dass er gleich zwei Sachen verloren hat. Sich und dieses Mädchen.«

»Und du? Bist du auch anders, als du eigentlich sein willst?«

»Manchmal. Wenn ich Schlagzeug spiele, dann bin ich auf jeden Fall Ich. Scheißegal, ob das Lied rockig oder soft und zärtlich ist, es wird dann ein Teil von mir. Im Haus von meinem Onkel und meiner Stieftante durfte ich mir im Keller so 'ne Art Probenraum einrichten. Manchmal übe ich da mit Kumpels aus der Gegend hier. Das ist echt abgefahren, weil keiner was von mir erwartet. Alle wollen einfach nur zusammen Musik machen und Spaß haben, das ist alles. Wir können da richtig rumspinnen und lachen uns kaputt dabei. Kein Nachbar brüllt rum, keine Eltern, die wegen der Lautstärke motzen, keiner will, dass ich irgendeinen Mega-Auftritt hinlege. In unserer Schulband dagegen geht es immer nur darum, wer den Song am besten draufhat, wer der Größte ist oder den größten Fanclub hat. Alle erwarten von mir, dass ich megacool bin, so ein bisschen arrogant, eben der harte Typ. Hast du doch auch gedacht, oder?«

Katta erwiderte seinen Blick. Seine wunderbaren jadegrünen Augen strahlten mit unglaublicher Intensität. Fragend. Bittend. Verlangend. Ihr Herz raste.

»Zumindest hätte ich nie gedacht, dass du mich ansprichst. Ausgerechnet mich!«

»Hör mal auf, dich ständig kleinzumachen.« Seine Stimme war leise geworden. »Du bist hübsch, du bist begabt, du bist … dieser Pascal, dein Malkollege, der findet das auch, wetten?«

Katta tippte sich mit dem Finger an die Stirn.

»Ist so, glaub mir. Und ich könnte dir auf Anhieb vier Typen aus meiner Stufe aufzählen, die auf dich stehen.«

»Echt?« Katta grinste überrascht. »Kann ich die Namen und die Handynummern haben? Für alle Fälle.«

»Du spinnst wohl! Die sollen sich selber anstrengen. Wie ich. Hast du eigentlich nie gemerkt, dass ich in der Schule ständig versucht habe, mit dir zu reden? Ich glaube, deine Freundinnen haben schon gedacht, dass ich voll auf sie abfahre, so oft wie ich mich zu ihnen gestellt habe. Wegen dir! Aber du bist immer abgehauen.«

»Bin ich das? Oh Gott, ich war so überrascht, als du mich angesprochen hast. Deshalb musste ich auch bei unserer ersten Begegnung sofort flüchten.« Sie räusperte sich. »Ich hatte gar keine Bioarbeit.«

»Ich weiß.« Alex lehnte sich an ihre Schulter, vergrub den Kopf in Kattas Haaren und flüsterte ihr ins Ohr: »Lügnerin!«

Für einen Moment hielt Katta den Atem an. Alex strich ihre Haare zurück, küsste sie sanft auf den Hals, die empfindliche Stelle unter ihrem Ohr, fuhr mit seinen Lippen über ihr Ohrläppchen. Sie schloss die Augen. Wenn sie einen Wunsch frei gehabt hätte, in diesem Moment, dann wäre es der gewesen, dass die Welt mit einem Mal stillstehen sollte.

Jetzt. So. Für alle Ewigkeit.

»Ich werde dir nicht wehtun, Katta, ich verspreche es. Du hast alle Zeit, die du brauchst, wenn du willst. Nicht alle Männer sind Schweine«, fügte Alex mit einem verschmitzten Grinsen hinzu. »Oder dämliche Machos. Manche sind auch ganz nett und hilfsbereit. Zum Beweis habe ich eine Überraschung für dich. Ich habe vorhin meine Stieftante ausgequetscht. Ich weiß jetzt, wer die Bilder von Miriam gekauft hat und wo sie hängen. Du wirst staunen!«

10. PINK

Looks like she's in the pink

»Ist ja verrückt, die sind mir vorhin gar nicht aufgefallen!« Katta stand im Treppenhaus ihres Hotels und sah sich verwundert um. Neun Bilder von Miriam hingen hier, farbenfrohe Porträts und Stillleben, zarte Skizzen.

»Ich bin echt bekloppt.« Katta schüttelte den Kopf. »Da rase ich einfach daran vorbei, weil ich so müde bin. Und gestern habe ich den Aufzug genommen, deshalb habe ich die Bilder noch nicht entdeckt.«

»Schau dir mal die Farben an. Obergenial!« Alex zeigte auf ein Bild, auf dem sich zwei junge Frauen anlächelten, im Hintergrund leuchtete ein in Türkis-, Gelb- und Orangetönen schimmernder Morgenhimmel.

Katta drängte sich an ihm vorbei und hüpfte ein paar Stufen höher. »Kennst du das Mädchen auf dem Bild hier?« Sie deutete auf eine Aktzeichnung. Das etwas mollige Modell saß seitlich geneigt auf einem Schemel, ein Bein hatte sie angezogen, den rechten Arm darumgelegt, sodass ihr nackter Busen völlig verdeckt war. »Super gemacht. Man sieht alles, aber gleichzeitig nichts.«

Das Mädchen auf dem Bild hatte den Blick in die Ferne gerichtet, ihr Kopf war leicht gedreht, lange dunkle Haaren fielen über ihre Schultern. In ihrem Gesichtsausdruck lag etwas Mürrisches.

»Also, wenn du mich fragst, dann ist das Gabriella«, stellte Alex verblüfft fest.

Katta kicherte. »Da war sie aber noch jung und knackig.«

»Na ja, unter knackig verstehe ich aber was anderes!« Er sah Katta herausfordernd an.

»Meinst du wirklich, die muffige Tochter von Josef hat deiner Cousine nackt Modell gesessen?«

»Komm, so schlimm ist Gabriella auch nicht. Du kennst sie nur nicht richtig. Wieso sollte sie etwas dagegen gehabt haben, dass Miriam sie zeichnet? Sie waren doch beste Freundinnen.«

»Und der Typ?« Katta lief die Treppe auf und ab wie ein aufgeregtes Hühnchen. »Ist das ihr Freund? Sieh mal, es gibt gleich drei Porträts von ihm. Hier, bei einem hat Miriam sogar ein winziges Herz daruntergemalt.«

»Hm.« Alex sah sich die Bilder aufmerksam an. »Keine Ahnung. Ich könnte noch nicht mal sagen, ob der Typ alt oder jung ist. Man sieht das Gesicht ja nie richtig.«

»Vielleicht mit Absicht?«

»Du meinst, damit keiner erkennen kann, wer der Kerl ist?«

Katta zwirbelte sich gedankenverloren eine Haarsträhne um den Finger. »Wie aufregend! Der geheimnisvolle *Mister Unbekannt.* Na warte, deinen Namen kriegen wir schon noch raus!« Sie lief weiter und blieb vor einer farbenfrohen Zeichnung stehen. »Ich glaube, das ist der See im Wald. Und da …«, Katta wies mit dem Zeigefinger auf den unteren Rand des Bildes, »… wie verrückt ist das denn? Sie hat die kleinen orangefarbenen Trollblumen gemalt. Genau wie ich.«

»Stimmt. Wahrscheinlich saß Miriam beim Malen ziemlich genau an der gleichen Stelle, an der du heute warst«, überlegte Alex. »Die Vorstellung ist echt merkwürdig.«

Auf Kattas Rücken bildete sich eine Gänsehaut.

»Gefallen euch die Bilder?« Hotelchef Hansen war an der Treppe aufgetaucht. »Entschuldigung, jetzt habe ich einfach du zu Ihnen gesagt, Katharina. Alex kenne ich ja schon so lange, deshalb ist es mir einfach rausgerutscht.«

»Passt schon.« Katta nickte.

»Wieso haben Sie ausgerechnet Bilder von meiner Cousine hier aufgehängt?«, fragte Alex neugierig.

Hansen rieb sich die Hände. Katta hatte den Eindruck, dass ihn die Frage verlegen machte.

»Deine Tante konnte es nach Miriams Tod nicht ertragen, sie anzusehen. Eigentlich sollte Josef Wild alle Werke bei sich lagern, aber er wollte keins. Nicht ein einziges. Nur das letzte Bild, das Miriam noch nicht beendet hatte, hat er aufgehoben. Deine Tante wusste nicht, wohin mit dem ganzen Zeug, also habe ich ihr einige abgekauft.«

Hansen wollte gerade weiterreden, da kam seine Frau die Treppe hinauf.

»Hier bist du, ich habe dich schon gesucht. Die Kinderfrau hat mir eben Bescheid gesagt, dass Leo Fieber hat, ich muss mich um ihn kümmern. Kannst du im Restaurant weitermachen?«

»Na klar, ich komme.«

Sarah Hansen sah Alex und Katta erstaunt an. »Störe ich?«

»Katharina hat mich gefragt, warum hier Bilder von … äh … von Miriam hängen.«

Seine Frau rollte genervt die Augen, sagte aber nichts.

»Also, ich finde, sie passen einfach hierher«, erklärte Hansen ausweichend und blickte beschwichtigend zu seiner Frau. »Es gab noch keinen Hotelgast, den die Bilder nicht begeistert haben. Sie strömen so viel Optimismus aus, da steckt so viel Liebe und Lebendigkeit drin …« Er stockte. »Sarah gefallen sie allerdings nicht, aber das … das liegt wohl in der Natur der Sache.«

Katta runzelte die Stirn. Was sollte das denn jetzt heißen? Schon wieder so eine Anspielung. Sie sah Alex fragend an, aber der schien die Aussage des Hotelchefs überhört zu haben.

»Stimmt, ich würde die Bilder lieber durch andere ersetzen«, meinte Sarah Hansen. »Wenn ihr mich fragt, dann stehen diese Bilder für die Vergangenheit. Und ich bin für die Zukunft.« Sie blickte ihren Mann auffordernd an. »Ich gehe wieder hinunter. Kommst du, Timo?«

Hansen sah seiner Frau hinterher, während sie die Treppe hinunterlief, und biss sich verlegen auf die Unterlippe. »Ja, also dann gehe ich auch mal. Sarah muss sich um unseren Sohn kümmern, ich habe zu tun. Tut mir leid. Wenn ihr die Bilder in den nächsten Tagen mal abnehmen wollt, um sie näher anzusehen, könnt ihr das gerne machen. Aber seid vorsichtig.« Mit einem Winken verschwand er. Auf dem Treppenabsatz drehte er sich noch einmal um. »Alex, ich muss dich bitten, jetzt das Hotel zu verlassen. Es ist zehn vor zehn und ich habe Katharinas Mutter versprochen, dass ich darauf achte, dass sie um zweiundzwanzig Uhr auf ihrem Zimmer ist. Allein. Ich warte unten im Eingang auf dich. Ach, und noch etwas: Deine Cousine hat wesentlich mehr von diesen wunderbaren, lebensfrohen Bildern gemalt. Deine Tante und dein Onkel bewahren Miriams Sachen in der alten Scheune am Waldrand auf. Falls es euch interessiert.«

»Komisch!« Katta sah Hansen hinterher. »Ich habe den Eindruck, er möchte gerne, dass wir uns die Sachen mal näher ansehen. Aber warum?«

Alex grinste schief. »Ich glaube, du siehst Gespenster! Weshalb sollten wir das tun? Miriams Bilder sind super, das stimmt. Ich kann auch nicht verstehen, dass meine Cousine nicht mehr leben wollte, ihre Zeichnungen sehen nämlich ganz und gar nicht danach aus, als sei sie irgendwie selbstmordgefährdet gewesen.«

»Sag mal, woher weiß man eigentlich, dass es Selbstmord war und kein Unfall?«

»Gute Frage.« Alex stutzte. »Meine Stieftante hat erzählt, dass ihre beste Freundin später bei der Polizei ausgesagt hat, Miriam hätte ihr gegenüber solche Andeutungen gemacht. Außerdem hat Gabriella einen Zettel von Miriam gefunden, auf dem wohl einfach nur so was wie *Ich kann nicht mehr. Ich verschwinde!* darauf gekritzelt war. Das hat der Polizei gereicht, um die Akten zu schließen. Jugendliche Selbstmörder sind keine Seltenheit, hieß es.«

»Stopp mal! Gabriella Wild hat den Zettel gefunden und erklärt, dass Miriam freiwillig …«

»Hab ich doch gesagt«, unterbrach Alex. Das Thema war ihm immer noch unangenehm. »Einen richtigen Abschiedsbrief oder so was gab es auf jeden Fall nicht.«

Fassungslos starrte Katta ihn an. »Du meinst, es hätte also genauso gut ein Unfall sein können?«

»Mann, bist du hartnäckig. Ja, vielleicht, keine Ahnung. Soweit ich weiß, hat die Polizei keine Hinweise auf einen Unfall gefunden.«

»Sieh dir doch mal die Bilder deiner Cousine an. So bunt, so frisch. Meinst du, dass da alles mit rechten Dingen zugegangen ist? Mensch, vielleicht wollte Gabriella ihren Vater schützen?«

»Ja, Miriams Porträts sind auf jeden Fall ziemlich fröhlich«, brummte Alex. »Aber es ist doch Quatsch, da jetzt so viel reinzuinterpretieren.«

Aufgeregt drehte Katta sich eine Haarsträhne nach der anderen um ihren Finger. »Glaubst du … denkst du, es gibt so 'ne Art Geheimnis um ihren Tod? Vielleicht ist ihr etwas passiert, vielleicht hat sie sich ja gar nicht selbst …«

Unwirsch schüttelte Alex den Kopf. »Meine Cousine ist tot. Das ist furchtbar, aber nicht zu ändern. Und meine Tante flippt bestimmt aus, wenn ich weiter in ihrem Leben herumstochere. Lass mal gut sein, Katta. Ich sollte jetzt besser gehen.«

Er wollte schon die Treppe hinunterlaufen, aber Katta hielt ihn am Ärmel fest.

»Warte einen Moment. Bitte! Ich will mir nur noch mal dieses Bild mit den zwei Mädchen und dem Wahnsinnshimmel anschauen. Das ist mir vorhin schon aufgefallen. Findest du nicht auch, dass es irgendwie komisch in den Rahmen gespannt ist? Sieht aus wie durchgebeult. Oder Miriam hat ein viel zu dickes Papier gewählt. Hansen hat doch erlaubt, dass wir es uns näher ansehen.«

»Lieber nicht.« Alex schüttelte den Kopf. »Ich möchte Hansen und deine Mutter nicht ärgern. Außerdem habe ich für morgen Abend etwas mit dir vor, das dauert sicher länger als bis zehn. Da kann ich mir vorher keinen Ärger leisten, denn wir müssen schon ein bisschen tricksen, damit du wieder unbemerkt ins Hotel kommst. Natürlich nur, wenn du willst?«

Katta nickte stumm. Ihre Augen blitzten vor Freude.

Alex wollte schon die Treppe hinunterspringen, da nahm sie ihren ganzen Mut zusammen.

»Alex, warte mal!«

Sie lief zu ihm, hob ihre Hand und strich mit ihren Fingerspitzen sanft über seine Wange. Leicht, federleicht und flüchtig, als wollte sie nur kurz darüber hinwegschweben.

»Und hier machen wir auch morgen weiter, ja?«, fragte Alex mit schiefem Lächeln.

»War das jetzt blöd von mir?«

Alex zuckte mit den Schultern. »Katta, du bist verrückt. Total verrückt, echt! Bis morgen.«

Er drehte sich um, lief die Treppe hinunter und verschwand.

Glücklich stieg Katta die Stufen zu ihrem Zimmer hinauf, in Gedanken war sie schon bei ihrem Treffen und der Überraschung, die er für sie hatte. Was es wohl war? Wohin wollte er mit ihr?

Als sie am Bild mit den lächelnden Mädchen vorbeikam, blieb ihr Blick unwillkürlich daran hängen. Eigentlich war sie viel zu kaputt und gleichzeitig zu aufgeregt, um sich noch weiter mit Miriams Bildern zu beschäftigen, am liebsten hätte sie sich einfach ins Bett gelegt, geschlafen und von Alex geträumt. Morgen war ja auch noch ein Tag. Aber irgendetwas drängte sie, sich das Gemälde noch einmal genauer anzusehen. Jetzt. Sofort.

Vorsichtig nahm sie es von der Wand, drehte es und befühlte das Material. Das Bild war ungewöhnlich dick, aber sonst ganz normal. Katta überlegte. In einem echt coolen Krimi über einen Dieb, der irrsinnig teure Gemälde aus Museen klaute, hatte sie mal gesehen, dass jemand etwas in einem Bild versteckt hatte. Also zwischen Gemälde und Rückwand.

Hallo? Katta biss sich auf die Lippen. Okay, okay. Das war ein Fernsehkrimi gewesen! Trotzdem drückte sie mit dem Daumen ein bisschen auf die Rückwand, einfach aus Neugierde. Kaum geschehen, sprangen die Tackernadeln an den Kanten ab, die Befestigung löste sich und fiel herunter. Zusammen mit einem schmalen Heft, das genau vor Kattas Füßen landete. Mit angehaltenem Atem hob sie es auf. Das Heft war in rotes Seidenpapier eingeschlagen.

Miriams Tagebuch. Malerei, Gedichte, Gedanken stand mit schwungvoller Schrift auf dem Einband.

»Das gibt es doch nicht«, wisperte Katta.

Ehrfürchtig strich sie über den Umschlag. An den Ecken war er schon ziemlich zerfleddert, an einer Stelle sah es aus, als sei das Papier nass geworden und wieder getrocknet, die seidige Hülle war hier nur noch wässrig rosa. Noch auf den Treppenstufen blätterte sie schnell und mit klopfendem Herzen durch die Seiten. Offensichtlich hatte Miriam in diesem Heft erste

Bilder skizziert, Farben festgelegt und stichwortartig über Projekte berichtet. Aber auch Gedichte und Notizen entdeckte Katta beim oberflächlichen Durchsehen, auf eine Seite hatte Miriam sogar einige gepresste Blätter geklebt. Kattas Magen zog sich zusammen, verlegen schlug sie das Buch zu. Wahnsinn, was für eine Ähnlichkeit. Miriams Tagebuch war beinahe identisch mit dem, das Katta selbst führte. Die gleiche Art von Einträgen und Notizen. Vielleicht sogar Gedanken? Tauchte Miriam deshalb immer wieder in ihren Träumen auf, weil sie so etwas wie … seelenverwandt waren? Obwohl sie sich doch nie kennengelernt hatten!

Ganz deutlich spürte Katta in diesem Augenblick ein starkes, unsichtbares Band, das sie mit dem toten Mädchen verband. Es gelang ihr kaum, Miriams Bild wieder im Rahmen zu befestigen und an die Wand zu hängen, so zitterten ihre Finger und ihre Knie. Als sie es endlich geschafft hatte, drückte sie das Tagebuch wie einen Schatz an sich und rannte in ihr Zimmer.

Sie war zu erschöpft, um sich auszuziehen, vollständig bekleidet warf sie sich aufs Bett. Zunächst wollte sie sich zurückhalten und erst gemeinsam mit Alex in Miriams Tagebuch lesen.

Hatte er nicht mehr Anrecht darauf, zu erfahren, was mit ihr passiert war? Immerhin war Miriam seine Cousine gewesen. Aber so richtig interessierte ihn die Vergangenheit nicht, überlegte Katta. Oder er wollte die Wahrheit einfach nicht wissen, vielleicht aus Sorge um seine Tante und seinen Onkel.

Sie nahm das Heft in die Hand, strich wieder und wieder über den roten Einband.

Miriam.

Ob sie es erlaubt hätte, dass jemand ihre intimsten Gedanken erfährt, in ihre Welt eindringt? Oder wollte sie vielleicht sogar, dass man ihr Tagebuch fand? Minutenlang massierte Katta ihre Schläfen mit den geballten Fäusten, um sich konzentrieren zu können, um die widersprüchlichen Gefühle, die in ihr tobten, in die richtige Richtung zu lenken. Schließlich schob sie alle Bedenken zur Seite. Jetzt, in diesem Augenblick war nichts wichtiger, als tiefer in Miriams Leben einzutauchen. Wenn ihr Tod ein Geheimnis barg, dann würde sie es sicher hier entdecken. In diesen Notizen. Ganz bestimmt! Gerade wollte sie das Heft aufschlagen, da fiel ein Zettel heraus.

Für J. W.
Du weißt es doch längst.
Ja! Ja! Ja!
So verliebt und glücklich

las Katta. Darunter war ein Herz gezeichnet, aus dem ein winziger blauer Vogel herausflog und sich in die Lüfte erhob.

Sie schob den Zettel wieder in das Buch. Auf einmal kam sie sich vor wie eine Schnüfflerin, irgendwie komisch. Wen Miriam wohl mit *J. W.* gemeint hatte? Katta schlug sich erschrocken die Hand vor den Mund. *J. W.* Doch nicht etwa Josef Wild? Der Maler und das junge Mädchen? Das konnte sie sich einfach nicht vorstellen, der Typ war doch über zwanzig Jahre älter als Miriam damals. So eine Verbindung wäre zu dieser Zeit sicher der absolute Skandal gewesen! Katta biss sich auf die Lippen. Sie musste unbedingt mehr über Miriam erfahren, vielleicht sogar mit deren Eltern sprechen.

Irgendwie musste sie Alex dazu bringen, dass er ihr half. Sie schnupperte an ihrer Handfläche, mit der sie vorhin sanft über seine Wange gestrichen hatte. Vielleicht bildete sie es sich ja auch nur ein, aber sie roch ein bisschen nach seinem frischen Duft. Nach ihm. Katta lächelte glücklich. Vorsichtig schob sie das Heft unter das Kopfkissen, bevor sie das Licht löschte und den Kopf auf ihre flache Hand bettete.

So waren ihr beide nahe.

Alex und Miriam.

11. Bordeaux

Dezente Signalwirkung

Als Katta wach wurde, galt ihr erster Gedanke Miriam. Der zweite: dem Wecker. Mit vor Schreck geweiteten Augen stellte sie fest, dass es schon Viertel vor neun war. In fünfzehn Minuten begann der Kurs.

»Scheiße!« So schnell wie möglich sprang sie aus dem Bett, griff mit der rechten Hand nach ihrer Jeans, die linke zog frische Unterwäsche und ein T-Shirt aus dem Schrank.

Katzenwäsche mit der einen Hand, anziehen mit der anderen, Kajal, ein bisschen Wimpertusche, Zähneputzen, Schuhe an, fertig.

Fünf vor neun. Das müsste reichen.

Hoffentlich.

Katta fiel es zunächst ziemlich schwer, sich wieder aufs Malen und auf Josefs Anweisungen zu konzentrieren. Das Atelier roch so intensiv nach Farbe und Balsamterpentinöl, dass sie Kopfschmerzen bekam. Dazu befiel sie ein leichter Schwindel, weil ihr so viele Dinge gleichzeitig durch den Kopf schossen.

»Eigentlich wollte ich mir die Ölbilder, die wir gestern gemacht haben, ansehen und mit euch darüber sprechen«, hörte sie Josef wie aus weiter Ferne. »Aber Katharina ist mit ihren Gedanken ganz woanders. Keine gute Voraussetzung für einen Malkurs. Meinetwegen, arbeiten wir eben zunächst mal an der Aufmerksamkeit.«

Pascal schnaubte wütend. »Wieso? Ich bin fit!«

Wortlos teilte Josef jedem ein Blatt aus, auf dem ein schwarz-weißes Labyrinth zu sehen war. Katta runzelte die Stirn. Was war das denn jetzt? Sah aus wie ein Mandala zum Ausmalen.

»Sind wir hier im Kindergarten? Zeichnen für Babys?«, maulte Pascal.

»Das tut auch dir gut, hör auf zu meckern!«, erwiderte Josef. »Legt euch bäuchlings auf den Boden und malt mit einem Buntstift das Labyrinth aus. Ohne miteinander oder mit mir zu sprechen! Packt es dann zur Seite und zeichnet ohne großes Nachdenken ein Bild von dem, was euch in diesem Moment am meisten beschäftigt.«

»Was soll 'n der Scheiß?«, brummte Pascal.

»Keine Fragen, habe ich gesagt«, erwiderte Josef. »Ich bin der Lehrer. Verlass dich einfach auf mich, ich habe mir schon was dabei gedacht.«

Leicht genervt packte Katta Josefs Vorlage, machte es sich bequem und fing an. Zunächst mit schnellen, abgehackten Bewegungen. Aber je länger sie malte, desto weicher wurden die Striche, ihre innere Unruhe legte sich und wich einer tiefen Zufriedenheit. Als sie fertig war, legte sie den ausgemalten Vordruck zur Seite, holte sich ein weißes Papier und schloss die Augen. Sekunden später hatte sie schon das Bild im Kopf, das sie malen wolle. Erstaunt stellte sie fest, dass es kein Porträt von Alex war, das hatte sie eigentlich erwartet. Nein, wie eine Fotografie erschien Miriams Bild vor ihrem inneren Auge. Das Selbstporträt, das das Mädchen gemalt hatte. Katta schnappte sich einen Bleistift und zeichnete sofort drauflos. Hochkonzentriert. Gebannt. Fast wie im Rausch.

Als sie fertig war, lag ein Porträt von Miriam vor ihr. Das zärtliche Gesicht eines Mädchens, das mit wachem Blick in die Zukunft sieht. Katta wollte das Bild gerade zu Josef bringen, um es mit ihm zu besprechen, da hörte sie eine hohe, schrille Stimme hinter sich.

»Wieso malst du sie? Josef, was soll das? Wieso malt diese … dieses Mädchen hier … wieso malt sie Miriam?«

Katta drehte sich um und sah in das wütende, beinahe schmerzverzerrte Gesicht von Gabriella Wild.

»Ich … äh«, begann Katta, weiter kam sie nicht.

»Mach das nie wieder, hörst du? Nie!« Gabriella griff nach dem Block, riss das Bild ab und zerknüllte es mit einer Wut, die Katta nicht erwartet hatte.

»Jella, spinnst du?« Josef packte seine Tochter an der Schulter und schüttelte sie. »Was soll das?«

Gabriella sah ihn verächtlich an. In ihrem Blick lag eine eisige Kälte, die Katta frösteln ließ. »Du weißt genau, was das soll. Sogar die Kette hat sie gemalt, die verdammte Kette, die du ihr kurz vor ihrem … kurz bevor sie … deinen Stern eben, sogar den hat sie gemalt. Aber sie war meine Freundin. Meine, verstehst du? Und ich, ich …« Ohne den Satz zu beenden, rannte sie aus dem Atelier.

»Du meine Fresse. Ein Vulkan ist nix dagegen«, erklärte Pascal und rettete damit die Situation.

Sogar Katta musste spontan grinsen, obwohl ihr eigentlich kein bisschen zum Lachen zumute war. Wie kam diese Frau dazu, einfach ihr Bild zu zerstören? Das war ja wohl die Höhe. Völlig irre!

Josef Wild fuhr sich nervös mit der Hand durch die Haare. »Tut mir leid. Aber Miriam war die beste Freundin meiner Tochter. Gabriella hat ihren Tod nie überwunden.«

»Trotzdem kein Grund, um so auszuflippen«, maulte Pascal.

»Es war ein großer Fehler von mir, dass ich euch Miriams Bild gezeigt habe. Ich hätte es besser wissen müssen, ich hätte meine Tochter nicht so verletzen dürfen. Pascal und Katta, ich muss euch jetzt wirklich bitten, alles, was mit Miriam zu tun hat, aus eurem Gedächtnis zu streichen. Sofort.«

Etwas Kaltes, Unbarmherziges lag plötzlich in Josefs Blick, etwas, das Katta Angst machte.

»Warum sollte ich das tun?«, raunzte sie zurück. »Was ist mit dieser Miriam? Was ist mit ihr passiert? Ich weiß doch, dass es da irgendein Geheimnis gibt, und ich werde …«

»Katharina! Hast du mich verstanden?«

Josefs Stimme erlaubte keinen Widerspruch, das spürte Katta.

Ein Schauer lief ihr den Rücken hinunter, während sein Blick sich in ihre Augen bohrte, als wollte er ihre Geheimnisse ergründen, durch sie hindurchblicken, tief und tiefer, mitten hinein in Kattas Seele.

»Komm, lass einfach gut sein, Katta«, meinte Pascal genervt. »Ich will hier malen lernen, möglichst ohne dass mich ständig einer anmotzt. Und wenn Josef unbedingt meint, dass er seine Tochter schützen, aber seine Malschüler dafür anmeckern darf, dann ist es eben so. Ich finde es superbescheuert, aber so wichtig ist mir dieses dämliche Bild nicht. Und dir hoffentlich auch nicht!«

Benommen schüttelte Katta den Kopf, hob in einer hilflosen Geste die Arme und ließ sie wieder fallen. Sie brachte kein Wort heraus.

»Pause«, ordnete Josef an. »Raus mit euch. Bitte. Es … es tut mir leid. Ich brauche jetzt einen Moment Ruhe. Und ihr sicher auch.«

Der Nachmittag verlief schweigsam. Pascal und Katta hielten sich an Josefs Anweisungen, spachtelten, zeichneten, skizzierten und lauschten seinen Erklärungen zu Bildaufbau, Techniken, Material und Handwerkszeug. Hin und wieder knuffte Pascal Katta freundschaftlich in die Schulter, um ihr so seine Unterstützung zu zeigen. Katta war ihm dankbar dafür. Beim Mittagessen im Garten, an dem sie zwar teilnahm, dabei aber keinen Bissen hinunterbrachte, legte er behutsam den Arm um sie, er spürte wohl, wie aufgelöst und eingeschüchtert sie war. Katta ließ es einfach zu, dass er ihren Beschützer spielte.

Als Gabriella und Josef für einen Moment in der Küche verschwanden, sah Pascal Katta in die Augen. »Kann mich mal einer aufklären, was hier los ist? Wieso ist dir dieses Mädchen so wichtig, du kennst sie doch gar nicht?«

»Sie nicht, aber ihr Tagebuch«, platzte Katta heraus. Im gleichen Moment hätte sie sich für ihre Offenheit ohrfeigen können. »Du darfst es aber keinem erzählen, ja? Ich habe Aufzeichnungen von Miriam hinter einem Bild gefunden. Und ich bin ziemlich sicher, dass sie nicht freiwillig gestorben ist.«

»Äh, hallo? Wohl ein bisschen zu viele Krimis geschaut, was? Ich finde Detektiv-Spielen ja ganz lustig, aber eigentlich sind wir zum Malen hier, oder?«

»Du bist doof!«

Mit dieser Bemerkung beendete Katta das Gespräch. Eigentlich war es ihr sowieso lieber, wenn Pascal sich aus der ganzen Sache raushielt. Trotzdem freute sie sich, als er Gabriella ein paar Minuten später seine Meinung über ihr Verhalten sagte. Vor allem, dass sie einfach Kattas Zeichnung zerrissen hatte, fand er unfair. Sogar Josef war erstaunt über seine Offenheit, erwiderte aber nichts.

Wie eine dunkle Wand drängten sich die Ereignisse des Vormittags zwischen Katta und Pascal auf der einen und Gabriella und Josef auf der anderen Seite. Katta war froh, als sie endlich Schluss machten und sie ins Hotel zurückkehren konnte. Pascal verabschiedete sich mit einem zarten Kuss auf die Wange von ihr. Katta ließ es zu, immerhin war er jetzt ihr Verbündeter im Kurs. Seine Einladung für den Abend ins Open-Air-Kino in der nächsten Stadt lehnte sie jedoch dankend ab. Eigentlich hatte sie gar keine Lust auf eine Verabredung, aber nachdem er so zu ihr gestanden hatte, fühlte sie sich verpflichtet, für einen der nächsten Tage zuzusagen.

Als sie aus Josefs Atelier trat, raubte ihr die glühende Hitze, die draußen herrschte, für einen Moment den Atem. Während sie hektisch Luft holte, flimmerte es vor Kattas Augen, sogar das Atmen brannte im Hals, so heiß war es. Sekunden später wurde ihr kalt, auf ihren nackten Armen und Beinen bildete sich eine Gänsehaut, ein Schüttelfrost überfiel sie.

Was für ein blöder Tag!

Am liebsten hätte Katta die Zeit zurückgedreht, hätte Gabriellas Wutausbruch ungeschehen gemacht und den Tag noch einmal von vorne angefangen. Könnte sie die Situation von heute Morgen wiederholen, würde sie einfach ein anderes Bild malen, auf keinen Fall das dämliche Porträt von Miriam. Das war doch sowieso alles Blödsinn mit diesem Mädchen. Einbildung. Und jetzt bekam sie ihretwegen sogar noch Ärger!

Verbissen setzte Katta einen Fuß vor den anderen, Schweiß strömte ihr übers Gesicht. In ihrem Hotelzimmer angekommen, riss sie sich die verschwitzten Kleider herunter, rannte ins Bad und stellte sich unter die Dusche. Mit dem Schwall kühlen Wassers, der ihre Haare, ihr Gesicht, ihren Körper umspülte, kamen die Tränen. Katta heulte vor Wut. Wie Gabriella sie heute behandelt hatte, das saß tief. Wie ein Kind, das sich in einer Ecke verkrümelt, weil es sich ungerecht behandelt fühlt, rollte sie sich mit angezogenen Beinen, die Arme um die Oberschenkel geschlungen, in der engen Duschwanne zusammen, die Tropfen trommelten auf sie herunter.

Lange blieb sie so liegen und weinte, bis ihre Tränen versiegt waren. Sie spielte durch, was sie jetzt tun sollte. Als sie sich entschieden hatte, stand sie entschlossen auf. Vor dem Spiegel wischte sie sich die letzten Spuren von verlaufener Wimperntusche aus dem Gesicht, trocknete sich ab und schlüpfte in ein leichtes Sommerkleid.

Eine Mail an ihre Freundin Melanie, ein schnelles Lebenszeichen an ihre Eltern. Nachdem alles erledigt war, machte Katta es sich im Schneidersitz auf dem Bett gemütlich, zog Miriams Tagebuch aus seinem Versteck unter der Matratze hervor, schob es in ihre Umhängetasche und wartete auf Alex.

Sie war bereit.

12. VIOLETT

Purple Rain

Ungläubig schüttelte Alex den Kopf. »Du spinnst! Miriams Tagebuch war wirklich hinter diesem Bild versteckt? Ist ja Wahnsinn! Was steht drin?«

»Ich weiß es nicht. Ich habe es nur schnell durchgeblättert. Ich wollte warten, bis wir es gemeinsam lesen. Später.«

Dieses Mal war Alex nicht über den Balkon, sondern ganz ordentlich über den Hoteleingang gekommen und hatte Hansen erklärt, dass er Katta kurz besuchen und ihr etwas bringen wollte. Der Hotelchef hatte ihm sofort zu verstehen gegeben, dass er es auf Veranlassung von Kattas Mutter, aber auch generell nicht erlauben würde, dass Alex bei Katta auf dem Zimmer bliebe, geschweige denn, dass er bei ihr übernachten könne. Aber Alex hatte längst einen anderen Plan.

»Ich muss dir ganz viel erzählen«, platzte Katta heraus. »Aber jetzt bist erst mal du dran: Wo willst du mit mir hin? Sollen wir gehen? Auch wenn es jetzt ein bisschen unpassend ist, aber ich habe totalen Hunger!«

»Passt genau. Lass dich überraschen!« Alex zog einen Schlüssel aus seiner Hosentasche und drückte ihn in Kattas Hand. »Der gehört zum Lieferanteneingang. Ich habe ihn meinem Onkel geklaut, er liefert doch die Brötchen ins Hotel. Mit dem Schlüssel kommst du auch nach zweiundzwanzig Uhr noch ins Hotel, ohne dass es Ärger gibt. Ich gehe jetzt am Empfangstresen vorbei. Hansen soll mich sehen und glauben, ich hätte mich von dir verabschiedet, und du bleibst in deinem Zimmer. Warte ein paar Minuten, dann verschwindest du durch den Hintereingang. Und pass auf, dass dich keiner sieht! Wir treffen uns an der Bäckerei. Alles klar?«

Katta nickte.

Das späte Nachmittagslicht gefiel ihr wesentlich besser als die stechenden, intensiven Sonnenstrahlen ein paar Stunden zuvor. Die Konturen der Häuser und Bäume waren weniger scharf, die Hitze staute sich nicht mehr in den staubigen Straßen.

Neugierig spähte Katta in die Gärten der Häuser, an denen sie vorbeilief. Seit sie mit ihrer Mutter in dem verbeulten Auto durch das Dorf gefahren war, hatte sie sich hier nicht mehr richtig umgesehen. Gerade mal zwei Tage war das her, aber Katta kam es vor wie eine Ewigkeit.

Jetzt wirkte die Gegend viel freundlicher. In einem Vorgarten bespritzten sich ein paar Kinder laut quietschend mit einem Gartenschlauch, in einem anderen hängte eine Frau gerade einen Bikini und ein tropfnasses Handtuch auf eine Wäscheleine, auf der Terrasse des nächsten Hauses saß ein älteres Ehepaar unter einem Sonnenschirm, beide mit einem Buch auf den Knien.

Katta beschleunigte ihre Schritte, bog um die nächste Hausecke und stieß beinahe mit Alex zusammen, der im Schatten eines Baumes auf sie wartete.

»Hoppla!« Er grinste schief. In einer Hand trug er einen Korb, der mit einem karierten Geschirrtuch bedeckt war, unter dem Arm klemmte eine große Decke. »Lust auf ein Picknick?«

Es war heiß, unglaublich heiß an diesem Tag. Eine drückende Schwüle lag in der Luft. Überall. Nur nicht hier, am Goldsee.

Die Stimmung war noch schöner, als Katta sie von ihrem letzten Besuch in Erinnerung hatte. Die Nadeln der Kiefern, die einen Schutzwall um das Wasser bildeten, schirmten einen Großteil des Sonnenlichts ab und sorgten so für Kühle. Die wenigen Strahlen, die es dennoch schafften, zeichneten ein beinahe geometrisches Muster auf den See und das Ufer.

Alex zog Katta mit sich, weg von einem kleinen, künstlich aufgeschütteten Badestrand, an dem sich auch jetzt, gegen Abend, immer noch viele Familien tummelten. Sie schlenderten bis an den äußersten Zipfel des Sees, wo das hohe Schilf begann, das Wasser langsam morastig wurde und nicht mehr so gut zum Schwimmen geeignet war. Ein verwitterter Holzsteg, an dessen Seiten einige Boote vertäut waren, führte weit in das flaschengrüne Wasser hinaus, an seinem Ende breitete Alex die Picknickdecke aus. Katta kam es vor, als würde der Anlegeplatz über dem See schweben, und sie mit ihm, genau wie die schimmernden Libellen, die hier im Licht der Abendsonne tanzten. Ein paar Enten gründelten in Ufernähe. Katta zog ihre Schuhe aus, setzte sich an den Rand des Stegs und ließ die Beine ins kühle Wasser baumeln.

»Schade, dass ich meine Kamera im Hotel vergessen habe. Es ist einfach zu schön hier. Noch nicht mal mein Handy habe ich dabei.« Katta kicherte. »Das habe ich aber extra im Hotel gelassen, damit meine Eltern mich nicht nerven können.« Sie wirbelte mit den Füßen im See herum. »Tut das gut!«

»Und erst mal das hier!« Alex drückte ihr eine Schale mit Trauben in die Hand. »Lecker, was?«

»Oh, super! Ich habe seit heute Morgen nichts mehr gegessen«, erklärte Katta und drehte sich um.

Auf der Decke standen eine Schale Erdbeeren, ein Töpfchen Oliven, ein Teller mit Weißbrot und Käse.

»Ich gestehe, dass meine Stieftante den Korb gepackt hat. Sonst lägen wahrscheinlich nur ein paar olle Chips und Schokolade drin. Sie möchte dich übrigens unbedingt kennenlernen.« Alex reichte ihr eine Dose eisgekühlte Cola. »Und jetzt erzähl mal, was heute los war. Und natürlich von Miriams Tagebuch!«

Während sie aßen, berichtete Katta, wie seltsam Gabriella sich am Vormittag aufgeführt und wie barsch auch Josef reagiert hatte. Alex lag bäuchlings auf dem sonnenwarmen Holz, blätterte dabei in Miriams Buch und las einzelne Stellen vor. Zunächst hatte er, genau wie Katta, Hemmungen gehabt, in den intimsten Aufschrieben seiner Cousine zu stöbern. Aber nachdem Katta ihm von Gabriellas Reaktion erzählt hatte, war seine Neugier geweckt. Vielleicht gab es ja doch ein Geheimnis um Miriams Tod.

»Ich sehe die Welt mit anderen Augen, sie leuchtet in neuen Farben, seit ich dich kenne. Mit dir will ich auf dem Regenbogen tanzen!«, las er. »Wie krass! Ich glaube, meine Cousine war total verliebt. Da geht man doch nicht ins Wasser!«

Katta sah ihn ernst an. »Sie ist … du meinst, Miriam ist ertrunken?«

Alex' Blick wurde finster. »Es muss schrecklich gewesen sein. Der Förster hat ihre Leiche im Bach oberhalb von Josefs Haus gefunden, an der breiten Stelle unter der Brücke. Da ist das Wasser richtig tief und gefährlich.«

Für eine Weile herrschte Schweigen. Jeder hing seinen Gedanken nach. In Kattas Kopf drängte sich plötzlich ein Bild. Gestochen scharf. Ein Gemälde, das sie im vergangenen Sommer bei ihrer Klassenreise nach London in der berühmten Tate Gallery gesehen hatte. Ein wunderschönes Mädchen, bleich und zart, mir kastanienroten Haaren und einem Spitzenkleid, das mit offenem Mund leicht wie eine Seerose im Wasser trieb. *Ophelia*, ein weltberühmtes Ölgemälde. Genau so stellte sie sich die tote Miriam vor. Genau so!

Alex holte tief Luft und fuhr fort: »Meine Stieftante musste Miriam identifizieren. Das hat sie fast den Verstand gekostet, sie konnte erst Jahre später darüber sprechen und ist immer noch ein bisschen wie … weggetreten. Vor ein paar Tagen ging es ihr mal wieder nicht besonders gut, mein Onkel hat mich angerufen, weil er das alles gar nicht allein auf die Reihe gekriegt hätte, meine Tante, die Bäckerei. Ich habe mit dem Direx in der Schule gesprochen und bin sofort hierhergefahren. Für meine Stieftante und vor allem meinen Onkel würde ich alles tun.«

Mit einem Mal schämte Katta sich für ihre romantische Vorstellung von der hübschen Wasserleiche. Mit Sicherheit war es kein schöner, sondern ein grauenhafter Anblick gewesen. Sie schluckte. Die arme Familie!

»Ach, deshalb habe ich dich in der Schule nicht mehr getroffen«, meinte sie zaghaft. »Ich hatte mich schon gewundert!«

»Hier! Die hat mein Onkel mir geschenkt.« Alex griff in seine Hosentasche und zog eine gewundene Muschel hervor. »Mein Vater hat es immer gut mit mir gemeint, glaube ich. Aber er war immer so … fordernd. Er konnte nie verstehen, dass ich als Kind einfach länger für alles brauchte, weil ich immer sicher sein wollte, dass ich es auch schaffe. Von alleine.«

Während Katta ihm zuhörte, hatte sie wie selbstverständlich eine Hand auf seine Jeans gelegt. Nach und nach wanderte sie mit ihrer Hand auf die Innenseite seines Oberschenkels und streichelte Alex dort warm und versonnen.

Alex fuhr sich mit der Hand durch seine wilden Locken. »Wenn du hier noch weiter rummachst, weiß ich nicht, was gleich passiert«, flüsterte er.

Katta zog ihre Hand weg und grinste verlegen. »Spinner. Erzähl weiter!«

Die Zeit schien plötzlich stillzustehen, kein Lüftchen regte sich, keine Welle schwappte an den Steg, auf dem sie lagen. Für einen Moment gehörte die ganze Welt nur ihnen beiden.

»Ich erinnere mich noch an einen Urlaub am Gardasee, da war ich vielleicht fünf«, fuhr Alex fort. »Mein Vater hatte ein Boot gemietet, mit dem er uns eine kleine Sandbank zeigen wollte. Angeblich. Meine Mutter hockte hinten und sonnte sich, ich saß vorne im Boot, mit meinen orangefarbenen Schwimmflügeln, die mein Vater am liebsten zu Hause gelassen hätte. Es nervte ihn tierisch, dass ich noch nicht schwimmen konnte und richtig Schiss vor Wasser hatte. Als wir ziemlich weit draußen waren, zumindest kam es mir so vor, gab er mir einfach einen Schubs, und ich fiel ins kalte Wasser. ›Schwimm‹, rief er, ›schwimm, Alex!‹«

Katta sah Alex ungläubig an und hörte ihm weiter zu.

»Ich schwamm. Ich kraulte wie ein Hündchen. Klar, ich hätte nicht untergehen können mit diesen Dingern an meinen Armen. Aber das wusste ich als Kind doch nicht. Ich paddelte um mein Leben. Mein Vater hat gedacht, dass er mir damals das Schwimmen beigebracht hat. Aber das stimmt nicht. An diesem Tag habe ich etwas ganz anderes gelernt.« Er sah Katta mit einem verzweifelten Blick an. »Hört sich voll bescheuert an, ich weiß, aber von meinem Vater habe ich gelernt, dass ich keinem Menschen vertrauen darf.«

Katta hatte sich hinter ihn gekniet und beide Arme um seinen Bauch geschlungen. Den Kopf legte sie auf seine Schulter. »Das kann nicht die ganze Geschichte gewesen sein, das glaube ich einfach nicht. Erzähl weiter. Bitte. Es muss doch einen gegeben haben, der dir eine andere Welt gezeigt hat?«

»Den gab es tatsächlich. Glücklicherweise. Es war mein Onkel, der es geschafft hat, mein Misstrauen zu überlisten. Er hat mich als Kind viele Tage lang hierher, an den Goldsee geschleppt und Stück für Stück das Wasser mit mir erobert.« Alex' Stimme war jetzt nur noch ein Flüstern. »Deshalb komme ich in den Ferien so oft es geht hierher, um meinem Onkel zu helfen. Ich verdanke ihm viel. Und ich bin froh, dass ich ihn ein bisschen entlasten kann, was meine Tante angeht. Sie tut zwar so, als sei alles in Ordnung, aber in Wirklichkeit kommt sie überhaupt nicht mit Miriams Tod klar.«

»Die arme Frau. Wie furchtbar!« Sofort fiel Katta die Situation ein, als sie mit Pascal an der Stelle gewesen war, an der Miriam gefunden wurde, und er sie spaßeshalber ein bisschen geschubst hatte. »Ich kann mir echt nicht vorstellen, dass sich jemand freiwillig in diesen Strudel hineinstürzt.«

»Und was kannst du dir dann vorstellen?«

»Alles andere.« Katta dachte an die eisige Kälte, die heute Morgen in Josefs Blick gelegen hatte. »Wirklich alles!«

Sie deutete auf eine Stelle in Miriams Tagebuch. »Schau doch mal hier, unter dieser Skizze. Da stehen schon wieder die Buchstaben J. W., die sind mir schon ein paar Mal aufgefallen.«

»J. W.« Alex überlegte. »Du meinst doch nicht, das könnte Josef Wild bedeuten?«

»Warum nicht? Sonst hätte Josef doch nicht so komisch reagiert. Was war zwischen den beiden? Schwärmerei? Oder sogar Liebe? Als Gabriella heute so ausgeflippt ist, hat sie irgendwas von einer Kette gefaselt, die ihr Vater deiner Cousine geschenkt hat. Das hat sie voll genervt.«

»Miriam und Josef? Du meinst, die zwei hatten was miteinander?« Alex schüttelte energisch den Kopf. »Kann ich mir nicht vorstellen. Meine Cousine war damals siebzehn und Josef schon an die fünfzig!«

»Ältere Typen machen sich gerne an junge Mädchen ran.«

Da war es wieder, dieses eigenartige Gefühl, das Katta inzwischen schon häufiger gehabt hatte. Die Erkenntnis, dass in ihrem und in Miriams kurzem Leben sich unglaublich viele Dinge ähnelten. Sie beide liebten die Malerei, hatten einen ähnlichen Stil beim Zeichnen. Miriam war verliebt, Katta ebenso. Auch wenn es keine schöne Vorstellung war, so hoffte Katta inständig, dass Josef nicht Miriams Angebeteter gewesen war, sondern dass der Maler sie bedrängt hatte. Zumindest könnte Katta das eher verstehen, als sich vorzustellen, wie Miriam sich in den alten Knacker verliebt hatte.

»Hallo? Bist du noch anwesend? Katta!« Als ob Alex ihre Gedanken erraten hätte, meinte er: »Du denkst an diesen Carlo, stimmt's?«

Katta zuckte mit den Schultern.

»Ich weiß nicht. So schätze ich Josef nicht ein, echt nicht. Das würde der nie machen.«

»Vielleicht war es ja auch ganz anders. Miriam war in einen Jungen verliebt, und Josef war eifersüchtig und ist irgendwann einfach ausgerastet?«

Katta schlug eine neue Seite auf, weiter hinten im Heft. Sie sah anders aus als die vorherigen. Härter. Dunkler. Miriam hatte fast das gesamte Blatt mit Buntstiften in verschiedenen Grautönen schraffiert und mit einem schwarzen Stift ein paar Zeilen in die Mitte geschrieben. Mühsam entzifferte Katta die Buchstaben und las:

»Das Letzte wird ein Bild sein, kein Wort. Vor den Bildern sterben die Wörter.« Heute in der Schule gelesen: Christa Wolf in ihrer Erzählung ›Kassandra‹. Ob sie auch Angst hatte? Aber meine Wörter sind in den Bildern. Meine Wörter sterben nicht! DU wirst sie nicht finden, du nicht!

Katta legte das Heft zur Seite und sah Alex irritiert an. »Sie hatte Angst! Miriam hatte Angst. Aber warum? Wen meint sie mit *DU*? Alex, vor wem hat sich deine Cousine gefürchtet?«

»Ich weiß es nicht, ich … ich habe keine Ahnung! Ich bin mir auch gar nicht sicher, ob ich das wirklich wissen will. Ach, Scheiße, warum können wir die Vergangenheit nicht einfach in Ruhe lassen, wir können doch sowieso nichts daran ändern.«

»Meinst du nicht, dass ich mal mit deiner Tante reden sollte, das Tagebuch …«

»Bloß nicht!« Alex winkte entsetzt ab. »Und auf keinen Fall darfst du ihr von irgendwelchen Vermutungen erzählen! Wir drehen uns doch nur im Kreis. Auch dieses Tagebuch muss unser Geheimnis bleiben, diese ganzen Erinnerungen würden meine Tante völlig fertigmachen. Mein Onkel war schon einige Male mit ihr in Behandlung. Sie konnte sich nie richtig vorstellen, dass ihre Tochter freiwillig … also selbst … oh Mann, du weißt schon.«

Katta seufzte.

»Versprich es«, drängte Alex.

Katta kreuzte Zeige- und Mittelfinger und hielt sie in die Höhe: »Ich verspreche es.«

Sie sah an ihm vorbei in den Himmel. Das Taubenblau war auf einmal verschwunden, stattdessen ging die Farbe des Himmels zunächst in ein dunkles Violett über, verdüsterte sich aber zunehmend, als würde ein Maler sein Bild einfach mit Schwarz überpinseln. Ein kräftiger Wind kam auf, fuhr durch das Schilf und ließ die Blätter an den Bäumen erzittern.

»Mist, es fängt gleich an zu regnen!« Alex sprang auf, stopfte die Lebensmittel in den Korb und rollte die Decke ein. Während Katta Miriams Tagebuch in ihre Tasche packte, sah sie auf den See hinaus. Schaumkronen bildeten sich auf den Wellen, aufgewirbelt von der Luftströmung, der Farbton des Wassers wandelte sich von sanftem Flaschengrün zu schlammigem Oliv. Am Horizont türmten sich die Wolken.

»Schade, ich wollte doch noch mit dir im See schwimmen!«

»Tja, Satz mit x! Ein anderes Mal. Schnell weg hier!«

Alex rannte los, Katta hinterher.

Als sie den Hügel hinunterliefen, setzte der Regen ein. Ein warmer, weicher Sommerregen. Sofort verströmte die feuchte Wiese unter ihren Füßen einen saftigen Geruch nach Erde und Gras. Katta fühlte, wie ihr dünnes Kleid an ihr zu kleben begann. Es umspannte ihre Brüste, legte sich über ihre Rippen, den Bauch, die Hüften.

Alex lächelte sie an, sanft und weich, nicht belustigt oder gar spöttisch. Sein T-Shirt ließ seinen Körper aussehen wie in Stein gemeißelt. Unwillkürlich glitten Kattas Augen über die Muskeln an den Oberarmen, den flachen, durchtrainierten Bauch.

»Geht's noch?« Alex griff nach ihrer Hand.

Da war es wieder, dieses magische Blitzen in seinen Augen, das Kattas Seele zum Strahlen brachte. Als er ihre Fingerkuppen berührte, zuckte sie zurück, so stark war die Spannung, die von ihm ausging. Fragend sah Alex ihr in die Augen. Kattas Lächeln war die Antwort, und er zog sie an sich.

Seine Haare rochen nach Sommerregen und Zärtlichkeit.

»Ich will mit dir zusammen sein, Katta. Nicht nur hier, sondern auch zu Hause. Immer!«, flüsterte er und bedeckte ihr Gesicht mit Küssen.

Katta gab dem sanften Druck seiner Lippen nach und öffnete ihren Mund einen Spaltbreit. Behutsam schob er seine Zungenspitze hinein, suchte die ihre, liebkoste sie. Nicht drängend, sondern unendlich feinfühlig. Und sie spürte den Bewegungen nach, die er vorgab. Mitten in der Dunkelheit, im strömenden Regen, in der Stille dieses Augenblicks küssten sie sich und wollten nie mehr aufhören. Erst als Katta zu zittern begann, schob Alex sie sachte von sich.

»Ist dir kalt?«

Katta nickte verlegen. »Bisschen. Und dir?«

»Arschkalt!«

»Pfff, ein Glück. Ich habe schon gedacht, dass immer ich das Weichei bin. Wie bei unserem ersten Treffen auf dem Balkon.«

Sie lachten beide.

»Los, ich nehme dich mit zu uns, so kannst du nicht ins Hotel zurück. Du kannst bei uns duschen, wenn du magst, es gibt da zwei Badezimmer. Ich muss meinen Kopf nämlich auch ganz dringend unter richtig heißes Wasser stecken, ich fühle mich wie ein Eiszapfen!«

Fröstelnd liefen sie weiter. Das trübe Licht, das eben noch durch das Blätterdach der Bäume gedrungen war, hatte sich mit dem abklingenden Regen in ein silbergraues Leuchten verwandelt, als wäre die oberste Farbschicht abgewaschen. Völlige Stille herrschte um sie herum, nur das platschende Geräusch ihrer Schuhe war zu hören. Und ihre Atemzüge.

Katta legte den Kopf in den Nacken, streckte die Arme zur Seite und ließ die letzten Regentropfen in ihren Mund rieseln.

»Schau mal!« Alex deutete zum Himmel. »Ich werd verrückt, ein Regenbogen!«

Schweigend und eng umschlungen betrachteten sie das Farbspiel. Dann liefen sie Hand in Hand zum Haus, in dem Alex während der Ferien wohnte.

13. ANTHRAZIT

Grauzone

Katta war erleichtert, dass Alex' Onkel und seine Tante an diesem Abend zu einem Theaterbesuch in der Stadt waren. Es hätte ihr gar nicht gepasst, wenn sie sich ihnen gleich beim ersten Besuch als begossener Pudel hätte vorstellen müssen.

Aber sie musste das eigentliche Wohnhaus gar nicht betreten, Alex schob Katta über eine schmale Treppe im Vorgarten ins Kellergeschoss, denn hier war sein Reich: ein kleines, aber luftiges Zimmer mit hoch gelegenen Fenstern zum Garten. Die Wand, vor der sein großes Bett stand, war lichtblau gestrichen. Ein paar bunte Kissen lagen auf einer hellen Tagesdecke, und verschiedene Lampen sorgten für gedämpftes Licht. Neben dem Bett stand eine kleine Stereoanlage, rundherum lagen ein paar Bücher und alle möglichen CDs. Sonst gab es hier nicht viel, einen Schreibtisch, auf dem Alex' Laptop lag, einen verschlissenen Sessel, einen Schrank. Die ganze Möblierung war ziemlich unmodern, Überbleibsel von alten Kinderzimmereinrichtungen. Und doch hatte Alex dem Ganzen seine besondere Note gegeben. Katta fühlte sich sofort wohl.

»Du kannst hier unten duschen, das ist mein Bad«, erklärte er und öffnete die Tür zu einem winzigen Raum, der von oben bis unten mit karibikblauer, wasserfester Farbe gestrichen und mit unzähligen Muscheln beklebt war. In den Boden war eine Duschwanne aus Stein eingelassen, ein riesiger Duschkopf schwebte darüber. »Das Streichen hier war eine Heidenarbeit, noch schlimmer als in meinem Zimmer. Ich hoffe, es gefällt dir.«

Katta nickte überrascht. So viel Interesse an Inneneinrichtung hatte sie Alex gar nicht zugetraut. Die meisten Jungen, die sie kannte, konnten mit solch einem Kram absolut nichts anfangen. Denen reichte es, wenn sie den ganzen Tag mit ihrem Laptop auf dem Bett lümmeln konnten, egal, wie es um sie herum aussah. Blumen, Kissen oder so was wie Muscheln – igitt! Mädchenkram.

Nachdem sie die Tür abgeschlossen hatte, schlüpfte Katta aus ihren klammen Sachen und stellte sich fröstelnd unter die Brause. Herrlich, wie das heiße Wasser über ihren Körper plätscherte und so langsam die Gänsehaut verschwand. Sie schloss die Augen und dachte über Alex' Worte nach: *Ich will mit dir zusammen sein, Katta. Nicht nur hier, sondern auch zu Hause. Immer!*

Ein jähes Glücksgefühl durchströmte sie, sie fühlte sich leicht wie ein Schmetterling. Pfeifend verließ sie die Dusche und hüllte sich in das kuschelige Handtuch, das Alex auf das Waschbecken gelegt hatte, darunter fand Katta einen viel zu großen, dafür aber frischen Jogginganzug und ein T-Shirt. Sogar einen Föhn hatte er ganz obendrauf gepackt, wie fürsorglich!

Sie kam sich ein bisschen vor wie ein Michelin-Männchen, als sie geduscht und mit trocken geföhnten Haaren aus dem Bad kam. Alex saß schon im Schneidersitz auf seinem Bett und wartete.

»Cooles Outfit!« Ein spöttisches Lächeln lag auf seinen Lippen.

»Kann ich mir vorstellen«, meinte Katta verlegen und trat

von einem Fuß auf den anderen. »Zeigst du mir dein Schlagzeug?«

Alex sprang auf, nahm Katta an der Hand und lief mit ihr durch den winzigen Flur in einen Raum, der früher sicher ein schlichtes Kellergewölbe gewesen war. Jetzt waren die Wände komplett mit Styroporplatten zum Schallschutz bedeckt, ein Schlagzeug mit riesiger Bassdrum stand da, mehrere Mikrofonständer, Boxen und ein Keyboard, eine Bass- und eine E-Gitarre lagen auf dem Boden. Auf einem flachen Tisch stand ein alter Laptop, aus dem eine Menge Kabel hingen.

»Sieht aus, als würde hier eine richtige Band proben.« Katta pulte mit dem Finger im Styropor. »Bringt das was?«

»Nö.« Alex lachte. »Glücklicherweise ist das hier ein kleiner Ort, und meine Kumpels in der Band sind fast alle aus der Nachbarschaft. Deshalb drücken die ein Auge zu, wenn's lauter wird. Das Hauptproblem ist, dass so ein Schlagzeug brutal viel Energie im Bassbereich erzeugt, das lässt sich im Raum nur mit echt teuren Mitteln dämpfen. Also können wir es gleich vergessen!«

»Was spielt ihr?«

»Oh, gerade proben wir Reggae. War bisher noch nie so meine Musik, aber Josh, ein Typ aus der Band, wollte mal was Neues ausprobieren. Ist eigentlich ganz cool.«

Er setzte sich hinter sein Schlagzeug, nahm die Trommelstöcke in die Hand und spielte ein paar Takte. Katta erkannte den Rhythmus sofort wieder.

»Das klingt wie das Stück, das Pascal mir neulich vorgespielt hat.«

Alex hörte sofort auf und runzelte die Stirn, seine Lippen wurden schmal. »Na, dann muss ich mir ja keine Mühe mehr geben«, erklärte er schroff. »Komm, wir gehen in mein Zimmer.«

Erst wollte Katta etwas erwidern, aber dann hielt sie lieber den Mund und folgte ihm. Im Flur kamen sie an einem grauen Bücherregal vorbei. Katta verlangsamte ihren Schritt, bückte sich und entdeckte ein paar ziemlich verstaubte Mädchenbücher, einige Liebesromane, zerfledderte Micky-Maus-Heftchen und, ziemlich weit unten, ein paar dicke Nachschlagewerke über Malerei. Als sie sich davorkniete, um die Schrift auf den Buchrücken besser lesen zu können, blieb ihr fast das Herz stehen.

»Ich glaub's ja nicht! Ihr habt in dem ollen Regal alle vier Bände dieses Wahnsinns-Buchs von Wildenstein über Monet stehen und lasst sie hier vergammeln!« Vorsichtig zog sie die Bücher heraus und pustete den Staub von den Einbänden. »Luna hat die auch. Sie behandelt sie wie Diamanten. Ich durfte immer nur ganz vorsichtig drin blättern.«

Alex setzte sich im Schneidersitz neben sie. »Hm, ist das was Besonderes? Habe ich mir nie angesehen. Alle Bücher gehören ... gehörten meiner Cousine. Und ich stehe eh nicht so auf Monet.«

»Warte mal, ich muss dir eines meiner absoluten Lieblingsbilder zeigen, schau mal hier ...« Sie stutzte. »Komisch, da klebt ein Brief über meinem Sonnenaufgang.«

»Wie bitte?« Alex löste vorsichtig den Klebstreifen, mit dem das Schreiben über Monets Gemälde befestigt war. »Soll ich es aufmachen?«

Katta nickte heftig, Monet war jetzt Nebensache.

»Es ist ein Brief von Miriam. Hör zu:

21. August, für J.:

Warum quälst du mich mit deiner Eifersucht?

Du hast keinen Grund dazu, du machst mir Angst.

Die Malerei hat uns doch immer verbunden, soll sie uns nun trennen?

Das Leben beginnt jetzt! Für uns beide!

Ich lebe. Und du?
Miriam

»J wie Josef«, platzte Katta wütend hervor. »So ein mieser Typ.«

Sie sah zu Alex, aber der beachtete sie gar nicht. Regungslos saß er da, wie eine Statue. Er sah erschrocken aus, sein Gesicht war leichenblass.

»Was ist los, Alex, geht's dir nicht gut?« Katta rüttelte an seiner Schulter.

Jetzt drehte er den Kopf zu ihr und starrte sie mit leerem Blick an. »Der Brief ist vom 21. August!«

Irritiert las Katta noch einmal das Datum: »›Einundzwanzigster August‹. Ja und?«

»Verstehst du denn nicht? Am zweiundzwanzigsten August ist Miriam gestorben. Aber in diesem Brief steht doch glasklar, dass sie leben wollte. Katta! Sie hat sich nicht umgebracht, bestimmt nicht. Das hier«, er wedelte mit dem Papier, »das hier ist der Beweis, dass Miriam keinen Selbstmord begangen hat. Oh Mann, ich fasse es nicht. Die ganzen Jahre über klebt dieser verdammte Brief auf dem Bild, und da musst du kommen, damit wir ihn endlich finden.« Er packte Katta an beiden Schultern und drückte ihr einen Kuss auf die Lippen. »Danke! Du und der Brief hier, ihr habt mich überzeugt. Ab jetzt bin ich dabei. Ich werde mit dir die Wahrheit rauskriegen, ich schwör's!«

Nachdem Alex sie ins Hotel begleitet hatte, war Katta sofort ins Bett gefallen. Den Brief von Miriam hatte sie mitgenommen, Alex hatte sie darum gebeten. Er wollte, dass Katta alles, was sie von Miriam gefunden hatten, sammelte.

Katta legte den Brief auf den Schreibtisch. Sie wollte ihn unbedingt am Morgen noch einmal lesen. Vielleicht fiel ihr noch etwas ein und es gab noch einen anderen Hinweis in dem Brief, außer dem Buchstaben *J*.

Ihr Schlaf war unruhig. Albträume verfolgten sie, dunkle, furchterregende Bilder, von denen sie einige Male aufwachte.

In einem Traum sah sie Alex. In einem Boot glitt sie mit ihm über ein Gewässer voller Seerosen, sie selbst ließ ihre Finger in die Wellen gleiten, um die kühle Feuchtigkeit zu spüren. Plötzlich wurden ihre Hände gepackt und nach unten gezogen. Katta versuchte entsetzt, den Angreifer abzuschütteln, den sie nicht sehen konnte, weil er vom Wasser verborgen war. Endlich gelang es ihr. In diesem Moment tauchte Miriam auf. Wie eine Ertrinkende stieß sie neben dem Boot immer wieder an die Oberfläche und ruderte mit den Armen. Katta wollte sie retten und streckte ihr die Hand entgegen.

Umsonst.

Miriam versank.

Schweißgebadet wachte Katta auf. Wo war sie? Wie spät war es? Ein Blick auf den Wecker zeigte, dass es gerade mal vier Uhr morgens war, vor dem Hotelfenster herrschte noch völlige Dunkelheit. Auf nackten Füssen lief sie ins Bad, schöpfte mit ihren Händen Wasser und trank. Mehr Wasser! Noch mehr Wasser!

Miriam. Das Bild der ertrinkenden Miriam, die um Hilfe flehte, lief wie eine Filmsequenz als Dauerschleife in Kattas Kopf ab.

Sie befeuchtete ihr Gesicht, die Hände und Arme, doch das Traumbild ließ sich nicht wegwaschen. Katta biss sich auf die Lippen. Verdammt! Träume sind Schäume. Zumindest hatte ihr Vater ihr das jahrelang immer wieder als Mantra vorgebetet. Oder waren sie es etwa doch nicht?

Sie eilte zum Bett zurück, knipste die Nachttischlampe an und zog Miriams Buch aus dem Versteck unter der Matratze.

Irgendwie hoffte sie, wenigstens darin die Lösung zu finden, einen Hinweis auf ihren merkwürdigen Traum, aber so viel sie auch blätterte, sie fand keine Antwort auf ihre Fragen. Allerdings fiel ihr eine Seite ins Auge, auf der Miriam anscheinend alle ihre Bilder sorgfältig aufgelistet und mit Nummern versehen hatte. Um einige Zahlen hatte das Mädchen einen roten Kreis gemalt. Was das wohl zu bedeuten hatte? Noch einmal schlug Katta die Stelle auf, die sie mit Alex am See gelesen hatte:

Aber meine Wörter sind in den Bildern. Meine Wörter sterben nicht! DU wirst sie nicht finden, du nicht!

Wer sollte ihre Wörter nicht finden? Katta überlegte. Josef Wild? Oder der große *Mister Unbekannt?* Mit wem hatte Miriam sich gestritten, wem misstraute sie so sehr, dass sie etwas verstecken wollte? Auf jeden Fall war das kein gutes Zeichen für eine Beziehung oder eine Freundschaft. Miriam hatte sich wirklich jede Mühe gegeben, ihre Botschaften, ihre Gedanken zu verstecken. So etwas tat man doch nur, wenn man einen guten Grund dafür hatte, wenn man das Gefühl hatte, dass jemand einem nachspionierte. Aus Eifersucht? Aus Neid? Und was bedeutete die Formulierung *in den Bildern*? Katta ließ sich ins Kissen fallen, verschränkte die Arme hinter dem Kopf und starrte minutenlang an die Decke.

In den Bildern. In den Bildern.

Moment! Hatte nicht auch ihr Maltagebuch hinter einem Bild gesteckt, *in einem Bild* in Hansens Galerie? Natürlich, die Galerie im Hotelflur! Dort musste sie suchen.

Katta rutschte aus dem Bett und schlüpfte in ihre Jeans, das Schlaftop behielt sie einfach an. Leise verließ sie das Zimmer und schlich ins Treppenhaus.

Dunkel und still war es hier, so still. Als hätte sich die Welt einfach schlafen gelegt, gemeinsam mit den anderen Hotelgästen. Wo war nur ihr plötzlicher Mut geblieben? Katta fröstelte. Die Angst schnürte ihr die Kehle zu, drückte sie nieder wie ein schwerer Stein. Nur mühsam gewöhnten sich ihre Augen an das diffuse Licht, das von den Hinweisschildern auf die Notausgänge des Hotels kam. Was hätte sie darum gegeben, jetzt eine dieser kleinen, starken LED-Taschenlampen zu haben, statt die kalte Deckenbeleuchtung anzuknipsen, die sich nach ein paar Sekunden immer wieder automatisch ausschaltete. Egal, es musste auch so gehen.

Jedes Gemälde nahm Katta sich vor, hob es vom Nagel an der Wand, befühlte es und klopfte auf die Rückwand, um zu prüfen, ob sich auch diese vielleicht löste. Sie tastete die Rahmen ab, fuhr mit einem Taschentuch vorsichtig über die Gemälde, um zu erspüren, ob sie sich an einer Stelle wölbten oder zu locker eingespannt waren, sodass sich dahinter etwas verbergen könnte. Aber kein einziges Bild gab irgendein neues Geheimnis preis. Enttäuscht wollte Katta schon wieder ins Bett gehen, da fielen ihr die Zahlen auf den Rückwänden auf. Kleine rote Nummern, die jeweils am rechten unteren Rand des Bildes standen. So winzig, dass sie den meisten Betrachtern sicher verborgen geblieben wären. Wie geschickt! Miriam hatte ihre Bilder tatsächlich durchnummeriert und diese Zahlen in ihrem Maltagebuch aufgelistet. Aber was bedeutete die Sache mit den Kreisen um die verschiedenen Nummern? Einen Moment lang ließ Katta sich auf einer der Treppenstufen nieder und verbarg das Gesicht in ihren Händen. *Denk nach, Katta*, spornte sie sich selbst an. *Was kann Miriam mit den eingekreisten Zahlen gemeint haben?*

Einer plötzlichen Eingebung folgend lief sie zu dem Gemälde mit den Mädchen, aus dem Miriams Tagebuch gefallen war. Es trug die Nummer sechs. Bingo! Katta seufzte glücklich. In Miriams Tagebuch war genau diese Nummer mit Rot eingekreist, offensichtlich gaben die Kreise den Hinweis auf ein Versteck. Ein Lächeln huschte über Kattas Gesicht. Schlaues Mädchen, diese Miriam, das war ja beinahe ein Puzzlespiel. Den nächsten Kreis, das hatte sie sich eingeprägt, trug das Bild Nummer 12. Ob es auch hier irgendwo an der Wand hing? Auf der Suche nach dieser Zahl drehte Katta noch einmal jedes Bild um. Nummer 1, 2, 4 und 5 gehörten zu Hansens Galerie, außerdem Miriams Werke Nummer 7, 10, 11, 14 und 16. Keine Nummer 12. Kein neues Versteck. Fehlanzeige.

Aber wenn nicht hier, wo war Bild Nummer 12 dann? Und was war mit den anderen Gemälden von Miriam? Vielleicht bargen sie noch mehr Verstecke. Katta knabberte an ihrem Daumennagel. Wo sollte sie mit der Suche beginnen? Im Haus von Alex' Onkel und seiner Stieftante? Oder sogar in der alten Scheune, von der Hansen erzählt hatte?

Gerade wollte sie in ihr Zimmer zurückhuschen, da hörte sie ein Knirschen, das Quietschen einer Tür, dann Schritte auf der Treppe. Schnelle, schwere Schritte. Katta lauschte. War das einer der Hotelangestellten, der schon zur Arbeit gekommen war? Oder ein Gast? Aber wer stand schon so früh auf, um die Zeit gab es ja noch nicht einmal Frühstück. Oder hatte jemand sie beobachtet?

Die Schritte kamen von oben, bewegten sich genau auf sie zu und schnitten ihr so den Fluchtweg in ihr Zimmer ab. In Panik lief Katta die Stufen hinunter, in die entgegengesetzte Richtung, und verbarg sich in den Falten eines grauen Wollvorhangs, der vor einem der Fenster im Treppenhaus hing. Von ihrem Versteck aus konnte sie den Absatz, auf dem sie gerade noch Miriams Bilder untersucht hatte, genau sehen. Der Deckenfluter war ausgegangen, nur ein paar Strahlen der aufgehenden Morgensonne, die sich hier und da an den schweren Gardinen vorbeistahlen und durch die Flurfenster fielen, gaben ein schwaches Licht. Katta biss die Zähne zusammen, ihr Herzschlag beschleunigte sich. Sie wagte kaum zu atmen, Schweißtröpfchen bildeten sich auf ihrer Stirn, so schwitzte sie hinter dem Vorhang. Der Staub, der sich in den letzten Jahren in dem Stoff angesammelt hatte, kitzelte sie in der Nase. Mit Daumen und Zeigefinger hielt Katta sie zu.

Jetzt bloß nicht niesen! Bloß nicht!

Schemenhaft nahm sie eine Gestalt wahr, die genau vor Miriams Bildersammlung stehen blieb. Nach und nach schritt sie die Treppenstufen hinab, blieb immer wieder stehen und betrachtete jedes Gemälde offensichtlich eine ganze Weile, strich mit den Fingern vorsichtig über ein Bild, das ziemlich am Anfang hing, nahm es von der Wand und knipste mit einem Schlag das Licht an. Jetzt erkannte Katta die Person, die nachts durch das Hotel wanderte. Die Person, die sich mit einem von Miriams Bildern in der Hand auf die Treppenstufen gesetzt hatte und völlig in der Betrachtung zu versinken schien.

Es war Timo Hansen.

Wie ein Häufchen Elend saß er da, in sich zusammengesackt, alles an ihm wirkte grau in grau: die Haare, das fahle Gesicht, der Bart, selbst seine Hände schienen aus Beton gegossen zu sein. Sogar aus der Entfernung konnte Katta erkennen, dass Tränen über seine Wangen, den Mund und das Kinn rannen, bis er sie mit den Ärmeln seines Morgenmantels wegwischte.

Katta versuchte einen klaren Gedanken zu fassen, es gelang ihr nicht. Ihr Verstand sagte ihr, dass sie jetzt problemlos aus ihrem Versteck kommen und Hansen fragen könnte, warum er hier saß. Mitten in der Nacht. Mit Miriams Bild in den Händen.

Ihr Gehirn gab den Befehl, aber ihre Beine gehorchten nicht. Sie blieben einfach da, wo sie waren.

Stocksteif.

Wie lange sie hinter dem Vorhang ausgeharrt hatte, wusste Katta nicht. Erst als Hansen das Bild wieder an die Wand hängte und verschwand, kehrte sie in ihr Zimmer zurück und vergrub sich unter der Bettdecke. Was hatte Hansen mit Miriam zu tun? Wieso saß er mitten in der Nacht dort auf der Treppe? Mit geballten Fäusten lag Katta da, starrte in das Grau der Nacht, das langsam vom Zinnoberrot des aufwachenden Morgens verdrängt wurde, und dachte nach. Würde Miriam noch leben, müsste sie ungefähr so alt sein wie Hansen heute. War er in sie verliebt gewesen und hatte es vielleicht nicht ertragen, dass sie mit Josef zusammen war? Oder war Josef der Eifersüchtige gewesen? Aber wem von beiden traute Katta wirklich zu, dass er …?

Fragen über Fragen. Katta fühlte sich völlig überfordert. Alex musste ihr helfen, sonst würde sie das nie schaffen. Alex.

Obwohl sie sich erst vor ein paar Stunden getrennt hatten, sehnte Katta sich nach seiner Nähe. Beinahe mühelos rief sie sich sein Gesicht ins Gedächtnis, die jadegrünen Augen, den sanft geschwungenen Mund, seine wilden Locken, von denen ihm ein paar Strähnen ständig bis über die Augen fielen und die er sich dann immer wegpustete. Wie gerne hätte sie ihn jetzt gespürt, hätte sich an ihn gelehnt und mit ihm gesprochen. Ein Anruf um diese Uhrzeit kam nicht infrage, obwohl es Katta in den Fingern juckte. Aber zumindest konnte sie Alex schreiben! Sie nahm ihr Handy und sah auf das Display. Halb sechs. Selbst auf die Gefahr hin, dass er sein Handy nicht auf stumm geschaltet hatte – bevor sie sich noch ein paar Minuten hinlegte, musste sie die SMS an ihn unbedingt loswerden:

Sorry, bin früh dran. Verrückte Nacht. Brauche deine Hilfe. Holst du mich bei Josef ab? Halb fünf.

Katta <3

14. Türkis

Die kälteste aller Farben

»Möchtest du ein Stück Käsekuchen?« Lächelnd reichte Gabriella Wild einen Teller über die Staffelei hinweg, an der Katta gerade arbeitete.

»Wie bitte?«

Katta starrte Josefs Tochter irritiert an. So viel Freundlichkeit hatte sie von ihr nicht erwartet nach ihrer letzten Begegnung.

»Habe ihn gerade gebacken, er kommt direkt aus dem Ofen.«

Gabriella hielt den Kuchen unter Kattas Nase. »Ich habe gedacht, dass ich damit meinen Auftritt von gestern wiedergutmachen kann. Was meinst du?«

Er duftete verführerisch, Katta lief das Wasser im Mund zusammen. Ihr Magen konnte ganz gut eine Stärkung gebrauchen, das Müsli beim Frühstück im Hotel hatte ihr sowieso nicht geschmeckt. Sie sah sich im Atelier um. Keiner war da – außer ihr und Gabriella.

»Wo sind Pascal und Josef? Ich habe gar nicht gemerkt, dass sie weggegangen sind.« Katta legte den Pinsel zur Seite und nahm den Kuchenteller aus Gabriellas Hand entgegen. Mit Genuss biss sie in das lauwarme Gebäck. »Mmh, schmeckt super!«

Gabriella trat hinter sie und stemmte die Hände in die Hüften. »Die beiden sind in den nächsten Ort gefahren, ein paar Farben kaufen. Du warst so mit deiner Malerei beschäftigt, dass du es gar nicht bemerkt hast.« Interessiert betrachtete sie Kattas Bild. »Sieht nach Klimt aus, seinen *Atterseefarben*: Das reduzierte Blau, die kurzen Pinselstriche in leuchtendem Türkis.«

Katta nickte. »Du kennst dich aber gut aus! Josef hat uns tatsächlich das Bild *Attersee* von Gustav Klimt gezeigt, damit wir uns an seinem Stil orientieren.«

»Ich liebe dieses Gemälde, auf dem nur Wasser zu sehen ist«, schwärmte Gabriella. »Ein Kunstkritiker hat es mal ziemlich respektlos einen *Rahmen voller Seewasser* genannt. Ich finde es unglaublich, wie Klimt die Stimmung auf Leinwand gebannt hat, dieser Mann war einfach brillant. Wusstest du, dass er ein absoluter Naturmensch war? Seine Landschaftsbilder soll er vor allem zur Erholung gemalt haben. Zur Erholung! Was für eine unglaubliche Untertreibung.« Sie lachte laut auf. »Dabei liebe ich dieses Gemälde noch mehr als seine anderen Werke, die viel bekannter geworden sind. Ich bewundere ihn zutiefst für die außerordentliche Farbgebung.«

»Stimmt, das ist gar nicht so einfach!« Ein Leuchten huschte über Kattas Gesicht. »Freut mich, dass du in meiner Kleckserei eine Ähnlichkeit erkennst.«

»Türkis ist meine Lieblingsfarbe«, erklärte Gabriella. Sie schlenderte zu einem kleinen Tisch und goss sich aus einer Karaffe ein Glas Wasser ein. »Wusstest du eigentlich, dass Klimt Skizzenbücher für seine Malerei benutzt hat? Er arbeitete viel draußen in der freien Natur und notierte seine zeichnerischen Einfälle in diese Hefte.«

Katta fühlte sich plötzlich unbehaglich, mit einem Mal lag eine Schwere im Raum.

Gewitterstimmung.

Mit dem Glas in der Hand durchschritt Gabriella das Atelier und fuhr fort: »Leider sind die meisten von Klimts Skizzenbüchern verschollen. Seltsam, wie das von meiner besten Freundin Miriam.« Ein spöttischer Unterton lag in ihrer Stimme. »Auch sie hat ein Maltagebuch geführt. Nach ihrem Tod ist es nie aufgetaucht. Du interessierst dich doch für Miriam, oder?«

Entweder war Gabriellas Bemerkung der pure Zufall oder Pascal hatte geplaudert. Wie mühelos sie den Bogen vom bekannten Künstler zu dem toten Mädchen gezogen hatte. Alle Achtung! Katta spähte nach ihrer Umhängetasche, die sie achtlos über den Stuhl hinter sich gehängt hatte. Auf keinen Fall durfte Gabriella sie in die Hand bekommen, denn dort befanden sich Miriams Aufzeichnungen! Katta hatte sie eingepackt, um noch einmal mit Alex darin zu lesen. Verflixt, eigentlich hatte sie die Tasche in dem Spind verstauen wollen, den Josef jedem seiner Schüler zugeteilt hatte. Hier hatte Katta schon ein paar Sachen deponiert, damit sie nicht ständig ins Hotel laufen musste.

Sie überlegte, ob sie mit einer Lüge auf Gabriellas Fragen antworten oder die Wahrheit sagen und so vielleicht mehr über dieses Mädchen erfahren könnte. Sie entschied sich für einen Kompromiss: »Na ja, Miriam interessiert mich nicht wirklich. Dein Vater wollte, dass ich mir ihr Bild ansehe, weil er eine Ähnlichkeit zwischen uns beiden festgestellt hat. Und weil es mir gefallen hat, habe ich es nachgezeichnet. Ich kann mir einfach nicht vorstellen, dass sie sich umgebracht haben soll. Vielleicht war es ja ein Unfall oder ein anderer war irgendwie beteiligt. Könnte doch sein, oder?«

Aus Gabriellas Gesicht war alle Farbe gewichen. Ihr Blick schraubte sich in Kattas Augen. »Was willst du damit sagen?«

»Ach, ich frage mich einfach, was für eine Beziehung Miriam zu deinem Vater hatte? War sie so was wie seine Muse?«, fragte Katta in möglichst leichtem Ton.

»Was weißt du von meinem Vater und Miriam? Welches Klatschmaul im Dorf hat dir Lügengeschichten erzählt?«

»Ich habe keine Ahnung, wovon du redest«, sagte Katta und war selbst erstaunt darüber, wie ruhig und gelassen ihre Stimme klang.

Gabriella starrte Katta an, in der Hand hielt sie immer noch das Wasserglas. Katta bemerkte, wie Gabriella es umklammerte. So fest, bis das Weiße an ihren Fingerknöcheln hervortrat. Fester, jetzt hörte Katta ein Knirschen. Noch fester, bis das Glas schließlich klirrend zerbarst. Kleine Splitter bohrten sich in Gabriellas Hand, die sofort zu bluten begann, die anderen Glasstückchen fielen zu Boden. Josefs Tochter schien es gar nicht zu bemerken, sie drehte sich auf dem Absatz um und verließ das Zimmer, ohne noch ein einziges Wort zu sagen.

Einerseits war Katta erleichtert, dass das Gespräch beendet war, auf der anderen Seite hatte sie plötzlich Mitleid mit Gabriella. Vielleicht war sie, Katta, ja einen Schritt zu weit gegangen mit ihren Verdächtigungen. Möglicherweise schmerzte Josefs Tochter der Verlust der Freundin so, dass sie überreagierte.

Nachdenklich nahm Katta Schaufel und Besen aus einem Wandschrank und kehrte die Scherben vom Boden auf. Klein und messerscharf waren sie, Gabriella musste sich ziemlich heftig geschnitten haben. In einem plötzlichen Impuls wollte Katta ihr nachlaufen und sich entschuldigen. Da betraten Pascal und Josef das Atelier. Der Kurs ging weiter.

Es gelang Katta erstaunlich schnell, sich wieder zu fassen. Als nächste Übung hatte Josef vorgeschlagen, dass sie sich an einem farbenfrohen abstrakten Gemälde austoben sollten.

Wie selbstverständlich griff Katta nach einer schmalen Leinwand, angelte sich einen feinen Katzenzungenpinsel aus dem Angebot und wollte gerade mit der Grundierung beginnen, da nahm Josef ihr den Maluntergrund aus der Hand und deutete auf eine am Boden liegende großflächige Leinwand.

»Weg mit jeder Schüchternheit und Zurückhaltung. Wir sind nicht das Produkt unserer Erziehung«, sagte er bedächtig und hielt ihr den größten Pinsel hin, den er finden konnte. »Wir müssen lernen, über unsere Grenzen zu wachsen, Mauern einzustürzen. Und jetzt, Katharina, zeig es mir!«

»Go, Katta, go!« Pascal lachte. »Wetten, da malst du in drei Tagen noch dran!«

Ganz unrecht hatte er nicht. Als der Kurs zu Ende war, tupfte, schattierte und pinselte Katta immer noch an ihrem Bild.

»Kannst du Alex bitte sagen, dass ich gleich komme«, bat sie Pascal, während sie die letzten Stellen kolorierte. »Er wollte mich um halb fünf abholen, aber ich brauche noch eine Viertelstunde. Er soll draußen warten, ja?«

Pascal zuckte mit den Schultern, räumte seine Malutensilien weg und verschwand.

So viele verschiedene Farben hatte Katta noch nie verwendet: leuchtendes Rapsgelb, Zinnoberrot, knalliges Apfel- und sanftes Lindgrün, Magenta und Lupinenblau in wilden Kombinationen, Mustern und Anordnungen. Zufrieden schrubbte sie sich die bunten Finger mit einer Handwaschpaste und trocknete sie ab. Sie hatte es tatsächlich geschafft, die riesige Leinwand und ihren inneren Schweinehund zu bezwingen. Ein Glücksgefühl durchströmte sie, wie sie es manchmal spürte, wenn sie fand, dass ihr ein Bild gut gelungen war. Sie musste es unbedingt Alex zeigen!

Doch als sie nach draußen trat, war er nicht da. Auch Pascal war weg. Nur Josef döste im Schatten eines Baumes, die Beine hatte er auf einen Stuhl gelegt, seine Schiebermütze lag als Schutz gegen die immer noch gleißende Sonne auf seinem

Gesicht. Es sah aus, als würde er schlafen, sein Bauch bewegte sich langsam und gleichförmig. Auf und ab, auf und ab.

Katta überlegte, ob sie ihn wecken sollte, um nach Alex zu fragen, aber als hätte er ihre Gedanken gelesen, setzte Josef sich mit einem Ruck auf und blickte sie mit müden Augen an.

»Ich werde alt«, murmelte er. »Das Malen strengt mich an … und die Erinnerungen. Sie quälen mich, manchmal verzweifle ich regelrecht daran, dass ich damals …« Mitten im Satz brach Josef ab und lehnte sich wieder zurück.

Katta hatte nur mit halbem Ohr hingehört, gleichzeitig suchte sie mit den Augen die Gegend nach Alex ab. »Entschuldige, Josef, aber hast du Alex gesehen? Er wollte mich hier abholen. Merkwürdig!«

Doch Josef hörte sie nicht, er war schon wieder eingeschlafen.

»Na super«, maulte Katta.

Mit fliegenden Fingern zog sie ihr Handy aus der Tasche und wählte die Nummer von Alex. Keiner da. Nur die Mailbox sprang an.

»He, ich bin's, Katta. Hast du meine Nachricht nicht bekommen? Ich wollte dich hier bei Josef treffen, direkt nach dem Kurs. Oder bist du sauer, weil ich erst so spät fertig bin? Tut mir leid, aber bitte melde dich!« Ratlos starrte Katta ihr Handy an. Vielleicht hatte Alex ihre Verabredung gar nicht vergessen, sondern einfach etwas Besseres vor. Wieso war sie gestern eigentlich so sicher gewesen, dass er Zeit für sie hatte? Ausgerechnet für sie! Bestimmt kannte Alex jede Menge Leute hier im Ort, mit denen er etwas unternehmen konnte. Mist, was hatte sie sich da wieder eingebildet? Dass sie nur mit dem Finger schnipsen musste, dann würde er kommen? So was Blödes!

»Wenn du schon keine Lust hast, heute mit mir ins Kino zu gehen, wie wär's wenigstens mit einer Runde Schwimmen?«

Pascal war plötzlich wie aus dem Nichts vor ihr aufgetaucht. »Nur 'ne halbe Stunde!«

»Sag mal, war Alex nicht hier?«

»Also ich habe nicht mit ihm gesprochen«, erklärte Pascal.

Na gut, wenn der Typ keine Lust auf ein Treffen hatte, es ging auch ohne ihn, dachte sie genervt und wandte sich zu Pascal: »Von mir aus, gerne. Ich habe extra einen Bikini hier in meinem Fach bei Josef deponiert, damit ich nicht wieder Nein sagen muss, wenn einer fragt. So wie beim letzten Mal.« Sie grinste. »Ich hole ihn schnell, dann gehen wir, okay?«

Es war, als wäre der See ein anderer geworden, seit Kattas letztem Besuch. Er sah einladend aus, nicht düster wie am Tag des Gewitters oder unheimlich wie in den wirren Bildern ihrer Träume. Das turmalingrüne Wasser glänzte im Sommerlicht, ein Schwarm kleiner Fische stand unter der Oberfläche und ließ sich von der Sonne wärmen, Enten glitten am Schilf vorbei, und je länger Katta dort stand, desto mehr verschwanden der Ärger und die Wut aus ihrem Kopf. Sommer! Es war Sommer, sie war zum ersten Mal in ihrem Leben alleine unterwegs, ohne Freundinnen, ohne Eltern, weit weg von diesem aufdringlichen Carlo, und sie wollte diese Tage einfach nur genießen!

Eine Horde Kinder planschte auf Luftmatratzen im Wasser herum. Gelbe, rote, blaue Rechtecke auf grünem Grund. Die Luft roch nach Sonnenscreme, nach Grillwürstchen und Holzkohle. Von wegen – Geheimtipp! Heute war Familientag am Goldsee.

Ein platschendes Geräusch – Pascal war kopfüber hineingesprungen und kraulte mit seinen langen Armen in schnellen Zügen durch den See.

»Komm!« Er drehte sich nach Katta um und winkte. »Es ist super!«

Kreischend hüpfte sie ins Wasser, tauchte unter, kam wieder an die Oberfläche und ließ sich eine Weile auf dem Rücken treiben. Toter Mann. Das hatte sie früher oft mit ihren Freunden im Freibad gespielt. Auf einmal wurde sie in die Luft gehoben, Pascal trug sie auf seinen Händen mühelos ein paar Meter, dann warf er sie wie ein Kind ins Wasser.

Katta quietschte vergnügt. »He, du Spinner, lass das. Na warte!«

Als sie wieder auftauchte, lieferten sie sich erst eine Wasserschlacht, später schwammen sie gemeinsam eine große Runde. Katta sah die Enten, die völlig entspannt auf dem See schliefen, den Kopf unter die Flügel gesteckt, sie sah den Steg, auf dem sie noch am Abend vorher gemütlich gepicknickt hatte, die Boote, die daneben auf den Wellen schaukelten. Was sie nicht sah, war Alex.

Mit zusammengekniffenen Augen stand er hinter einer Kiefer und warf den beiden Schwimmern einen feindseligen Blick zu. Minutenlang verharrte er so, stieg dann auf sein Mountainbike und radelte mit kräftigen Tritten den Weg ins Dorf hinunter.

Schließlich stieg Katta aus dem Wasser und ließ sich tropfnass neben Pascal im warmen Ufersand trocknen. Die Augen geschlossen, das Gesicht der Sonne entgegengestreckt.

Nach einer Weile hörte sie, wie er sich aufsetzte. Ratsch, ein Streichholz flammte auf, ein saugendes Geräusch, dann zog Rauch in ihre Nase.

»Willst du eine?« Pascal hielt ihr eine Zigarettenschachtel hin.

»Nö, ich rauche nicht. Danke.«

»Du hast echt 'ne Hammerfigur«, hörte sie Pascal flüstern.

Statt einer Antwort drehte Katta sich schnell auf den Bauch und blinzelte ihn an. Er hatte sich auf die Seite gelegt, zog genüsslich den Rauch ein und betrachtete sie dabei eingehend. Ihre schmalen Hüften, den festen Hintern, die sehnigen Beine. Leises Unbehagen kam in Katta auf. Das wohlige Sommergefühl verflog wie die Rauchwölkchen von Pascals Zigarette.

»Äh, danke für das Kompliment. Ich gehe dann mal besser.« Sie kicherte unsicher. »Die halbe Stunde ist ja wohl längst vorbei.«

»Wegen mir musst du nicht gehen. Ich würde gerne noch 'ne Weile hier mit dir rumliegen und schwimmen und so. Aber wenn du was Besseres vorhast ...«

»Tut mir leid, eigentlich bin ich mit Alex verabredet.«

»Pff.« Er schnaubte verächtlich.

Katta raffte ihre Sachen zusammen, stieg eilig in ihre Jeans und zog das T-Shirt über das noch feuchte Bikinioberteil.

Pascal sah ihr amüsiert zu. »Verstehe ich nicht, was du an dem Typen findest. Also, ich würde dich nicht versetzen.«

»Vielleicht ist ihm was dazwischengekommen. Oder er hat meine Nachricht von unserem Treffen gar nicht gekriegt.« Katta zuckte mit den Schultern. »Das war schön, danke. Bis morgen!«

Auf dem Weg zurück zum Hotel gingen ihr Pascals Worte nicht aus dem Kopf: *Also, ich würde dich nicht versetzen. Ich würde dich nicht versetzen. Versetzen. Versetzen.*

Fast war sie angekommen, da drehte Katta um und schlug eine andere Richtung ein. Zur Bäckerei Kosack, dem Haus von Alex' Onkel und seiner Stieftante. Sie musste wissen, ob Alex ihre Verabredung vergessen, einfach ignoriert hatte oder ob ihre SMS gar nicht bei ihm angekommen war.

Sicher gab es eine Erklärung für sein Verhalten.

Ganz bestimmt.

15. UMBRA

Verhalten. Gedämpft.

Die Frau, die Katta die Tür öffnete, wirkte wie eine ältere Ausgabe von Miriam. Die gleiche helle Haut, blonde lange Haare mit einigen grauen Stellen dazwischen, die zu einem Knoten aufgesteckt waren. Ein paar Strähnen fielen ihr locker ins Gesicht.

»Hallo, du bist sicher Katharina, wie schön, dass du doch noch kommst. Ich bin Leni Kosack, die Tante von Alex. Für dich einfach Leni, ja?«

Sie lächelte. Warmherzig, zugleich aber auch ein bisschen traurig. Katta bemerkte die dunklen Ringe unter ihren Augen, die einen scharfen Kontrast zum sanften Haselnussbraun der Iris bildeten. Alex' Tante sah müde aus.

»Komm herein, komm«, murmelte sie und griff nach Kattas Hand. »Ich bin so aufgeregt, weil ich dir unbedingt etwas zeigen muss. Wir hätten es nie im Leben gefunden, nie, wenn du nicht …«

»Leni, stopp. Warte!«

Das war die Stimme von Alex. Als Katta in den spärlich beleuchteten Flur trat, kam er gerade die Treppe aus dem Kellergeschoss hinauf.

»Hallo Katta«, sagte er frostig. »War deine Verabredung so langweilig, dass du doch noch vorbeischaust?«

Sie sah ihn verblüfft an. »Hä? Welche Verabredung?«

»Na, die mit Pascal. Josef hat mir erzählt, dass du erst später Zeit für mich hast. Wenn überhaupt.«

»Wann hast du mit Josef gesprochen? Ich verstehe überhaupt nicht, worum es geht«, meinte Katta. »Hast du meine Nachricht nicht bekommen?«

»Natürlich. Und ich war da. Aber du hattest ja Besseres vor.« Seine sonst so weichen Lippen formten eine harte Linie.

»Wie kommst du denn auf die Idee?«, flüsterte Katta. Die Enttäuschung über Alex' Worte stand ihr ins Gesicht geschrieben. »Wovon redest du eigentlich?«

»Nicht so wichtig, gar nicht wichtig«, beeilte Leni sich zu sagen. »Komm jetzt, komm!«

»Genau. Vergiss es«, schnaubte Alex.

Seine Tante zog Katta ins nächste Zimmer. Das Wohnzimmer. Ein braunes Sofa stand darin, ein Holztisch mit vier Stühlen, ein Schrank, ein Regal mit Fernseher, ein paar Büchern und einer Stereoanlage. Aus den Boxen erklang Musik, ein schwermütiges Violinenstück. Katta ließ ihren Blick weiter durch den Raum schweifen. Eine bunte Tischdecke, Gardinen, Topfpflanzen oder eine Vase mit Blumen gab es nicht. Eine farblose Umgebung. Was ihr sofort auffiel: Kein einziges Bild hing an der Wand, nicht eines. Doch an den rechteckigen Umrissen erkannte sie, dass vor einiger Zeit Dutzende dort gehangen haben mussten. Jemand hatte sie abgenommen, die Wände danach aber nicht gestrichen, sondern die Ränder so belassen. Stumme Zeugen einer Vergangenheit, die schöner, bunter, fröhlicher gewesen sein musste.

Leni drückte Katta auf einen Stuhl und setzte sich neben sie.

»Miriams Bilder gefallen dir, hat Alex mir erzählt.« Sie legte ihre Hand auf die von Katta. Ihre Finger und die Innenfläche waren rau, ausgetrocknet wie ein Blatt im Herbst.

»Hast du Neuigkeiten für mich? Von Miriam?«

»Leni, bitte.« Alex' Stimme war jetzt wieder sanft. Liebevoll streichelte er seiner Tante über den Rücken.

Doch die schüttelte sich wie ein bockiges Kind. »Lass mich, Alex. Behandelt mich doch nicht immer, als hätte ich nicht mehr alle Tassen im Schrank! Ich will nur ein bisschen mit Katharina reden. Und ihr den Brief zeigen, den wir gefunden haben.«

»Den Brief?« Katta sah hilfesuchend zu Alex.

»Meine Tante und ich haben eine Notiz von Miriam gefunden. Hinter dem einzigen Bild, das Leni von ihr aufgehoben hat.«

»Ich habe alle aufgehoben. Alle!«, protestierte Leni und fügte mit leiser Stimme hinzu. »Nur nicht hier. Nicht so nah. Das könnte ich nicht ertragen.«

Katta setzte sich stocksteif in ihrem Stuhl auf. »Darf ich das Gemälde sehen? Hat es eine Nummer?«

»Was für eine Nummer?«, fragte Leni irritiert.

Auch Alex war überrascht. »Was meinst du?«

»Erkläre ich dir später.« Mit dem Zeigefinger zog Katta sich eine Haarsträhne aus ihrem lockeren Zopf und drehte sie um den Zeigefinger. »Könntest du das Bild holen, hinter dem der Brief versteckt war? Bitte, Alex.«

Murrend machte er sich auf den Weg.

Leni stützte beide Arme auf den Tisch, legte ihr Gesicht in die Handflächen und lächelte Katta an. »Miriam war auch so wie du. So bestimmt. Sie wusste immer, was gut für sie war. Und was gut für mich war. Jetzt muss ich schon so lange ohne sie weitergehen. Aber der Weg ist so weit! Manchmal kann ich …«

»Wer sind Sie? Was wollen Sie von meiner Frau?«, unterbrach da eine dunkle Stimme das Gespräch.

Ein Mann war ins Zimmer getreten. Groß, durchtrainiert

und muskulös wie ein Boxer. Er trug eine helle Arbeitsjacke, die über und über mit Mehlstaub bedeckt war, auch seine kräftigen Hände waren weiß gepudert. Auf dem Kopf saß eine Schiffchenmütze, wie Bäcker sie bei ihrer Arbeit in der Backstube tragen. Mit ihm zog der Duft nach frischen Brötchen, Kuchen und Laugengebäck ins Zimmer. Sofort begann Kattas Magen zu knurren. Eigentlich hatte sie gehofft, dass sie bei Alex zum Abendessen eingeladen würde. Aber danach sah es gerade nicht aus. Der Mann beugte sich zu Leni und gab ihr einen Kuss auf die Wange. Katta sah ihn neugierig an. Auch wenn sein Körper wie der eines jungen Mannes wirkte, so verrieten die silbergrauen Haare und die zahlreichen Falten in seinem gebräunten Gesicht doch sein wahres Alter.

»Das ist Katharina. Alex hat uns schon von ihr erzählt.« Leni knetete hingebungsvoll ihre Hände. »Mein Mann, Tobias.« Sie zupfte an seiner Jacke. »Jetzt sag unserem Gast doch endlich Guten Tag, du Stoffel.«

»Entschuldigen Sie mein Hereinplatzen.« Alex' Onkel wischte seine bemehlten Finger an der Jacke ab und begrüßte Katta. Sein Händedruck war fest. »Ich muss immer ein bisschen auf meine Leni aufpassen, damit sie keinen Unsinn macht.«

Leni verdrehte die Augen und zwinkerte Katta zu. Mit dem verwegenen Gesichtsausdruck eines kleinen Mädchens, das gerade einen Schatz entdeckt hat, strahlte sie ihren Mann an. »Wir haben einen Brief gefunden«, wisperte sie ihm zu. »Einen Brief von Miriam. Sie will uns etwas sagen!«

Schlagartig verdunkelte sich sein Gesicht. »Leni, was soll das? Miriam ist tot, sie kann nicht mehr mit uns reden.«

»Pah.« Leni schob bockig die Lippen vor. »Du willst nur nicht, dass ich recht habe. Aber ich weiß, dass sie nicht freiwillig gestorben ist. Es wäre schön, wenn du das endlich auch akzeptieren könntest!«

Alex war wieder ins Zimmer getreten. In einer Hand hielt er ein Stillleben mit kirschroten Blumen und saftig grünen Gräsern, in der anderen den passenden Rahmen. Das Glas fehlte. »Hier. Heute Morgen habe ich mir dieses Bild von Miriam angesehen. Leni wollte das nicht, wir haben gestritten, dabei ist mir das Bild aus der Hand gerutscht und auf den Boden gefallen. Das Glas ist kaputt, der Rahmen lässt sich reparieren. Aber das Wichtigste: Hinter dem Rahmen steckte ein Brief.«

Leni zog ein Stück Papier aus ihrer Jackentasche. »Hier ist er!«

»Ich verziehe mich wieder in die Backstube«, murmelte ihr Mann. »Das muss ich mir nicht antun.«

Alex zuckte mit den Schultern. »Schon okay, Onkel Tobias. Ich passe auf Leni auf, keine Sorge!«

Den gesprungenen Rahmen und das Bild legte er auf den Tisch. Sorgfältig strich Leni daneben den Zettel glatt, setzte sich eine Brille auf, die an einer goldenen Kette um ihren Hals baumelte, und las:

Liebe Mama,
zu Deinem 40. Geburtstag möchte ich Dir ein ganz besonderes Geschenk machen: dieses Porträt von Dir, an dem ich viele Tage mit Josef Wild gearbeitet habe. Hier steckt alles drin, was ich für dich empfinde. Meine ganze Liebe, das Glück, Dich und Papa zu haben, mein Stolz auf euch. Und jetzt freue ich mich auf ein wunderschönes Fest!

»Josef, immer wieder Josef«, zischte Katta wütend. »Er ist an allem schuld, nur er!«

»Katta!« Die Stimme von Alex überschlug sich beinahe. »Ich hatte doch schon gesagt, dass du dich mit Vermutungen zurückhalten sollst. Verdammt!«

»Mein vierzigster Geburtstag. Mein Gott, so lange ist das

jetzt her. Was denkst du, Katharina, was hast du damit gemeint, dass Josef an allem schuld sein soll?« Leni sah Katta mit ihren braunen Murmelaugen an.

»Ach nichts, ich … ich bin nicht sicher, ich möchte wirklich keine komischen Gerüchte in die Welt setzen.«

Alex blitzte sie wütend an, doch Leni hob die Hand und gab ihm zu verstehen, dass er jetzt nicht stören oder unterbrechen sollte.

»Oh nein, Katharina, wirklich, das brauchst du auch nicht. Weißt du, was dieser Brief für mich bedeutet?«

Katta zuckte mit den Schultern.

»Mein kleines Mädchen hat ihn Wochen vor meinem Geburtstag geschrieben. Sie wollte dabei sein. Verstehst du jetzt? Miriam wollte leben. Ich wusste es! Was auch immer an jenem schrecklichen Tag passiert ist, es kann nur ein Unfall gewesen sein. Ein tragisches Unglück!« Leni holte tief Luft. »Wenn ich nur wüsste, wo sie dieses Porträt von mir versteckt hat. Ich würde es zu gerne sehen. Wenigstens einmal!«

Noch bevor Alex reagieren konnte, legte Katta den rechten Arm um sie. Ganz instinktiv, und Leni vergrub den Kopf an ihrer Schulter. Gleichzeitig angelte Katta mit der linken Hand vorsichtig nach dem Bilderrahmen und drehte ihn um.

Nummer 12. Volltreffer.

Alex war hinter sie getreten, nahm ihr das Holz mitsamt der nummerierten Rückwand aus der Hand und betrachtete es.

»Woher hast du gewusst, dass dort eine Nummer steht?«

Katta schüttelte den Kopf, legte ihren Finger an die Lippen und deutete auf Leni. Alex nickte.

»Leni? Darf ich dir noch eine Frage stellen?«, fragte Katta leise. »Was denkst du, warum hat Miriam diesen Zettel hinter einem Bild versteckt?«

»Das habe ich mich auch sofort gefragt.« Alex' Tante hob

den Kopf und wiegte ihn sachte im Takt der Musik. »Ich kann es mir nur damit erklären, dass sie keinem mehr so richtig getraut hat. Außer mir und meinem Mann natürlich. Seit ihre Kette und einige Zeichnungen aus ihrem Zimmer verschwunden sind und auch in ihrem Spind in der Schule ein paar Sachen gefehlt haben, war sie völlig aufgelöst. Sie hat nichts mehr auf ihrem Schreibtisch, in ihrem Zimmer oder in der Schule liegen lassen, sondern immer alle wichtigen Dinge in einem Rucksack mit sich herumgetragen. Oder versteckt, wie sich jetzt herausstellt. Mein kleines Mädchen!«

»Welche Kette ist verschwunden?«, wollte Katta wissen.

»Oh, ihre Freundschaftskette. Ein goldgelber Stern. Josef Wild hat ihn ihr ein paar Wochen vor … hat ihn ihr als Talisman geschenkt, weil er sie für eine große Begabung hielt. Miriam hat sich so darüber gefreut. Es war wirklich eine große Anerkennung ihres Talents. Seine Tochter Gabriella besaß die gleiche Kette, mit einem Mond als Anhänger. Die beiden Mädchen haben sie jeden Tag getragen, als Zeichen ihrer Verbundenheit.« Leni nahm den Brief, drückte ihn an sich und stand gähnend auf. »Bitte entschuldigt mich. Ich brauche jetzt diese liebevolle Botschaft meiner Tochter, meine Tabletten und dann muss ich ins Bett, mir fallen schon die Augen zu. Gute Nacht, Katharina. Miriam hätte dich sehr gerne gehabt, das weiß ich. Und sie wäre sicher dankbar, wenn du gemeinsam mit Alex nach der Wahrheit suchst. Glaubt mir, meine Tochter hat keinen Selbstmord begangen!«

»Aber Leni«, Alex legte seiner Tante die Hand auf die Schulter, »das wäre schön zu glauben, wir suchen ja nach Beweisen!«

Seine Tante sah ihn spöttisch an. »Ist es nicht schon Beweis genug, dass meine Tochter panische Angst vor Wasser hatte? Es war ihr großes Geheimnis, keiner durfte davon wissen. Für Miriam bedeutete es ein Übermaß an Anstrengung, wenn sie nur ihre Füße darin baumeln ließ. Das hat sie manchmal getan, damals, mit ihren Freunden am Goldsee. Einfach nur, um dabei zu sein. Sie wollte nicht, dass die anderen sie auslachen. Aber nie im Leben wäre sie freiwillig ins tiefe Wasser, geschweige denn in diesen Wildbach gegangen. Niemals!«

Liebevoll strich sie Katta übers Haar, dann verließ sie den Raum, ohne sich noch einmal umzusehen.

»Ich muss auch hier raus«, erklärte Alex. Er atmete tief durch. »Komm.«

Energisch zog er Katta mit sich aus der Haustür, in den Vorgarten, zu einer verwitterten Rundbank, die um einen Apfelbaum gebaut war.

»Meine Tante und mein Onkel haben mir nie erzählt, dass Miriam solche Panik vor Wasser hatte. Verdammt, ich wusste nichts davon!«

»Arme Leni. Jahrelang trägt sie diese Gewissheit schon mit sich herum«, flüsterte Katta, »das muss einen ja an den Rand des Wahnsinns treiben. Und trotzdem bleibt deine Tante so zuversichtlich und stark!«

Alex ballte die Fäuste. »Sie hat sich so gefreut, als wir diesen Brief gefunden haben. Jetzt wird mir erst richtig klar, dass es für meine Tante das größte Glück wäre, wenn wir feststellen würden, dass Miriam nicht … dass Miriam keinen … sich nicht umgebracht hat. Nicht ihr Tod, sondern die ungeklärten Umstände machen sie so krank.« Er stockte einen Moment. »Hast du Miriams Tagebuch dabei? Lass uns nachsehen, ob irgendwas drinsteht, das uns einen Hinweis auf ihre angebliche Panik vor Wasser gibt.«

Katta suchte in ihrer Tasche nach dem Buch und reichte es Alex. Dabei fiel eine Zeichnung heraus, direkt vor seine Füße. Es war das Bild, das Pascal von Katta gezeichnet hatte. Alex hob es vom Boden auf und betrachtete die Zeichnung lange.

»Hübsches Porträt«, meinte er kühl. »Sogar mit netter Widmung. *Für dich!* Da hat der gute Pascal wohl eine Menge Zeit mit dir verbracht, was?«

»Es ist nicht, so wie du denkst«, beeilte Katta sich zu sagen, »das Bild ist gleich am ersten Tag entstanden, als Josef uns zum Malen nach draußen geschickt hat. Es ist nicht von heute!«

»Umso schlimmer. Dann trägst du es also schon eine ganze Weile mit dir spazieren.« Es war Alex anzusehen, dass er eifersüchtig war. Schrecklich eifersüchtig. »Verstehe. So wichtig ist es dir!«, platzte er heraus.

Katta sah ihn empört an. »Reg dich ab! Ich habe das Bild einfach in meine Tasche getan und vergessen.«

»Klar.« Alex hüstelte gekünstelt. »Kommen wir zurück zu meiner Cousine. Meinetwegen, überlegen wir weiter, was wirklich mit ihr passiert ist. Ich kann dir aber sagen, dass es mir ab jetzt ganz schön schwerfällt, gemeinsam mit dir nach Beweisen zu suchen. Aber für meine Tante werde ich es tun.«

»Wieso bist du auf einmal so komisch?« Katta runzelte die Stirn. »Das gibt es ja wohl nicht, dass ich auf einmal die Einzige sein soll, der etwas an Miriam liegt. Außer deiner Tante und deinem Onkel natürlich. Ich muss verrückt sein, wenn ich mich weiter mit der alten Geschichte beschäftige. Und außerdem weiß ich echt nicht, was ich dir getan habe.«

»Ach komm, erzähl keinen Scheiß. Ich habe dich mit Pascal am See beobachtet. Meinst du, ich bin bescheuert? Erst rase ich zu Josef, damit ich auch pünktlich um halb fünf da bin, genauso wie du es mir gesimst hast. Und dann quatscht Josef mich von der Seite an, dass du es dir anders überlegt hast. Super!«

Fassungslos starrte sie ihn an. »Ich habe Josef nie im Leben gesagt, dass er dir so etwas erzählen soll! Ich war noch beschäftigt, deshalb habe ich Pascal gebeten …«

»Ja klar.« Alex winkte ab. »Und ganz zufällig bist du dann 'ne Runde mit ihm schwimmen gegangen. Erzähl mir doch keinen Mist. Mensch, Katta, ich habe gedacht, dir könnte ich vertrauen. Ich habe gedacht, dass du anders bist als die blöden Zicken in der Schule, die nur eine Zeit lang mit mir zusammen sein wollen, weil sie mich auf ihrer To-do-Liste haben. Und dann weiter zum nächsten Typen. Darauf kann ich echt verzichten. Vielen Dank.«

Er stand auf und verschwand grußlos im Haus.

Katta starrte ihm nach. Sie kam sich vor wie im falschen Film. War das jetzt alles wirklich so passiert? Das Gespräch mit Leni, die Worte von Alex? Warum veränderte sich immer alles, warum blieben die Dinge nie so, wie sie waren? Vor allem dann, wenn sich alles vor ein paar Stunden genau richtig angefühlt hatte. Katta sah sich um. Alex kam tatsächlich nicht wieder. Sie schnaubte wütend. Der Kerl ließ sie einfach hier sitzen. Wie bescheuert war das denn?

Inzwischen war es Abend geworden, mit einem Feuerwerk aus Karmesin und Kupfer verschwand die Sonne hinter den Bäumen und tauchte die Gegend in ein mattes Rotlicht.

Missmutig betrachtete Katta das Farbspiel, das ihr die Natur darbot. Genau. Danke schön! *Das* war Kunst, nicht ihr eigenes dämliches Gepinsel. Um sich abzulenken, sah sie auf ihr Handy. Zwei neue SMS, eine von ihrem Vater, eine von einer Freundin. Beide mit der Bitte um Rückruf. Aber im Moment hatte Katta weder Lust auf ein Gespräch mit dem einen noch der anderen. Wieder sah sie zum Haus, aber keine Tür, kein Fenster stand offen.

Verrammelt wie eine Festung.

Aus dem Keller drangen jetzt die dumpfen, rhythmischen Klänge eines Schlagzeuges zu ihr. Alex hatte sich in seiner Burg verschanzt und übte im Keller den richtigen Groove. Auch eine Art, Dampf abzulassen!

Wind kam auf, strich über Katta hinweg und verursachte eine Gänsehaut auf ihrem Rücken, den Armen und Beinen. Sie zog eine dünne Strickjacke aus ihrer Umhängetasche und schlüpfte hinein. Eine Viertelstunde saß sie nun schon hier. Fünfzehn Minuten Warten, Hoffen, Ärgern. Ein Wechselbad der Gefühle. Aber keine Spur von Alex. Dafür wurden die Breaks, die aus dem Keller drangen, immer lauter. Hörte sich nicht so an, als würde er demnächst wieder nach draußen kommen.

Genervt stand Katta auf und lief zum Hotel, fest entschlossen, dort in Miriams Maltagebuch nach Antworten zu suchen. Wenn nötig eben auch allein. Woher ihr plötzlicher Mut kam, wusste sie selbst nicht. So hatte sie sich noch nie erlebt, das war eine ganz neue Katta.

Und die fühlte sich gut an.

16. Deep Blue

Abtauchen. Luft holen. Auftauchen.

»Hallo, Katharina, was macht die Kunst?« Timo Hansen stand hinter dem Empfangstresen und zwinkerte Katta zu. »Wie gefällt dir der Kurs bei Josef Wild?«

»Ja, ist ganz okay«, brummte Katta.

Hansen hob die Brauen. »Das hört sich aber nicht besonders begeistert an. Stimmt etwas nicht, kann ich dir helfen?«

»Geht schon. Könnte ich irgendwas zum Essen auf mein Zimmer bestellen?«

Schon beim Eintreten ins Hotel hatte sie gesehen, dass im Restaurant ziemlich viel los war. Sah schwer nach Altersheim aus. Senioren auf Kaffeefahrt, wahrscheinlich wurden gleich nach dem Essen noch ein paar Heizdecken, Gebissreiniger oder Haftkleber zum Schnäppchenpreis verkauft. Oh nee, auf so was hatte sie jetzt absolut keine Lust. Es störte Katta nicht, wenn sie alleine essen musste. Normalerweise zumindest. Zu Hause saß sie oft mit ihrem Teller in der Küche, während ihre Mutter völlig versunken vor dem Fernseher hockte und sich ihre alten Bühnenauftritte ansah. Heute hätte Katta zwar lieber Gesellschaft gehabt, sich diese allerdings auch gerne selbst ausgesucht. Neugierige Blicke von fremden Menschen könnte sie jetzt nicht ertragen.

»Aber klar, verstehe ich. Du hast bestimmt keine Lust, dich zu unserem Rentnerverein aus dem Ort zu setzen, der gerade das Restaurant belagert. Direkt nach dem Abendessen haben die Herrschaften die Karten ausgepackt. Ich schätze, das wird ein langer und lauter Abend.« Hansen lachte. »Hast du Lust auf Hühnchen mit Reis? Oder lieber einen großen Salat mit Tomatensuppe?«

»Salat und Suppe klingt gut.«

»Wird gemacht. In einer knappen halben Stunde?«

Katta nickte.

»Sag mal, habt ihr euch schon die Bilder von Miriam angesehen, Alex und du?« Hansen rieb sich nervös die Hände. »Sie lagern in der alten Scheune der Familie Kosack, aber das hatte ich ja schon erwähnt.«

Eigentlich hatte Katta nach ihrem merkwürdigen Besuch bei Alex und seiner Tante vorgehabt, auf ihrem Zimmer zu verschwinden und die Tür hinter sich zuzuknallen. Aber die Frage von Hansen machte sie neugierig. Vielleicht war das *die* Gelegenheit, um ein bisschen mehr über Hansen zu erfahren. Warum war ihm dieses Mädchen so wichtig? Katta überlegte. Natürlich konnte sie jetzt nicht einfach mit der Frage herausplatzen, was er nachts auf der Treppe gemacht hatte. Aber einfach mal nach seiner Beziehung zu Miriam zu forschen war sicher in Ordnung.

»Herr Hansen, darf ich Sie mal fragen, woher Sie Miriam kannten?«

Hansen schluckte. »Ich … äh … wir waren in der gleichen Clique, damals. Ein paar Jugendliche aus dem Ort.«

»Dann kannten Sie sich also schon aus der Schule oder sogar aus dem Kindergarten?«

»Nein, wir sind erst ziemlich spät hierher nach Goldbach gezogen, ich war damals schon achtzehn.«

»Das war sicher nicht leicht für Sie und Ihre Familie«, überlegte Katta. »Da wieder Anschluss zu finden, meine ich.«

»Kann man wohl sagen.« Er starrte an einen imaginären Punkt an der Wand. »Ich wollte überhaupt nicht hierher, ich hatte andere Pläne. Aber meine Eltern wünschten sich nichts mehr, als dieses Hotel zu übernehmen, und sie brauchten mich für den Neuanfang. Vorher hatten wir einen kleinen Gasthof in Detmold, aber meine Mutter fühlte sich da nie richtig wohl. Für mich kam der Umzug meiner Eltern allerdings zu einem etwas unglücklichen Zeitpunkt. Ich hatte nämlich gerade die Zusage für einen Ausbildungsplatz bei einer großen Hotelkette in Amerika bekommen.«

»Oh nee, und die haben Sie deshalb sausen lassen?«, platzte Katta heraus.

Hansen sah sie amüsiert an. »Ja, musste ich wohl. Aber ich habe es nie bereut, denn dann habe ich Miriam kennengelernt … und natürlich die anderen. Auch meine Frau.«

»Wahnsinn, das war sicher eine Riesenchance. Amerika! Konnten Sie später noch dorthin gehen?«

»Ich … äh … ich wollte schon, aber … es war schwierig. Es gab hier ein bisschen Ärger. Einige waren sauer, andere waren eifersüchtig, weil ich dann mit …«

Hansen brach mitten im Satz ab. Eine ältere Dame war an den Tresen getreten und fragte nach ein paar Zetteln und Stiften für die Kartenspieler.

»Tut mir leid, Katharina, die Pflicht ruft, keine Zeit mehr für unser Gespräch. Dein Essen kommt gleich!«

Hansen verschwand mit der Frau in seinem Büro.

Einen Moment blieb Katta noch am Tresen stehen und dachte darüber nach, was er wohl hatte erzählen wollen, dann stieg sie in den Aufzug. Auch wenn das Gespräch schon wieder einige Fragen offengelassen hatte, ging es ihr plötzlich besser.

Sie freute sich auf ihr Bett, den gemütlichen Balkon, auf das Essen, ihren Laptop, ein Gespräch mit einem ihrer Freunde zu Hause, vielleicht auch ihrem Vater.

Die letzten Meter zu ihrem Zimmer sang Katta leise ein Lied, das sie in letzter Zeit häufig im Radio gehört hatte, einen Song von Sommer, Liebe, Freiheit. Trällernd steckte sie den Schlüssel ins Schloss und drückte die Tür mit Schwung auf.

Als sie das Zimmer betrat, stockte ihr der Atem. Es sah aus wie ein Schlachtfeld. Das Bett war zerwühlt, der Kleiderschrank aufgerissen. Ihre Jeans, T-Shirts, Unterwäsche lagen wild verstreut im Zimmer herum, die Tür zum Balkon stand offen, ein Stuhl war umgefallen. Einbrecher!

Ohne nachzudenken lief Katta zum Schrank, das Geld, das ihr Vater ihr für die Zeit in Goldbach geschenkt hatte, hatte sie einfach in eine kleine Schublade gestopft.

Merkwürdig, nichts fehlte. Soweit sie das beurteilen konnte, schien alles da zu sein. Katta sah zum Bett. Mitten in den Kissen lag ihr nagelneuer Laptop, er war an das Stromnetz angeschlossen, aufgeklappt und lief, als hätte jemand versucht, ihr Passwort zu knacken. Offensichtlich erfolglos. Aber warum in aller Welt hatte er das Ding nicht einfach eingepackt und mitgenommen? Genauso wie das Geld. Das war es doch normalerweise, was Diebe in Hotelzimmern suchten. Katta lief es heiß und kalt den Rücken hinunter.

Verdammt, daran hatte sie gar nicht gedacht, vielleicht war der Kerl noch im Zimmer? Aber jetzt stand sie schon hier, kurz vor dem Badezimmer, mindestens vier Meter vom Ausgang entfernt. Mit Leichtigkeit könnte ihr der Einbrecher jeden Fluchtweg abschneiden. Also besser auf zur Vorwärtsverteidigung! Panisch sah sie sich um, öffnete langsam die Tür zum Badezimmer und spähte hinein. Puh, ein Glück. Es war niemand drin. Erst als sie die Klinke wieder losgelassen und sich aufs Bett gesetzt hatte, merkte Katta, wie sehr sie zitterte. Ihre Hände, ihre Beine, sogar ihre Zähne klapperten. Und mit einem Mal wurde ihr speiübel. Katta raste wieder ins Bad, sie schaffte es gerade noch, die Tür von innen zu verschließen und den Toilettendeckel zu heben. Dann übergab sie sich.

Es kam ihr vor, als hinge sie schon eine Ewigkeit über dem Klo, und obwohl ihr Magen längst leer war, verspürte Katta noch immer einen Würgereiz. Kein Wunder, sie hatte den ganzen Tag fast nichts gegessen, selbst das erhoffte Abendbrot bei Alex war ausgefallen. In Gedanken daran ballte sie die Fäuste. So ein Mist, was passierte hier eigentlich mit ihr? Sie durfte sich wirklich nicht alles gefallen lassen! Katta erhob sich mühsam, schlurfte zum Waschbecken und steckte ihren Kopf unter den eiskalten Strahl, anschließend ließ sie das Wasser über ihre Handgelenke und die Hände laufen und putzte sich die Zähne. Schon besser.

Mit hoch erhobenem Kopf trat sie aus dem Badezimmer. Shit, ihr Zimmer sah furchtbar aus. Aber was hatte der Einbrecher eigentlich gesucht? Katta presste die Lippen zusammen. Hier ging es doch nicht um Geld. Hier ging es um etwas ganz anderes.

Vorsichtig und nach allen Seiten spähend, ob vielleicht doch noch jemand im Zimmer war, lief sie zum kleinen Schreibtisch am Fenster, um dort ihre Tasche abzulegen. Und da sah sie es: Miriams Brief fehlte. Der Brief, den Alex und sie in dem Monet-Buch gefunden hatten. Der Brief, den Miriam genau einen Tag vor ihrem Tod geschrieben hatte. Dieser verdammt wichtige Brief, der bewies, dass sie keinen Selbstmord begangen haben konnte. So ein Mist, Mist, Mist! Dafür lag jetzt an der gleichen Stelle ein Zettel, ein weißes Blatt Papier, wie von einem Erstklässler beschrieben mit großen, krakeligen roten Buchstaben. Mit zitternden Fingern hob Katta das Blatt hoch und las:

Lass die Finger von der Vergangenheit!
Miriam geht dich nichts an.
Ich warne dich. Lass sie in Ruhe!
Sonst …

Erst wollte Katta schreien. Vor Panik, Angst, vor Wut, vor Hilflosigkeit. Aber es ging nicht. Kein Ton kam aus ihrer Kehle, nicht einmal ein mageres Räuspern. Entsetzt starrte sie dem Papier hinterher, das ihr aus den Fingern geglitten war. Einen Moment segelte es durch die Luft, fiel dann vor Kattas Füße, die Schrift nach oben. Sie stand ganz steif da. Völlig regungslos. Der Boden schien unter ihren Füßen wegzusacken. Wieder und wieder starrte sie auf das Papier, las, las noch einmal, formte lautlos die Worte nach. Sie rang nach Luft, hatte das Gefühl, nicht mehr atmen zu können. In einer plötzlichen Eingebung bückte sie sich, hob den Zettel vom Boden auf und stopfte ihn in ihre Jackentasche, packte den Schlüssel, der auf dem Bett lag, ihr Handy und rannte einfach aus dem Zimmer. Die Tür schlug sie krachend hinter sich zu und hechtete die Stufen hinunter zu Hansen.

Der stand wieder am Tresen und ordnete Briefe in die Fächer der Hotelgäste. Katta zwang sich, ruhig zu werden. »War heute jemand hier für mich? Hat jemand nach mir gefragt?« Ihre Stimme war kaum hörbar, weil ihr vor lauter Rennen auch noch das letzte Restchen Puste weggeblieben war.

Hansen runzelte die Stirn. »Ach, entschuldige, das hatte ich ganz vergessen. Josef Wild hat nach dir gefragt, außerdem war Alex am späten Nachmittag hier. Sie haben aber beide keine Nachricht hinterlassen.«

Josef. Alex. Von wegen – keine Nachricht! Katta griff in ihre Jacke, der Zettel war noch drinnen. Als hätte sie sich die Finger daran verbrannt, zog sie die Hand wieder heraus. Keine Nachricht, so ein Unsinn. Was war dann das in ihrer Tasche?

Alex. Josef. Aber doch nicht Alex? Nur Josef konnte der Kerl sein, der anonyme Botschaften hinterließ und junge Mädchen bedrängte. Katta verspürte schon wieder ein ungutes Gefühl im Magen. Wie Carlo, schoss es ihr durch den Kopf. Widerlich! Ihr Schädel brummte. Mechanisch drückte sie beide Fäuste gegen die Schläfen, um das Pochen zu dämpfen.

»War jemand von den beiden in meinem Zimmer?«

»Natürlich nicht«, entgegnete Hansen empört. »Nur das Zimmermädchen.«

»Hat sonst noch jemand einen Schlüssel?«

»Keiner außer meiner Frau, mir und dem Hauspersonal!«

Erschrocken wich Katta einen Schritt zurück. Natürlich!

Josef. Alex. Hansen. Sarah. Welche Rolle spielte sie in der ganzen Geschichte? Spielte sie überhaupt eine? Auf jeden Fall war sie schon damals dabei gewesen, als Miriam noch gelebt hatte. Beste Freundinnen schienen sie nicht gewesen zu sein, das hatte Katta Sarah Hansens Bemerkungen über Miriam und ihre Bilder entnommen. Aber Feindinnen?

Katta runzelte die Stirn. Klar, als Chefin besaß Hansens Frau einen Schlüssel zu jedem Zimmer, aber auch Hansen selbst hätte durchaus die Möglichkeit gehabt, eine Botschaft auf ihrem Schreibtisch zu hinterlassen. Bei ihm wäre es sogar besonders unauffällig gewesen. Er war es schließlich auch gewesen, der um Miriam geweint hatte. Und der ihre Bilder gekauft und aufgehängt hatte.

»Katharina? Was ist los, ist etwas passiert?« Hansen hatte sie vorsichtig am Arm gefasst.

Katta straffte die Schultern. »Würden Sie mich bitte sofort loslassen? Es ist nichts passiert. Gar nichts. Ich gehe noch mal kurz in den Garten, frische Luft schnappen.« Sie atmete tief aus und zwang sich, mit hoch erhobenem Kopf aus der Hoteltür zu schreiten, obwohl ihre Oberschenkel und Knie zitterten.

Es war ein lauer Sommerabend. Der Mond stand bereits am Himmel und warf, zusammen mit einigen Laternen am Kiesweg, sein mattes Licht in den Hotelgarten. Kurz vor dem Springbrunnen mit dem Löwenkopf ließ Katta sich auf die Wiese fallen, weit genug weg vom Eingang des Gebäudes, aber so, dass sie gut beobachten konnte, wer dort ein und aus ging. Ihre Beine hätten sie keinen Zentimeter mehr getragen.

Leise murmelte der Goldbach sein Abendlied, in der Ferne hörte sie die Eulen, von denen Alex schon an ihrem ersten Abend gesprochen hatte. *Huhu, huhu.* Heute kamen sie Katta tatsächlich vor wie Gespenster. Mit der hohlen Hand schöpfte sie Wasser, um ihre Augen zu beruhigen. Sie brannten höllisch. Die nackten Beine ließ sie einen Moment im silbernen Wasser baumeln, stieß dann mit den Fußspitzen in den warmen, morastigen Untergrund. Ein schmatzendes Geräusch, ihre Zehen versanken im Schlamm des Bachbettes. Katta erhob sich und stand nun im knietiefen Wasser, Schlamm quoll zwischen ihren Zehen hindurch, ihre Füße waren in eine Moorpackung eingehüllt. Matschepampe, wie in ihrer Kindheit. Am Strand in Italien, damals, als alles noch so klar und einfach war. Ein behüteter Urlaub im sonnigen Süden.

Katta schloss die Augen und kämpfte gegen die Tränen an. Sie wusste einfach nicht weiter. Was sollte sie tun? Ihre Eltern anrufen? Bloß nicht! Melanie? Die war heute zu ihrer Patentante an die Ostsee aufgebrochen. Überhaupt waren fast alle ihrer Freunde in den Sommerurlaub unterwegs. Und sie hockte hier in dieser Einöde, ihr Hotelzimmer war verwüstet und sie wurde bedroht.

Ihr Handy klingelte. Katta sah kurz auf das Display. Ihre Mutter. Einen Moment überlegte Katta, ob sie den Anruf einfach ignorieren sollte, aber dann riss sie sich zusammen und nahm ihn an.

»Hallo, Mum.«

»Katta? Du meine Güte, mein Schatz, ist das schön, von dir zu hören. Wie geht es dir?«

»Äh, geht so, ich …«

»Schätzchen, du ahnst nicht, von wo ich dich gerade anrufe!« Ihre Mutter kicherte. »Gregor und ich, wir sind in Venedig. Venedig, ist das nicht verrückt? Die Stadt der Verliebten. Süße, ich kann dir gar nicht sagen, wie glücklich ich bin. Dein Vater und ich haben lange geredet. Über uns, über unsere Träume und …«, wieder kicherte sie, diesmal wie ein verliebter Teenager, »… wir verstehen uns seit ein paar Tagen einfach wunderbar. Katta? … Ach nein, sag jetzt besser nichts. Es war bestimmt die beste Entscheidung, dass wir ohne dich in Urlaub gefahren sind. Du hast so recht gehabt mit deinem Wunsch. Und uns tut es auch gut, endlich mal wieder nur zu zweit zu sein. Stell dir vor, wir haben den alten Carlo einfach in seinem Haus sitzen lassen und sind abgehauen, verrückt, was? Wie zwei Jungverliebte.« Sie räusperte sich. »Du, Süße, wir wollen jetzt noch ein bisschen ausgehen. Venedig bei Nacht, verstehst du? Du bist doch nicht böse, wenn ich jetzt aufhöre? Küsschen, mein Schatz, Küsschen! Viel Spaß noch, wir sehen uns ja bald!«

Es knackte kurz in der Leitung, dann hörte Katta nichts mehr. Ihre Mutter hatte das Gespräch einfach beendet. Für einen Moment saß Katta da wie vom Donner gerührt. Sprachlos. Selbst wenn sie gewollt hätte, wenn sie ihrer Mutter davon hätte erzählen wollen, was gerade passiert war, sie hatte auch nicht den Hauch einer Chance gehabt. Das war ja wohl ein Witz! Sie saß hier, in ihrem Zimmer war gerade eingebrochen worden, und ihre Eltern turtelten in Venedig!

Tränen sammelten sich in ihren Augen, aber Katta wischte sie entschlossen weg. Um sich abzulenken, pflückte sie ein paar Kieselsteine aus der flachen Uferböschung und warf sie ins Wasser.

Wasser! Miriam, der anonyme Brief, das zerwühlte Hotelzimmer, Josef und Hansen und Sarah. Angst. Ihre Gedanken fuhren Achterbahn. Sie war allein. So allein. Aus den Augenwinkeln beobachtete Katta, wie sich eine Gestalt im langen, dunklen Mantel dem Hoteleingang näherte. Anstatt mit forschen Schritten die Treppe hinaufzugehen, blieb die Person unten stehen und blickte sich hektisch nach allen Seiten um. Auf einmal sah Katta ein blitzendes Licht, das ein paar Mal an- und ausging. Dann blieb es eingeschaltet, ein ziemlich großer Lichtkegel schob sich suchend durch den Garten, offensichtlich hatte die Gestalt eine Taschenlampe eingeschaltet. Aber warum? Das Hotel war doch überall beleuchtet! Katta starrte ängstlich zum Hoteleingang hinüber und duckte sich sicherheitshalber ein bisschen, damit sie hier im Halbdunkel des Gartens nicht wahrgenommen werden konnte. In diesem Moment hob die Person die Taschenlampe in die Höhe und leuchtete über die Wiese, fast bis zum Bach. Instinktiv ließ Katta sich flach auf das Gras fallen. Mit klopfendem Herzen und angehaltenem Atem lag sie da und starrte mit weit aufgerissenen Augen auf den wandernden Lichtkegel. Ein Glück, er strahlte nicht bis zu ihr. Auf einen Schlag ging das Licht aus.

Dunkelheit lag wieder über der Wiese.

Im Schein der Eingangsbeleuchtung beobachtete Katta, wie die Person nicht die Stufen zum Hotel hinaufschritt, sondern stattdessen um das Haus herumging. Katta kannte diesen Weg genau, sie war ihn vor ihrem Picknickausflug mit Alex selbst gegangen: Um die Ecke lag der Hintereingang. Wer immer hier hineinging, war entweder Lieferant des Hotels, einer der Angestellten … oder er wollte sich heimlich ins Hotel schleichen.

Katta zitterte vor Anspannung. Langsam wurde die Wiese unter ihr feucht, die Kälte kroch an ihren Füßen, den Waden, den Oberschenkeln empor. Gerne hätte sie es sich einfach irgendwo gemütlich gemacht, aber im Moment würden keine zehn Pferde sie noch einmal in dieses Zimmer kriegen. Alleine schon gar nicht, und im Restaurant war ihr zu viel Trubel, dort wurden immer noch eifrig Karten gekloppt, das konnte Katta von ihrem Platz aus durch die großen Terrassenfenster erkennen. Moment. Natürlich. Die Terrasse! Wieso war sie nicht schon viel früher auf die Idee gekommen?

Katta sprang auf und lief auf nackten Füssen zu dem steinigen Oval auf der Rückseite des Hotels. Bequeme Korbstühle standen um ein paar Tische, auf jedem brannte ein Windlicht, sogar zwei Strandkörbe hatte Hansen als besonderen Blickfang hier untergebracht. Nur noch zwei Gäste saßen draußen. Beim Näherkommen erkannte Katta ein Pärchen, das leise flüsternd eine Flasche Wein trank und dabei unentwegt Händchen hielt. Mit einem kurzen Gruß lief sie an ihnen vorbei und ließ sich in einen der Strandkörbe sinken. Wie gut, dass auf allen Stühlen und auch hier Fleecedecken lagen. Sogar zwei! Katta nahm sie und kuschelte sich darin ein. Schon viel besser.

Durch die Scheiben der Terrassentüren sah Katta, wie ein Dutzend lachender, gut aufgelegter älterer Leute im Restaurant Karten spielte, Bier und ein paar Schnäpschen tranken und sich anscheinend bestens amüsierten. Ein freundliches Licht fiel von drinnen auf die Sitzgelegenheiten im Freien und beleuchtete sogar Teile des Rasens. Dazu das Flackern der Kerzen, und Katta fühlte sich gleich ein bisschen geborgen. Zumindest war es hier angenehmer als auf der feuchten Wiese im schummrigen Licht des abgelegenen Teils des Hotelgartens. Hoffentlich blieb das Pärchen noch eine Weile sitzen, überlegte sie, ihre traute Zweisamkeit hatte etwas Beruhigendes.

Ob ihre Eltern in Venedig wohl gerade auch so an einem Tisch saßen? Vielleicht Händchen hielten? Katta spürte plötzlich einen Druck auf ihrer Brust. Auf der einen Seite freute sie sich für die beiden, auf der anderen Seite hatte ihr das kurze Telefonat eben ihre Einsamkeit noch deutlicher gemacht. Oh Gott, was die beiden wohl gesagt hätten, wenn Katta ihnen von dem Einbruch in ihr Zimmer erzählt hätte? Ihre Mutter hatte sich so glücklich angehört wie schon lange nicht mehr. Das hätte alles verdorben, die ganze Stimmung der beiden. Ihr Vater hätte sich sofort ins nächste Auto gesetzt und wäre losgefahren. Ganz bestimmt. Allein die Vorstellung fand Katta tröstlich.

Sie sah hinüber zum Bach. Der Mond warf sein silbernes Licht auf das Wasser, Glühwürmchen tanzten über die Wiese. Katta hörte die Grillen, die um die Wette zirpten, das gleichmäßige Plätschern des Brunnens. Alles könnte so schön sein! Seufzend drehte sie sich eine Haarsträhne um den Finger.

Nie hatte sie sich stärker nach Alex gesehnt als in diesem Moment. Sie sehnte sich nach seinem weichen Blick, den zärtlichen Gesten. Sie sehnte sich wie verrückt danach, dass er alle Furcht einfach von ihr abküsste. Sie sehnte sich nach seiner Stimme, seinen Erzählungen, seinem Lachen. War es wirklich erst ein paar Stunden her, dass sie sich so unglaublich geborgen gefühlt hatte, dieser Moment, als sie gemeinsam auf dem Steg gelegen hatten? Vertraut, liebevoll, unendlich glücklich. Ja, sie sehnte sich nach seinem Trost, seiner Umarmung, in die sie sich einfach hineinfallen lassen wollte, um sich behütet zu fühlen. Aber Alex war sauer auf sie. Und Katta wusste eigentlich immer noch nicht genau, warum. Das machte das Ganze auch so unwirklich, so absurd. Sie zog ihr Handy aus der Tasche und versuchte Melanie anzurufen, doch es sprang nur die Mailbox an, auf der Katta aber keine Nachricht hinterlassen wollte. Was hätte sie auch sagen sollen?

Katta sah hinauf zu den Sternen. Sie funkelten und glitzerten um die Wette, winzige Edelsteine auf einer Decke aus tiefblauem Samt. *Ich wünsche dir einen Himmel voller Sterne! Genieße deinen Kurs!* hatte ihr Vater ihr auf eine Postkarte geschrieben, die er heimlich in ihren Koffer geschmuggelt hatte. Katta hatte sich wahnsinnig darüber gefreut, so viel Gefühl war für ihn höchst ungewöhnlich. Aber was nützt der schönste Sternenhimmel, wenn man ihn alleine betrachten muss, dachte sie wehmütig.

Wie in einen Kokon hüllte Katta sich in die weichen Decken, lehnte sich an das Seitenteil, die Haube des Strandkorbs als Schutz über sich, blinzelte noch einmal hinüber zu dem schmusenden Pärchen und schlief augenblicklich ein.

17. Silber

Kräfte der Nacht

»Katta? Hier steckst du also, ich habe dich schon überall gesucht.«

Träumte sie? Katta blinzelte. Oder war das wirklich die Stimme von Alex? Noch ein bisschen benommen räkelte sie sich in ihrem Strandkorb, ihr rechter Fuß bitzelte wie elektrisiert, er war eingeschlafen. Katta nahm den Fußballen in die Hand und massierte ihn.

Alex ging vor ihr in die Hocke und sah ihr ernst in die Augen. »Mensch, ich hab solche Angst gehabt, dass dir etwas passiert ist. Du warst nicht in deinem Zimmer, Hansen hat dich aus dem Hotel rennen sehen … Was machst du bloß für Sachen?«

Jetzt war Katta hellwach. Sie hätte schreien können vor Glück. Was machte Alex hier? Sie wollte gerade aufstehen, da hatte er sie auch schon umarmt und drängte sich kurz darauf energisch neben sie in den Strandkorb. Doch das war ganz schön unbequem, und so landete Katta kurzerhand auf Alex' Schoß.

»Kannst du mir verzeihen? Ich war ein Idiot, ein eifersüchtiger Trottel. Ich habe vorhin noch mal bei Josef angerufen, weil ich genau wissen wollte, was heute Nachmittag passiert ist.«

Mit schuldbewusstem Blick sah er sie an. »Pascal hat ihm gesagt, dass er mir diesen Quatsch ausrichten soll. Diese fiese Lüge, du hättest es dir anders überlegt. Josef wusste, dass du noch nicht mit deinem Bild fertig bist, aber er wusste nicht, dass Pascal ihn angeschwindelt hat.«

»Ich habe dir doch gesagt, dass alles ein Missverständnis ist«, flüsterte Katta. »Und dass ich gar nichts dafür kann.«

Alex zuckte verlegen mit den Schultern. »Allerdings. Dein feiner Malkumpel hat es auf dich abgesehen, das hatte ich mir ja schon vorher gedacht. Und heute hat er mich einfach mal ziemlich raffiniert ausgebootet, um mit dir ein paar romantische Stunden am Goldsee zu verbringen. Ich habe euch beobachtet, ich war da, deshalb war ich auch so supergenervt. Diese linke Bazille!«

Die letzten Worte kamen ziemlich laut raus, so verärgert war Alex über Pascals dreiste Lüge. Katta legte ihm schnell ihren Zeigefinger auf den Mund.

»Sorry, ich wollte nicht so ausflippen, aber der Kerl bringt mich zur Weißglut. Der kann mich nicht leiden, der macht das mit Absicht!«

Erst jetzt bemerkte Katta, dass das Pärchen immer noch an dem Tisch saß und nun zu ihnen herüberschaute, eine neue Flasche Wein stand auf dem Tisch. Es konnte also nicht allzu spät sein, Katta hatte gar nicht so lange geschlafen, wie sie zuerst gedacht hatte.

»Wie viel Uhr ist es eigentlich?«

»Kurz vor elf«, meinte Alex. »Du müsstest längst in deinem Zimmer sein. Hansen hat sich schon Sorgen gemacht. Das kommt davon, wenn ich nicht ordentlich auf dich aufpasse. Dann machst du nur Blödsinn, wie heute Nachmittag am See.«

Katta schnaubte. »Wenn du uns beobachtet hast, dann hast du hoffentlich auch gesehen, dass ich einfach nur schwimmen war. Sonst nichts.« Sie dämpfte ihre Stimme, als sie merkte, dass das Pärchen immer noch zu ihnen herübersah. »Und das auch nur, weil ich so enttäuscht darüber war, dass du nicht gekommen bist!«

Dieses Mal war es Katta, die den ersten Schritt machte. Sie dachte gar nicht lange darüber nach, wie Alex das jetzt finden oder was er von ihr denken könnte. Die letzten Stunden, die sie allein verbracht hatte, waren so schrecklich gewesen. Jetzt folgte sie einfach ihren Gefühlen. Ganz sanft legte Katta ihre Arme um Alex' Nacken, zog seinen Kopf zu sich herunter, bis er ihr in die Augen schauen musste, und dann küsste sie ihn. Sie war überrascht, wie leicht es ihr fiel und wie vertraut sie es fand, ihre Lippen voller Zärtlichkeit auf seine zu pressen. Sein Mund war weich, unglaublich weich, ein echter Kussmund. War ihr das nicht schon bei ihrem ersten Treffen aufgefallen? Der Duft seiner Haut kroch in ihre Nase, frisch und leicht holzig. Sie küsste und schnupperte an der zarten Stelle zwischen Hals und Ohr, dort, wo die Haut warm und gut durchblutet war. Hier roch er besonders intensiv. Vertraut. Wunderbar. Einfach nach Alex.

»Katta«, murmelte er, nahm eine ihrer Haarsträhnen und rollte sie um seinen Zeigefinger. »Was ist denn mit dir los?«

»Du weißt echt nicht, wie froh ich bin, dass du gekommen bist. Ich hätte sonst nicht gewusst, was ich machen soll. Hier«, sie fischte den zerknüllten Zettel aus der Hosentasche, »jemand war in meinem Zimmer und hat mir diese freundliche Botschaft …« Sie brach den Satz mittendrin ab, denn nun schossen die Tränen, die schon die ganze Zeit in ihren Augen brannten, einfach heraus. Inzwischen war es ihr egal, ob jemand sie so sah, Alex oder das Pärchen am Nebentisch. Sie war einfach erleichtert, dass sie das Ungeheuerliche endlich mit jemandem teilen konnte.

Alex nahm das Papier und versuchte die Schrift zu entziffern, aber das Licht reichte nicht, deshalb lief er zu einer der Laternen und hielt das Schreiben darunter. Mit großen Sätzen kam er zurück.

»Oh Mann, wer macht denn so was?« Er legte schützend den Arm um Katta. »Du musst raus hier aus dem Hotel, unbedingt! Das ist ja richtig unheimlich. Findest du nicht, dass wir Hansen Bescheid sagen sollten? Oder besser gleich zur Polizei gehen?«

Katta lachte zynisch. »Super Idee, Alex, aber was sollen wir denen denn sagen? Dass wir Briefchen hinter Bildern gefunden haben? Ein paar kritzelige Botschaften in einem alten Schulheft? Oder sollen wir ihnen diesen komischen Zettel hier in die Hand drücken?« Sie hielt das Schreiben in die Höhe und knüllte es dann mit den Fäusten zusammen. »Außerdem ist das der Beweis dafür, dass irgendwas mit dem Tod von Miriam nicht stimmt, und ich will es rauskriegen. Ich will wissen, wer etwas damit zu tun hatte.«

»Aber wer ist so dreist, dass er mitten am Tag in dein Zimmer einbricht und den Zettel hinterlässt?«

»Oh, nicht nur das! Der Besucher hat auch meine ganzen Sachen durchwühlt, den Schrank aufgerissen und meine Klamotten auf den Boden geworfen. Ich bin ziemlich sicher, dass der Kerl Miriams Tagebuch stehlen wollte. Er – oder sie – hat auch versucht, meinen Laptop zum Laufen zu kriegen.«

»Er oder sie? Was meinst du damit? Wer, denkst du, war in deinem Hotelzimmer?«

»Du warst heute hier, auch Josef, außerdem hätten Hansen oder seine Frau jederzeit einfach reingehen können.«

»Josef war bestimmt da, weil er sich entschuldigen wollte, dass er auf Pascals Spielchen reingefallen ist. Könnte ich mir vorstellen.«

»Und du?«

»Ich wollte eigentlich hier auf dich warten und sehen, wann du von deinem netten Ausflug mit Pascal zurückkommst. Aber dann habe ich es mir anders überlegt. Katta, du glaubst ja wohl nicht im Ernst, dass ich so gemein mit dir umgehen und dir irgendwelche Botschaften ins Zimmer legen würde?«

Sie sah ihn forschend an.

»Nein, ich habe dich nie wirklich im Verdacht gehabt.« Sie lächelte Alex an und lehnte sich an seine Schulter. Es tat so gut, einen geliebten Menschen neben sich zu haben. Einen Menschen, dem man vertrauen konnte, dessen war Katta sich in diesem Moment sicher.

»Was ist nun mit Miriams Aufzeichnungen?«, fragte Alex vorsichtig. »Sind sie weg?«

Katta tippte auf ihre Umhängetasche. »Ich trage sie die ganze Zeit mit mir herum. Wie einen Schatz. Komisch, auch bei Gabriella Wild hatte ich neulich den Eindruck, dass sie nichts lieber hätte, als dieses Tagebuch hier in die Finger zu bekommen. Blöderweise habe ich Pascal davon erzählt …«

Alex schnaubte.

»Mensch, das war doch aus Versehen. Es ist mir einfach rausgerutscht! Auf jeden Fall bin ich inzwischen davon überzeugt, dass er es gleich brühwarm Gabriella erzählt hat. Sie hat mich nämlich ganz merkwürdig auf Maltagebücher von Künstlern angesprochen und dass ich mich doch für Miriam interessieren würde. Die Frau ist schon seltsam.«

»Willst du jetzt auch noch Gabriella als mögliche Täterin ins Spiel bringen?«, stöhnte Alex.

»Nee, Gabriella kann ich mir noch weniger vorstellen als Hansen. Ich tippe auf Josef«, erwiderte Katta. »Überleg doch mal, ständig dieses *J. W.* in Miriams Aufzeichnungen. Das kann doch nur er sein. Es passt alles zusammen: junges Mädchen, älterer Mann. Sie kann gut malen, er sieht in ihr seine Muse, seine

Meisterschülerin. Er schenkt ihr eine Kette, netterweise bekommt seine Tochter auch eine. Aber dann passiert etwas Ungeplantes. Miriam will nicht so viel Nähe wie er. Immerhin ist er der Vater ihrer besten Freundin. Sie weist ihn zurück, weil ihr Josef viel zu alt ist. Zum Beispiel. Und Josef rastet aus.«

»Zum Beispiel. Aber es könnte auch ganz anders gewesen sein. Das ergibt doch alles keinen Sinn! Josef ist kein brutaler Mörder!«

»Aber wieso dann die Drohungen? Der Kerl, der den Zettel geschrieben hat, will verhindern, dass wir weiter in Miriams Vergangenheit bohren. Und dafür muss er einen ziemlich guten Grund haben.« Katta seufzte. »Okay, es könnte auch Hansen sein. Oder Sarah. Verflixt! Das Schlimme ist, dass ich die zwei richtig nett finde. Hansen war von Anfang an unheimlich freundlich, schon als ich mit meiner Mutter hier angekommen bin. Er strahlt so eine Ruhe aus, so eine Gelassenheit. Aber vielleicht ist das alles nur Show, möglicherweise verbirgt er etwas, ein furchtbares Geheimnis.« Sie starrte in den Himmel. »Über Sarah kann ich gar nicht viel sagen, aber jeder von beiden hat den Generalschlüssel, mit dem kommt man in alle Zimmer. Und vorhin hat mir Hansen auch noch erzählt, dass er seine Frau schon aus der Zeit mit Miriam kennt. Ich meine, es könnte auch so eine blöde Eifersuchtsgeschichte sein zwischen Sarah und Miriam. Ihre Bilder findet sie auf jeden Fall scheußlich und würde sie am liebsten abhängen.«

»Oh, nee«, Alex schüttelte den Kopf, »langsam ist ja wohl jeder, der Miriam gekannt hat, verdächtig. Das ist doch völlig dämlich, wenn wir immer mehr Leute finden, die vielleicht etwas mit Miriams Tod zu tun haben könnten.«

»Jetzt übertreib mal nicht. Meiner Meinung nach ist die Liste noch ganz überschaubar. Viel schlimmer ist, dass jemand so eine Angst davor hat, die Wahrheit könnte ans Licht kommen, dass er mir anonyme Botschaften schickt. Das ist doch … krank! Uaargh, die Vorstellung ist einfach zu grässlich, dass ein Typ jeden Moment neben meinem Bett stehen oder mir etwas antun könnte. Da bleibe ich lieber hier im Strandkorb!«

»Beruhige dich!« Alex drückte sie an sich. »Soll ich dich mit zu mir nehmen? Leni hätte sicher nichts dagegen.«

Katta schüttelte heftig den Kopf. »Auf keinen Fall! Das würde einen riesigen Aufstand geben! Hansen würde mit Sicherheit zwei Sekunden später meine Mutter anrufen, die würde in voller Panik von Italien hierher und sich wahrscheinlich in den nächsten Graben fahren. Oder mein Vater würde mit Schallgeschwindigkeit über die Autobahn donnern und jeden anderen Autofahrer mit Lichthupe aus dem Weg beamen, das kenne ich schon. Nee, bloß nicht.«

Sie überlegte einen Moment. Bestimmt war die beste Möglichkeit, um mehr über die rätselhaften Umstände von Miriams Tod zu erfahren, die, wenn sie im Hotel blieb.

»Wenn ich hier einfach sang- und klanglos verschwinde, reden Hansen und seine Frau danach wahrscheinlich kein einziges Wort mehr mit mir. Und so kriegen wir nie heraus, wer mir diesen fiesen Zettel ins Zimmer gelegt hat. Und wer vielleicht schuld ist an Miriams Tod!« Sie schwieg und starrte Löcher in die Luft. Gedankenlöcher.

Als hätte er erraten, über was sie nachdachte, meinte Alex: »Verstehe. Du willst also weiter hier im Hotel Detektiv spielen?«

»Das ist kein Spiel.« Sie sah ihn ruhig an. »Am Anfang fand ich Miriams Geschichte aufregend, dass ich so intensiv von ihr geträumt habe, hat mich berührt und neugierig gemacht. Aber seit ich mit deiner Tante gesprochen habe, bin ich sicher, dass ich das hier durchziehen muss. Von einer netten, aber völlig gebrochenen Frau, die bei uns in der Nachbarschaft wohnt, und deren Sohn als kleiner Junge bei einem Unfall ums Leben gekommen ist, weiß ich, dass es für Eltern nichts Schlimmeres gibt, als wenn ihr Kind vor ihnen stirbt. Vor allem, wenn es noch ganz jung ist. Leni muss gleich die doppelte Bürde tragen: Miriam lebt nicht mehr und, was noch viel schwerer wiegt, die Umstände ihres Todes sind in den Augen deiner Tante völlig rätselhaft. Überleg doch mal: Miriam hatte panische Angst vor Wasser! Ich bewundere deine Tante und deinen Onkel zutiefst, dass sie mit dieser Ungewissheit überhaupt leben können. Und ich glaube, so bescheuert es auch klingt, ich glaube, es ist unsere Aufgabe, dass wir die Dinge klarstellen. Ich bin sicher, Leni will das auch. Und Miriam erst recht.«

Alex seufzte. »Ich kann dich aber nicht alleine hierlassen!« Sein Tonfall war besorgt, wie sie erleichtert feststellte.

»Das sollst du ja auch gar nicht. Auf gar keinen Fall! So heldenhaft bin ich auch wieder nicht.« Nervös biss Katta sich auf die Lippen. Wieder und immer wieder, bis es richtig wehtat und die gespannte Haut an einer Stelle aufplatzte. »Mal ganz ehrlich? Ich bin total kaputt, ich kann nicht mehr. In meinem Kopf dreht sich alles, und ich habe echt Angst, heute Nacht in diesem Zimmer zu schlafen. Aber ich will Hansen nicht um ein anderes bitten. Was sollte das auch bringen? Wie gesagt, er steht bei meinen Verdächtigen gleich an zweiter Stelle! Vielleicht waren es wirklich nicht Josef oder Sarah, sondern er, der mein Zimmer durchwühlt hat. Vielleicht hat Hansen Miriams Tagebuch gesucht?«

»Dann müsste er ja davon gewusst haben. Wie kommst du denn auf die Idee?«

»Erkläre ich dir später. Wenn du willst.« Katta suchte nach den richtigen Worten, fuhr sich nervös durch die Haare, nahm seine Hand und drückte sie. »Ich würde mich jetzt echt gerne einfach ablegen, ich brauche dringend eine richtig warme Bettdecke, am besten die oben in meinem Hotelzimmer. Was ist? Bleibst du bei mir? Bitte.«

»Mitgehangen, mitgefangen.« Alex küsste sie sanft. »Ich passe heute Nacht auf dich auf, Prinzessin, versprochen!«

18. INDIGO

Die Dinge klarer sehen

Das größte Problem war, wie sie ins Hotel kommen sollten, ohne dass Hansen oder seine Frau etwas davon mitbekamen. Immerhin hatte der Hotelchef Kattas Mutter fest versprochen, auf ihre Tochter zu achten und dafür zu sorgen, dass sie jeden Abend um spätestens zweiundzwanzig Uhr auf ihrem Zimmer sein würde. Allein.

Händchenhaltend schlichen Katta und Alex zum Hotel. Kurz vor dem Eingang blieb Alex an einer alten Eiche stehen.

»Warte mal«, wisperte er Katta zu.

Im Halbdunkeln erkannte sie, dass er ein Taschenmesser aus der Hose gezogen hatte und sich an der Rinde zu schaffen machte. Katta trat näher. Es waren Buchstaben, die Alex in den Baum schnitzte, zwei Buchstaben, umrahmt von einem Herz: *K + A*

»Jetzt hast du es schriftlich, hoffentlich glaubst du es dann auch endlich!« Mit seinen Fingern strich Alex sanft über ihre Wange und hauchte einen zarten Kuss darauf. »So. Und noch einmal Entschuldigung für mein dämliches Verhalten bei meiner Tante und meinem Onkel. Ist jetzt alles wieder gut?«

Katta atmete seinen Duft ein und spürte seinen Herzschlag ganz nahe an ihrem. »Ich danke dir«, flüsterte sie.

»Wofür?«, flüsterte Alex zurück. »Für die Entschuldigung oder meine kleine Laubsägearbeit?«

Katta kicherte. »Ja, auch. Aber vor allem dafür, dass du einen anderen Menschen aus mir gemacht hast.« Sie hielt ihm für einen Moment ihre kühle Hand auf den Mund. »Und jetzt: pssst! Warte hier, ich gehe rein und lenke Hansen irgendwie ab. Dann rennst du hoch in mein Zimmer, okay?«

Statt einer Antwort packte Alex sie am Arm, zog ihre Hand weg und drückte ihr blitzschnell einen Kuss auf den Mund. Einen weiteren auf ihren Hals. Die nackten Schultern. Einen Moment verharrte Katta reglos, dann löste sie sich nur widerwillig, lief mit forschen Schritten durch die Eingangstür zum Tresen und drückte auf die Glocke. Hansen kam sofort.

»Mensch, Katharina, du hast mir aber einen Schreck eingejagt. Alles wieder in Ordnung?«

Katta beantwortete seine Frage mit einem leichten Nicken. »Ich hatte vorhin nur solche Kopfschmerzen, außerdem habe ich meinen Laptop nicht mehr gefunden, deshalb die Panik. Ich war dann noch mal bei Josef Wild, weil ich gehofft hatte, dass ich ihn dorthin mitgenommen habe. Und ich hatte recht, er war in meinem Spind.« Sie lachte gekünstelt. »Tut mir leid, wir haben uns völlig übers Malen verquatscht, ich habe nicht auf die Uhr gesehen, wie spät es ist. Und vom Laufen ist mir jetzt total kalt, darf ich vielleicht noch einen heißen Tee haben?«

»Ist zwar schon reichlich spät, aber von mir aus«, meinte Hansen. »Dein Essen von vorhin konnten wir dir allerdings nicht aufheben, der Koch hat inzwischen Feierabend und meine Frau ist schon ins Bett gegangen. Den Tee mache ich dir selbst. Willst du schnell hier warten, oder soll ich ihn hochbringen?«

Katta sah ihn forschend an. Wenn er ihr den Tee ins Zimmer bringen wollte, wusste er dann nichts davon, dass sich dort jemand zu schaffen gemacht hatte? Oder bluffte er nur ziemlich gut? Vielleicht wollte er testen, ob ihr der Brief und das verwüstete Zimmer Angst gemacht hatten.

Aber sie konnte keine Regung in Hansens Gesicht erkennen, er zuckte noch nicht einmal mit den Mundwinkeln.

»Ich warte lieber«, erklärte sie.

»Meinetwegen. Dauert nur einen Moment.« Hansen verschwand in der Küche.

Im gleichen Moment winkte Katta Alex zu, der sofort ins Hotel, die Treppe hoch und zu Kattas Zimmer lief. Den Schlüssel hatte er schon in der Tasche. Eine gefühlte Ewigkeit stand Katta in der einsamen Hotellobby, bei jedem Geräusch schreckte sie hoch, immer mit dem mulmigen Gefühl, dass jemand sie beobachtete. Endlich kam Hansen mit dem Tablett.

»Wenn du doch noch Hunger hast, ich habe dir einen Teller mit Keksen dazugestellt. Soll ich dir die Sachen nicht doch nach oben tragen?«

»Passt schon«, erwiderte Katta. »Kein Problem. Gute Nacht, Herr Hansen!«

Kaum hatte sie sich umgedreht, breitete sich ein erleichtertes Lächeln auf ihrem Gesicht aus. Das wäre geschafft! Als sie mit dem Tablett die Treppen hochlief, kam sie wieder an Miriams Bildern vorbei. Heute erschienen ihr die Farben noch leuchtender und wesentlich intensiver. Die Augen in den Gemälden schienen alle direkt auf sie gerichtet zu sein. Als sie vorbeihastete, hatte Katta das Gefühl, dass sich die Blicke der Porträtierten in ihren Rücken bohrten.

Flehende, vorwurfsvolle und bittende Blicke.

Völlig außer Atem kam Katta bei ihrem Zimmer an. Alex saß zwischen dem Türrahmen auf dem Boden, beinahe schien es, als sei er eingeschlafen.

»Wieso bist du noch nicht drinnen?«, brummte Katta und

stellte das Tablett auf den Boden. »Hier kann dich doch jeder sehen!«

Alex hatte sich aufgesetzt. »Ich wollte mit dir reingehen.« Er deutete auf die Tür. »Aber erst, wenn du das hier gesehen hast.«

An der Innenseite des Türrahmens hing ein Zettel. Jemand hatte ihn mit einem Reißnagel an das Holz gepinnt, die Schrift, das erkannte Katta mit einem Blick, sah genauso aus wie auf dem Blatt, das sie in ihrer Hosentasche spürte.

Angst, Katharina?
Die solltest du auch haben.
Es ist noch nicht vorbei,
wenn du Miriam nicht in Ruhe lässt!

»Bitte nicht schon wieder!« Gehetzt sah sie Alex an. »Der Kerl ist noch einmal zurückgekommen. Stell dir mal vor, während ich draußen auf der Wiese saß oder wir zwei zusammen im Strandkorb gekuschelt haben, ist er einfach hier reinmarschiert.« Ihre Augen waren vor Schreck geweitet. »Nein, wetten, dass das der Typ war, den ich von der Wiese aus beobachtet habe? So eine schwarze Gestalt, die durch den Hintereingang ins Hotel gehuscht ist.«

»Konntest du das Gesicht erkennen?«

»Nee, dazu war der Kerl viel zu weit weg. Schwarzer Mantel, mehr habe ich nicht gesehen.«

»Shit, da fragt man sich, wozu der sonst noch fähig ist«, raunte Alex ihr zu.

»Du hast echt Talent, einem Mut zu machen«, stöhnte Katta. »Sorry, aber das erinnert mich gerade voll an meine Mutter.«

Alex rollte die Augen. »Danke für das Kompliment.«

»Ich muss herausfinden, wer mir diese Botschaften schreibt, hörst du, ich halte das nicht aus! Morgen spreche ich Josef einfach darauf an, ich schwör's! Ich wette, dass er es war, das ist so was von gemein!«

Alex zog den Reißnagel heraus, packte den Brief und stopfte ihn einfach in seine Jacke. »Keine Panik, wir verrammeln uns jetzt da drin. Ich habe eine SMS an meinen Onkel geschrieben, dass ich heute Nacht hier im Hotel bleibe. Und morgen früh sieht die Welt schon wieder anders aus.« Er hauchte Katta einen zarten Kuss auf die Nasenspitze. »Ich bin bei dir, ich lasse dich nicht allein!«

Plötzlich spürte Katta, wie schrecklich müde sie war. Es war, als sei sie plötzlich ferngesteuert. Als Alex ihr vorschlug, die verstreuten Klamotten zumindest halbwegs aufzuräumen, machte sie das geistesabwesend. Dann ging sie ins Bad und putzte sich die Zähne. Mechanisch zog sie sich aus, faltete ihre Kleider zusammen, legte sie auf den Rand der Duschwanne und schlüpfte in ihr Schlafshirt. Erst als sie wieder ins Zimmer kam und sah, dass Alex den Laptop zugeklappt, den kleinen Schreibtisch vor die Balkontür geschoben und einen Stuhl unter die Klinke am Eingang gestellt hatte, ging es ihr besser.

Nachdem auch er für einen Moment im Bad verschwunden war, glitt er nur mit Boxershorts und T-Shirt bekleidet zu Katta unter die Bettdecke.

»Darf ich bitten?« Galant hielt er ihr die Armbeuge hin.

Katta legte ihren Kopf hinein und schloss die Augen. »Gestern, nachdem wir am See waren, bin ich sofort eingeschlafen. Aber mitten in der Nacht war ich auf einmal wieder hellwach, weil ich geträumt hatte. Von Miriam. Du hältst mich bestimmt für bescheuert, aber ich hatte das Gefühl, dass sie mir irgendwas sagen will. Also bin ich aufgestanden, eigentlich nur, um etwas zu trinken, aber dann habe ich mir noch einmal ihr Tagebuch angesehen. Da gab es Zahlen, die Miriam rot umrandet hat, ich hatte absolut keinen Plan, was das zu bedeuten hat. Komischerweise ist mir dann dieser Spruch wieder eingefallen, den wir am See gelesen hatten, erinnerst du dich?«

»*Meine Wörter habe ich in meinen Bildern* … oder so ähnlich. Und dass sie ein *Du* da nicht finden wird.«

Katta hob den gestreckten Daumen in die Höhe. »Ganz genau. Also bin ich mitten in der Nacht noch einmal los und habe mir die Bilder in der Galerie angesehen. Jedes einzelne habe ich umgedreht und untersucht. Und tatsächlich haben sie alle eine Nummer. Das Bild, in dem das Tagebuch war, trägt die Nummer 6. Auch in Miriams Notizen ist diese Zahl rot umrandet. Und die nächste Botschaft sollte in Bild 12 sein, dem Bild …«

»… das bei meiner Tante und meinem Onkel hing. Miriams Gemälde, in dem Leni und ich den Brief zum Geburtstag entdeckt haben.«

»Richtig!« Katta kuschelte sich noch tiefer in Alex' Armbeuge. »Das ist aber noch nicht alles! Als ich die Bilder im Hotelflur untersucht habe, kam auf einmal Hansen die Treppe herunter. Erst habe ich ihn gar nicht erkannt, es war stockdunkel, und ich hatte totale Angst, dass er mich vielleicht beobachtet hat und mich jetzt zur Rede stellen wollte. Aber so war es gar nicht, genau wie ich wollte er irgendwas bei den Gemälden deiner Cousine. Ich schaffte es gerade noch, mich hinter einem Vorhang zu verbergen. Immerhin habe ich ihn von meinem Versteck aus super beobachten können. Es war total merkwürdig: Hansen hat sich die Bilder erst lange angesehen, vor jedem ist er eine Weile stehen geblieben. Schließlich hat er ohne jede Hemmung das Licht im Flur angeknipst, ein Gemälde von Miriam abgenommen und sich damit auf die Treppe gesetzt.«

»Welches Bild war es?«

»Hm«, Katta überlegte. »Stimmt eigentlich, das hätte ich mir ja mal ansehen können, bin ich doof. Muss ich morgen unbedingt nachholen. Auf jeden Fall war es das dritte von unten, da bin ich sicher. Und das Gemälde oder die Erinnerung hat ihn so überwältigt, dass er sogar geweint hat.«

Alex richtete sich ein Stück im Bett auf. »Geweint? Hansen? Bist du sicher?«

»Todsicher. Komischerweise war es kein bisschen peinlich. Ich weiß, ihr Jungs habt ja immer Angst, eure Gefühle zu zeigen. Aber ich hatte den Eindruck, dass er wirklich aus Trauer geweint hat. Es war so eine bedrückende Situation. Der Mann da einsam auf der Treppe, in der Hand das Bild deiner Cousine. Stellt sich nur die Frage, warum Hansen so traurig ist. Einfach, weil Miriam tot ist oder weil er möglicherweise Mist gebaut hat. Auf jeden Fall habe ich mir die ganze Zeit über vor Angst fast in die Hose gemacht, dass er mich irgendwie entdeckt.«

»Du Heldin!« Alex sah Katta bewundernd an. Bevor sie etwas erwidern konnte, fuhr er fort: »Meine ich jetzt ganz ohne Witz! Das stelle ich mir wirklich krass vor, wenn man da in seinem Versteck steht und sich kaum zu atmen traut. Ich glaube, ich wäre gestorben!«

Sie verdrehte die Augen, sah nach oben zur Decke und trommelte sich mit den Fingerspitzen auf die Wange »Hm, ob ich das schlimm gefunden hätte? Ob ich um dich getrauert oder sogar geweint hätte. Mal überlegen …«

»Du Biest!« Alex drehte ihr theatralisch den Rücken zu.

Mit der Hand grub Katta sein Ohr aus seinen Wuschelhaaren aus und flüsterte: »Entspann dich!«

Alex wendete ihr wieder sein Gesicht zu.

»Jetzt mal im Ernst«, erklärte Katta, »heute Morgen hat Hansen mir erzählt, dass er und seine Eltern erst sehr spät nach Goldbach gezogen sind. Eigentlich hatte er gerade einen Job in Amerika in der Tasche, aber er wollte seine Eltern mit ihrem neuen Projekt nicht alleine lassen. Und dann hat er Miriam und die Clique aus dem Ort kennengelernt.«

»Boah, ganz schön verwirrend. Also wenn ich einen so coolen Job in der Tasche hätte, bräuchte es mindestens ein tolles Mädchen, um mich von meinem Vorhaben abzubringen.«

Katta nickte. »So was Ähnliches habe ich mir auch gedacht. Was meinst du, ob Miriam etwas mit Hansen hatte? Das würde ihn allerdings schwer verdächtig machen, finde ich. Ein bisschen merkwürdig verhält er sich ja die ganze Zeit schon. Ich weiß nicht, wie oft er inzwischen erwähnt hat, dass wir uns mal diese Bilder von Miriam ansehen sollen, die in der alten Scheune von deinem Onkel lagern.«

»Oh, eine romantische Nacht mit dir im Heu? Gerne!«

Alex hielt Katta fest und kitzelte sie, sie kicherte sofort los und konnte sich fast nicht mehr einkriegen. Das Prusten ging in ein glucksendes Lachen über, ihr Bauch bebte.

»He, aufhören!« Sie befreite sich aus seiner Umklammerung.

Jetzt war es Katta, die Alex zum Lachen bringen wollte. Aber egal, an welchen kribbeligen Stellen sie es versuchte, er blieb völlig entspannt. »Mist, ein totaler Langweiler in meinem Bett!«

»Na warte!«

Schon wieder wollte Alex sich auf sie stürzen, doch Katta winkte ab. Sein Sinn für Humor, den er auch in dieser Situation nicht verloren hatte, tat ihr gut, nur war sie langsam völlig kaputt. Die Ereignisse des Tages steckten ihr in den Knochen, jede Faser ihres Körpers schien zu schmerzen.

»Nicht böse sein, aber wenn du mich jetzt noch einmal kitzelst, dann sterbe ich. Du weißt schon, dass das Folter ist? Verstößt gegen alle Menschenrechte.«

»Echt?« Alex gähnte. »Glück gehabt, ich bin sowieso viel zu müde. Gute Nacht, Prinzessin.«

»Äh, einen Moment! Fehlt noch der Gute-Nacht-Kuss!«

Wie selbstverständlich, als hätte Katta nie etwas anderes getan, wanderten ihre Lippen über seinen Hals, rauf zu seinen

Wangen, hin zu seinem Mund. Mit klopfendem Herzen spürte sie die Wärme seiner Lippen, die sich gleichzeitig mit ihren öffneten. Was für ein wunderbarer Moment, als sich ihre Zungen berührten. Vorsichtig und sanft, um diesen innigen Augenblick nicht kaputtzumachen. Erst nachdem ihre Zungenspitzen sich viele Male intensiv berührt, liebkost und behutsam immer weiter vorgetastet hatten, hielt Katta inne, erstaunt über ihre eigene Kühnheit, schob Alex sachte von sich und lachte glücklich.

»Kennst du Löffelliegen?«, wollte sie wissen.

Alex schüttelte den Kopf.

»Meine Mutter hat es immer mit mir gemacht, als ich noch klein war. Du musst dich hinter mich legen, so als würden unsere Körper eins sein, Bauch und Oberschenkel ganz eng an meinen Rücken und meine Beine pressen.«

Alex folgte ihren Anweisungen wie ein gelehriger Schüler. »Gut so?«, brummte er schläfrig.

»Ja, genau so. Du, Alex, darf ich dich noch um was bitten, aber lach nicht, ja?«

»Oh nee, muss ich dir jetzt noch ein Schlaflied singen? Ich bin ein grässlicher Sänger, echt!«

Sie kicherte. »Na ja, nicht ganz. Aber würdest du bitte deine Hand auf meinen Kopf legen? Dann fühle ich mich rundum beschützt.«

Katta wusste nicht, was sie in dieser Nacht ohne Alex gemacht hätte. Er war wunderbar. Er war einfach da. Er hielt sie im Arm, küsste sie im Halbschlaf ab und zu auf die Schulter oder auf die Wange, kuschelte sich an sie und schlief problemlos ein, während Katta sich verzweifelt wach hielt. Aus Angst vor den Träumen.

Und die kamen so zuverlässig wie jeder Sonnenaufgang nach

einer dunklen Nacht. Die Bilder überfielen Katta, übertünchten die pastellfarbenen Gedanken in ihrem Gehirn und ließen diese schwarz und dunkelgrau werden.

Wieder träumte sie vom Seerosenteich, über den sie mit Alex in einem Boot glitt, und in dem sie Miriam vor dem Ertrinken retten wollte. Aber dieses Mal war etwas anders. Nebelschwaden zogen über das Wasser, das unheimlich tannengrün, beinahe schwarz war, und eine düstere Stimmung lag über der Szenerie. Im Wasser schwamm Miriam, federleicht wie ein Seerosenblatt, mit geschlossenen Augen und einem Strauß Blumen in der bleichen Hand. Genau wie die *Ophelia* auf dem berühmten Gemälde, friedlich hinübergleitend in eine stille, andere Welt. Auf einmal hob sie den Kopf, schlug die Augen auf und starrte Katta an. Zur gleichen Zeit tauchte aus dem Dunst ein zweites Boot auf. Jemand kam ihnen darin in rasendem Tempo entgegen. Hoch aufgerichtet kniete eine Gestalt im Boot, die völlig schwarz gekleidet war. Wie ein dumpfes Donnergrollen vernahm Katta die Ruderschläge.

Tock, tock, tock.

Traumschwer bemühte sie sich, ein Gesicht auszumachen. Vielleicht ein Gesicht, das sie kannte. Doch es war, als wären die Bilder mit Weichzeichner gemalt. Katta konnte sie einfach nicht scharfstellen. Nur eines wusste sie: Die Gestalt in dem anderen Boot sah nicht freundlich aus.

19. SCHWARZ

Paint It, Black

Katta erwachte davon, dass heftig an ihrer Schulter gerüttelt wurde. Zunächst versuchte sie, das Ganze in ihren Traum einzubauen und sich unter der Bettdecke zu verkrümeln. Aber dann hörte sie die Stimme von Alex. Ganz leise und direkt an ihrem Ohr.

»Katta! Katta, wach auf! Mach schon!«

Schlaftrunken öffnete sie die Augen und versuchte sich zu orientieren. Durch die Gardinen fiel schon das erste sanfte Morgenlicht ins Zimmer. Fasziniert beobachtete Katta, wie der Himmel in Sekundenschnelle über einem goldenen Horizont heller wurde. Immer höher schob sich die Sonne und begrüßte den neuen Tag in einem weichen Orange.

Sie seufzte. »Was ist los? Muss ich schon zum Kurs?«

Mit der Hand tastete sie nach ihrem Handy, um zu sehen, wie spät es war.

»Pst! Es ist erst irgendwas nach fünf«, flüsterte Alex. »Aber hör doch mal lieber: Da fummelt einer an der Tür herum, der versucht hier reinzukommen!« Er saß auf dem Bettrand, fast wie zum Sprung bereit, hielt den Zeigefinger an die Lippen und lauschte. »Draußen ist jemand!«

Nun hörte Katta es auch. Schwere Schritte. Dann Stille.

Entsetzt beobachteten Katta und Alex, wie jemand von außen die Klinke herunterdrückte. Einmal, zweimal, dreimal. Aber die Tür war mit einem zusätzlichen Riegel von innen verschlossen, sie ließ sich nicht so einfach öffnen. Wieder war es einen Moment lang totenstill. Dann war ein knarzendes, schabendes Geräusch zu hören. Der Klang von Metall, das auf Metall trifft. Danach ein gedämpftes Ploppen, als ob draußen auf dem dicken Teppich im Flur etwas zu Boden gefallen wäre. Jemand fluchte leise. Katta hielt sich entsetzt die Hand vor den Mund. Wie kräftige Hammerschläge hörte sie ihr Herz pochen. Wieder machte sich die Person im Flur an ihrer Zimmertür zu schaffen, vom Bett aus konnten Katta und Alex erkennen, wie ein Schlüssel ins Schloss geschoben und umgedreht wurde. Doch offensichtlich passte er nicht. Jemand schimpfte gedämpft, aber ziemlich wüst.

»Das Fluchen«, flüsterte Alex, »war das ein Mann oder eine Frau?«

Katta schüttelte schweigend den Kopf. Unglaublich, was da gerade passierte. Das war alles so unwirklich, so unecht. Jemand machte sich tatsächlich an ihrer Zimmertür zu schaffen! Wäre sie hier alleine gewesen, spätestens jetzt wäre sie wahrscheinlich in Ohnmacht gefallen oder hätte einen Herzinfarkt erlitten. Wie konnte Alex nur so cool bleiben?

In einer instinktiven Reaktion wollte sie das Licht der Nachttischlampe anknipsen, aber er hielt ihren bereits ausgestreckten Arm fest.

»Nicht! Dann weiß der Typ da draußen ja, dass du wach bist, und haut mit Sicherheit ab. Aber das soll er nicht, ich will ihn überraschen.«

»Spinnst du, du willst da rausgehen?« Katta starrte ihn mit weit aufgerissenen Augen an. »Wer weiß, was der Kerl mit dir macht!«

»Okay, dann gehen wir eben zusammen.«

Katta schnappte nach Luft. »Nee, echt nicht. Ich hab voll Schiss!«

»Meinst du etwa, ich nicht?« Alex lächelte sie aufmunternd an, aber auch in seinem Blick lag Furcht. »So 'ne Situation ist mir als Film auf der großen Leinwand, schön in den Kinosessel geflätzt und mit einer dicken Tüte Popcorn dabei, wesentlich lieber als in echt, das kann ich dir sagen. Aber irgendwas müssen wir doch machen.«

Das Schaben an der Tür wurde leiser und endete ganz plötzlich. Dafür hörten sie ein Klappern, dann ein paar schlurfende Schritte. Jemand entfernte sich hastig, der dicke Wollteppich im Flur schluckte den Großteil seiner Tritte.

»Verdammt, der haut ab!«

Mit einem Satz war Alex aufgesprungen. Vor lauter Eile verhedderte er sich beim Anziehen in den Hosenbeinen seiner Jeans, fiel fast auf den Boden, zog fluchend am Reißverschluss, hechtete zur Tür, zog den Stuhl davor weg, entriegelte den Knauf und riss sie auf. Schnaufend verschwand er im Flur. Katta schrie leise auf. Sie versuchte Alex hinterherzurennen, aber ihre Beine zitterten so, dass sie es gerade mal zur Tür schaffte. Um nicht wegzusacken, hielt sie sich am Knauf fest. Ihr Körper fühlte sich an wie Pudding. Schwer atmend ließ sie sich auf die Knie fallen, drückte die Tür von innen wieder zu und lehnte sich mit dem Kopf dagegen. Ihr Herz schlug wie eine Trommel. Laut, lauter, so laut, als wollte Katta damit das ganze schlafende Hotel aufwecken. Für den Bruchteil einer Sekunde wurde ihr schwarz vor den Augen, alle Farben verschwanden aus ihrer Welt.

Stille.

Dunkelheit.

Das Bild entwickelte sich nur langsam, verschwommen. Ein Bett. Ein Stuhl. Ein Tisch. Katta rieb sich die Augen. Das Hotelzimmer. Was war passiert? War sie gerade ohnmächtig gewesen? So ein Mist! Wo war Alex? Alex! Katta blinzelte. Sie musste ihm doch helfen! Ihr Kopf schmerzte, aber sie biss die Zähne zusammen und stand auf. Mit aller Kraft öffnete sie die Tür und lief in den Hotelflur. Durch die dichten Vorhänge drang kein Tageslicht herein, und das Nachtlicht war viel düsterer als an den Abenden zuvor. Es flackerte unruhig und warf bizarre Schatten an die Wand. Katta hörte ein Knarren, ein Knirschen, dann war wieder alles ruhig. Ihr Herz raste. Egal, weiter, du Feigling!, spornte Katta sich selbst an. Los jetzt!

Doch in dem Moment, als sie gerade die lange, geschwungene Treppe hinuntergehen wollte, entdeckte sie Alex. Er humpelte ihr langsam entgegen, die Hände in die Hüften gestemmt, sein Atem ging schnell und heftig. Als er Katta sah, beugte er seinen Oberkörper zum Luftholen nach unten.

»Er ist mir entwischt«, japste er. »So ein Mist! Ich bin einfach viel zu spät losgerannt. Scheiß Hose! Und dann bin ich auch noch über einen Blumentopf gestolpert, den der Kerl im Flur umgeschmissen hat. Wundert mich, dass von dem Lärm nicht das ganze Hotel aufgewacht ist, aber zumindest Hansen ist plötzlich hinterm Tresen aufgetaucht. Da bin ich umgekehrt.«

Kattas Miene wurde finster. »Bist du sicher, dass Hansen auf einmal aufgetaucht und nicht einfach der Typ ist, den du verfolgt hast und der hier einbrechen wollte? Mann, ich bin so froh, dass dir nichts passiert ist.« Sie zog Alex an der Hand zurück ins Zimmer und rauf aufs Bett, bevor sie die Tür verrammelte. »Und jetzt zeig mal, wo tut es weh?«

Alex biss die Zähne zusammen und deutete auf eine Stelle unterhalb des Knies. Katta kniete sich vor ihn und krempelte vorsichtig seine Hose hoch.

»Halb so schlimm, ist nur ’ne Schürfwunde. Aber das gibt auf jeden Fall einen hübschen blauen Fleck. Deine Tante hat zu Hause bestimmt eine Arnikasalbe, die würde ich mal draufschmieren.« Sie krempelte die Hose wieder herunter. »Das hätte auch ganz schön ins Auge gehen können, du Wahnsinniger! Du kannst doch nicht einfach irgendeinem Einbrecher hinterherrennen! Stell dir mal vor, der hätte dir vor der Tür eins übergebraten? Einem Typen, der so ätzende Botschaften hinterlässt, dem traue ich alles zu!«

In Alex’ Gesicht sah sie Zorn, mühsam beherrschten Zorn. »Wenn ich den Kerl in die Finger kriege, ich ...« Seine Stimme wurde brüchig. »Hab ich eine Scheißangst gehabt!« Er krallte sich an ihrem Arm fest. »Zum Teufel, Katta, das war knapp, in diesem Zimmer bleibst du nicht eine Nacht länger!«

»Bin ich auch gar nicht scharf drauf, echt nicht. Aber jetzt ist es schon so hell draußen, da wird sicher nichts mehr passieren. Wir können auch schlecht im Schlafshirt und mit gepackten Koffern durch die Gegend rennen. Ich schätze, wir sollten uns irgendwie beruhigen und bis zum Frühstück warten. Konntest du denn irgendwas erkennen?«

»Es war so schummrig im Flur. Mir scheint, der Kerl hat einige Lampen im Gang einfach rausgedreht, zur Sicherheit.«

»Deshalb kam mir das Licht so komisch vor!« Katta nagte an ihrer Unterlippe. »Uaargh, das ist alles echt heftig, ich bin froh, dass du bei mir bist! Wie sah die Gestalt aus? Kannst du sie beschreiben? Jung oder eher alt?«

»Schwer zu sagen, sie trug einen langen, schwarzen Mantel, ich habe sie ja nur von hinten gesehen. Das Gesicht konnte ich leider nicht erkennen.«

Katta hielt sich entgeistert die Hand vor den Mund. Die Gestalt hatte einen schwarzen Mantel getragen, genau wie die Person aus dem Ruderboot in ihrem Traum. Das konnte doch kein

Zufall mehr sein! Auch das Bild von Miriam war in ihrem Traum aufgetaucht, bevor sie ihr Foto zum ersten Mal gesehen hatte. Katta, Katta! Jetzt bloß nicht durchdrehen!

»Wobei …«, Alex überlegte. »Der Kerl war schon kräftig gebaut. Hat auf jeden Fall ziemlich breite Schultern. Hm, wohl eher ein Mann, würde ich mal sagen. Und er hat etwas verloren. Es lag direkt neben deiner Zimmertür. Ein interessantes Beweisstück.«

Alex hielt ein Stück verbogenes Metall in die Höhe. Es sah aus wie ein Schlüssel, allerdings ohne Bart.

»Ist das ein Dietrich?«, fragte Katta.

»Oha! Die Dame kennt sich aus«, flapste Alex herum.

»Ach komm, das sieht man doch in jedem zweiten Detektivfilm. Doof bin ich ja nicht.« Katta streckte ihm die Zunge heraus. »Das war dein großartiger Fund?«

»Nö«, meinte Alex. »Hab ich das behauptet?«

Jetzt war Katta neugierig. »Was denn dann? Mach schon, rück endlich raus mit der Sprache. Sonst musst du auf dem Balkon schlafen.«

»Das ist natürlich eine schreckliche Drohung. Hier!«

Alex reichte Katta ein vergilbtes Foto. Vier Jugendliche waren darauf zu sehen, drei Mädchen und ein Junge. Sie hockten im hellen Sonnenschein auf einem Steg an einem See und ließen die Beine ins Wasser baumeln. Drei der Jugendlichen lachten in die Kamera, nur ein Mädchen machte ein ziemlich gequältes Gesicht, als passe ihr irgendetwas nicht.

Katta hielt das Foto ins Licht. Nein, das war nicht irgendein See, beim näheren Hinschauen erkannte sie die Umgebung.

Die vier saßen auf dem Steg am Goldsee, genau an der Stelle, an der Katta mit Alex das Picknick gemacht hatte.

»Das ist der See im Wald, unser Platz, Alex!«

»Stimmt, jetzt sehe ich es auch. Und wer sind die Typen?«

Nur eine Person konnten Katta und Alex auf Anhieb und mit Sicherheit ausmachen. Sie blickte ernst.

Es war Miriam.

»Was meinst du, wer sind die anderen drei?«, fragte Katta.

Alex trat ans Fenster und schob die Gardinen zur Seite. Helles Morgenlicht fiel ins Zimmer, gelb und ockerfarben schob sich die Sonne am Horizont hinauf in den noch schlaftrunkenen nachtblauen Himmel.

»Ich schätze, die etwas molligere junge Dame ist Gabriella Wild, zumindest sieht sie in ihrem Badeanzug dem Akt, den meine Cousine von ihr gezeichnet hat und der hier in Hansens Bildergalerie hängt, ziemlich ähnlich. Doch, bestimmt. So sehr hat sie sich in all den Jahren nicht verändert.«

»Könnte sein. Aber wer sind die beiden anderen, das Mädchen mit der Brille und der Typ?«

Alex gähnte, ließ sich mit dem Rücken aufs Bett plumpsen und verschränkte die Arme hinter seinem Kopf. »Mal ehrlich? Ist mir gerade total wurscht, ich bin so müde, dass ich auch im Stehen schlafen könnte. Eigentlich hatte ich mich auf ein paar ruhige Ferientage eingestellt, nicht so einen Stress! Ich wusste gar nicht, dass du so anstrengend bist. Hm, vielleicht sollte ich mir das mit uns beiden noch mal überlegen, da kommt Mann ja nicht mehr zur Ruhe.« Er grinste schelmisch. »Los, leg das Foto weg und lass uns das klären, wenn wir geschlafen haben, ja?«

Sie hob hilflos ihre Schultern. »Du bist unmöglich, wie kannst du jetzt schlafen. Ich kriege in diesem Zimmer kein Auge mehr zu.«

»Aber ich!«, maulte Alex. »Wenn du nicht mehr schlafen willst, dann kannst du ja demnächst fürs Frühstück sorgen, wie wäre es? Ein weiches Ei, ein Croissant und …«

Katta schnaubte theatralisch. »Sonst noch Wünsche, der Herr?«

»Ja! Dass du dich endlich wenigstens ein paar Minuten zu mir legst. Bitte.«

»Na gut, Schlafenszeit.«

Katta verriegelte sorgfältig die Tür von innen und schob einen Stuhl unter die Klinke. Es fiel ihr schwer, auch die Balkontür auf der gegenüberliegenden Seite zu schließen, so sommerleicht und frisch waren die Gerüche von Gras und Blumen, die ins Zimmer drangen.

Was für ein berauschender Duft würde sie erst im Freien erwarten! Auch das Licht wollte Katta ungern ausschließen, draußen herrschte wieder diese unglaubliche Morgenstimmung, die sie so liebte, der fließende, harmonische Übergang von der Nacht zum Tag.

Mit der Gardine in der Hand hielt Katta inne und blickte hinaus. Was sich dort abspielte war großartig, nie im Leben würde sie ein solches Farbspiel auf Papier bannen können. Diese Blautöne! Nur hoch oben am Himmelsrand konnte sich noch ein Stückchen Nachtblau halten, von unten, vom Horizont, drängten mit Macht leichtes Azur und frisches Irisblau in die Höhe, um den gesamten Himmel zum Strahlen zu bringen. Ein breiter Streifen Apricot umgab die aufsteigende Sonne. Und damit das Ganze nicht zu platt, zu flächig wirkte, hatte die Natur noch ein paar Wolkenfetzen in zartem Wollweiß auf den Himmel getupft. Genial!

Alles Schwarze, die Farbe der vergangenen Nacht, war verschwunden, einfach weggewischt. Katta spürte, wie das Helle in ihr Herz zurückkehrte. Sie hatte keine Angst mehr.

Mit einem Seufzer sperrte Katta Licht und Farbe noch einmal aus, ließ den Rollladen herunter, zog die Gardinen zu und schlüpfte zu Alex ins Bett.

»Darf ich mich wieder in deine Armbeuge kuscheln?«

Keine Antwort.

Sie beugte sich über ihn. Er roch nach Schlaf. Nach völliger Entspannung, nach Zufriedenheit. Einfach gut.

»Alex?«

Katta vernahm ein ruhiges, gleichmäßiges Atmen.

Alex war schon im Land der Träume.

20. ZITRONENGELB

Liebe und Verrat

»Guten Morgen, Katharina. Schon wach?«

Sarah Hansen war neben Katta ans Frühstücksbüfett getreten. Sie trug ein weißes Sommerkleid mit zarten hellblauen Streifen, die Haare hatte sie zu zwei lockeren Zöpfen geflochten. Ihre meerblauen Augen strahlten. »Entschuldige, aber darf ich dich einen Moment sprechen?«

Katta starrte schuldbewusst auf ihr Tablett. Mist, jetzt war es doch aufgefallen, dass sie Frühstück für zwei draufgepackt hatte: eine riesige Schale mit Müsli, ein Glas Apfel-, eins mit Orangensaft, zwei weiche Eier, drei Croissants, Butter und Marmelade und eine Kanne Tee mit zwei Bechern. Ertappt.

»Ich konnte gestern Abend nichts mehr essen, deshalb habe ich jetzt so einen Kohldampf«, beeilte sie sich zu sagen.

»Oh, du kannst dir nehmen, so viel du möchtest, überhaupt kein Problem. Ich wollte dich aber kurz sprechen, wenn es geht. Vielleicht setzen wir uns für einen Moment?«

Katta nickte höflich.

Am Ende des Frühstücksraumes war eine kleine Nische, in der ein Tisch mit zwei Stühlen stand. Von hier aus hatte man einen wunderbaren Blick in den Garten. Ein Fenster stand offen, Rosenduft strömte ins Zimmer, man hörte die Vögel zwitschern und tschilpen, in der Ferne krähte ein Hahn. Katta gähnte. Farbspiele ja, aber das war ihr eindeutig zu viel Naturerlebnis am frühen Morgen, um die Zeit war sie noch nicht richtig aufnahmefähig. Erst jetzt merkte sie wieder, wie schlecht sie geschlafen hatte, die dunklen Bilder der Nacht fielen ihr ein, die wirren Träume.

»Ist das nicht herrlich?« Sarah Hansen lächelte. »Ich liebe diese Sommermorgen. Wenn alles noch gedämpft ist, wenn jedes Geräusch erst langsam aus seiner Schläfrigkeit erwacht. Und besonders schön ist es, wenn kühler Tau auf der Wiese liegt.« Sie deutete auf ihre nackten Füße, an denen feuchte Grashalme klebten. »Mit meiner Großmutter habe ich früher häufig Taulaufen gemacht. Lange vor dem Frühstück. Ich habe es geliebt, an ihrer Hand durch das morgenkühle Gras zu spazieren. Jetzt führe ich die Tradition mit meinem Sohn fort.«

Ein Glück, dachte Katta erleichtert. Sie hatte schon befürchtet, dass Sarah Hansen ihr ein bisschen Frühsport auf der Hotelwiese vorschlagen wollte. Keine gute Idee, absolut keine gute Idee! Aber stattdessen kam wie auf Kommando Leo um die Ecke geschossen, lief auf seine Mutter zu, die Arme ausgestreckt, glucksend vor Freude. Auch zwischen seinen Zehen hingen noch einige Halme. Selig kuschelte er sich in Sarahs Arme.

»Kleiner Mann, gehst du noch einen Moment zum Papa, bitte? Er soll dir die Füße abtrocknen und Schuhe anziehen.«

Maulend verzog sich der Kleine, und Sarah Hansen wandte sich wieder Katta zu. »Ich habe gehört, dass du ein Maltagebuch von Miriam gefunden hast?«

Katta fuhr hoch. Jede Schläfrigkeit war weg, mit einem Mal war sie wach. Hellwach.

»Wie kommen Sie denn darauf?«

»Josef Wild hat es meinem Mann erzählt. Ich glaube, er weiß es von Gabriella. Ist das schlimm?«

»Komisch, wie viele Menschen ein Interesse an diesen Notizen haben.«

Sarah zuckte mit den Schultern. »Aber das ist doch verständlich. Miriam ist damals, wie man das so schrecklich kalt und endgültig ausdrückt, einfach aus unserer Mitte gerissen worden. Keiner hat begriffen, warum sie es getan hat. Und seit Jahren suchen alle nach Antworten.«

»Nach Antworten oder nach der Wahrheit?«

»Wie meinst du das?« Sarah Hansen runzelte die Stirn.

»Ich glaube nicht, dass Miriam Selbstmord begangen hat«, erklärte Katta und beobachtete gespannt die Miene ihres Gegenübers.

Sarah Hansen spielte gedankenverloren an einem ihrer Zöpfe herum. »Wenn das wahr wäre, das wäre … wunderbar und schrecklich zugleich.«

»Ich verstehe nicht ganz«, hakte Katta nach.

»Wunderbar, weil ich nie wirklich geglaubt habe, dass Miriam Selbstmord begangen hat. Und schrecklich …«, sie hielt für einen Moment inne, »… weil es dann eine Geschichte gibt, die bisher keiner kennt. Eine dunkle Geschichte, die jemand all die Jahre für sich behalten hat.«

»Und wer könnte das sein?«, fragte Katta kaum vernehmlich. So leise, als hätte sie Angst vor der Antwort. Und als wäre diese nur zu ertragen, wenn auch sie geflüstert würde, fast ungesagt bliebe.

Sarah Hansen sah hinaus in den Garten. Zwei Angestellte hatten begonnen, bunte Tischtücher auf den Tischen auf der Terrasse zu verteilen und diese einzudecken. Das farbige Geschirr, tomatenrot, ockergelb und himmelblau, leuchtete im Morgenlicht.

»Ich weiß es nicht«, antwortete sie nach einer langen Pause, »aber allein das Nachdenken über die Antwort macht mir Angst!«

»Mir auch«, gab Katta zu.

»Vielleicht überlegst du jetzt, ob auch ich Grund gehabt hätte, Miriam etwas anzutun. Oder ob das Ganze ein schrecklicher Unfall war, an dem ich beteiligt war. Aber so war es nicht!« Ihre meerblauen Augen blitzten. »Ich hatte gestern den Eindruck, dass du meine Bemerkung über die Bildersammlung meines Mannes merkwürdig fandest. Nicht, dass du mich falsch verstehst, Katharina, ich mochte Miriam. Nur ihre Bilder mag ich nicht hier im Hotel haben. Sonst kommt Timo nie von ihr los.«

Katta schüttelte den Kopf und zuckte mit den Schultern.

»Sie waren ...«, Sarah seufzte laut, »... er war verrückt nach ihr. Und sie ... wohl auch nach ihm. Zumindest hat sie so getan. Miriam und Timo. Völlig verliebt.«

»Also nicht Josef Wild«, murmelte Katta fast ein bisschen enttäuscht.

»Wie bitte? Was hast du gesagt?«

»Ach nichts, war nicht wichtig«, schwindelte Katta.

Verflixt. Ihre Theorie der großen Liebe zwischen dem Maler und dem jungen Mädchen zerplatzte gerade wie eine Seifenblase. Gut, dann blieb trotzdem noch die Möglichkeit, dass Josef eifersüchtig gewesen war. Auf Miriam und Timo Hansen.

»Miriam hat Ihren Mann sicher auch gemalt?«

»Auch?« Sarah lachte laut auf. »Alle männlichen Porträts, die bei uns in der Treppengalerie hängen, zeigen Timo. Allerdings hat sie ihn so gemalt, dass man ihn nicht gleich erkennen kann. Ihre Beziehung sollte auf keinen Fall bekannt werden, weil Timo schon volljährig war, Miriam aber noch nicht. Das hat Miriams Eltern überhaupt nicht gepasst, sie wollten ihre Tochter immer vor allem behüten.«

»Jetzt verstehe ich.« Katta atmete tief aus. »Das dritte Bild von unten, zeigt das auch Ihren Mann?«

Sarah schloss kurz die Augen und ging im Geiste die Bilder durch. »Ja, das ist eines seiner Lieblingsbilder. Miriam hat es gemalt, als sie ganz frisch zusammen waren. Aber das wussten nur wir, die Clique. Für mich war das besonders hart, weil ich ebenfalls in Timo verschossen war.«

»Sie waren eifersüchtig auf Miriam?« Katta kniff die Augen zusammen. Mal sehen, ob Sarah Hansen ihr die Wahrheit sagen würde.

»Oh ja, das war ich wohl. Timo war meine erste große Liebe. Aber ich war viel zu schüchtern, um ihm das jemals zu sagen. Ich war ein richtig graues Mäuschen.«

Katta sah die hübsche Frau erstaunt an. Sprachen sie wirklich von der gleichen Person? Sarah hatte ihren Blick aufgefangen und kicherte.

»Damals habe ich ganz anders ausgesehen. Ich trug eine dicke Brille, hatte eine Zahnspange und habe meinen Körper immer unter möglichst vielen Klamotten versteckt. Miriam dagegen war schon in unserer Jugendzeit so strahlend, sie hat sofort alle Blicke auf sich gezogen. Wir anderen Mädchen konnten einpacken, wenn sie irgendwo hinkam.«

»Und deshalb konnten Sie Miriam nicht leiden?«

»Nein, das stimmt nicht.« Sarah lächelte. Ein weiches, warmherziges Lächeln, ohne jede Falschheit. »Das war ja das Schreckliche: Miriam war auch noch unheimlich nett und hilfsbereit. Außer vielleicht …«

»Außer vielleicht was?«

Sarah schüttelte den Kopf. »Es gibt gar nicht mehr viel zu erzählen. Ich wollte nur, dass du meine Reaktion verstehst. Kurz nach Miriams Tod bin ich mit meinen Eltern umgezogen, Timo und ich haben uns aus den Augen verloren, was sicher gut war für uns beide. Erst nach Jahren haben wir uns zufällig wiedergetroffen und ineinander verliebt.« Ihre Augen blitzten vor

Glück. »Um deine Frage gleich vorwegzunehmen: Nein, ich fühle mich nicht als zweite Wahl. Timo und ich, wir lieben uns sehr. Unser Sohn hat unsere Beziehung noch harmonischer gemacht. Nur an manchen Tagen, wenn mein Mann sich die Bilder von Miriam ansieht, ist er wie ausgewechselt, mürrisch, unendlich traurig und in sich gekehrt. Dann holt sie ihn wieder ein, die Vergangenheit, die dunklen Schattenbilder von früher, die Ungewissheit, wie Miriam ums Leben gekommen ist. In manchen Nächten wacht er schweißgebadet und schreiend auf, geplagt von Albträumen.« Mit einer fahrigen Bewegung fuhr Sarah sich mit der Hand durch die Haare. »An diesen Tagen würde ich Miriams Bilder am liebsten einfach abhängen und irgendwo verstecken.«

»Wissen Sie, ob sich Ihr Mann damals mit Miriam zerstritten hat? Oder hatte sie irgendwelche Feinde?«

Sarah Hansens Miene wurde kühl, beinahe eisig. »Wenn du darauf hinauswillst, dass mein Mann irgendetwas mit ihrem Tod zu tun hat, dann liegst du falsch. Er hat Miriam geliebt. Sehr geliebt. Und auch sonst mochte sie jeder, ich kenne keinen, der sich jemals ernsthaft mit ihr gestritten hat.« Ihre Miene entspannte sich wieder, ihre Augen flackerten. »Meistens jedenfalls.«

»Meistens?« Katta hob die Brauen.

»Es ist nicht leicht, darüber zu reden. Ich bin nicht der Typ, der über andere Menschen lästert, dazu geht es mir viel zu gut. Aber Miriam war nicht nur purer Sonnenschein, sie hatte auch eine dunkle Seite.« Sarah Hansen überlegte kurz. »Aber haben wir die nicht alle?«

»Vielleicht«, meinte Katta, »aber bitte erzählen Sie doch weiter!«

Die Hotelchefin sah sich kurz um, ob ihr Mann oder ein Gast in der Nähe war und zuhörte, dann fuhr sie fort: »Miriam wusste, dass sie Macht über Menschen hatte. Sie genoss es, wenn wir alle um sie versammelt waren, wie eine Königin gebärdete sie sich dann manchmal. An einem Tag durfte Timo etwas mit ihr unternehmen, an einem ich, an einem anderen Gabriella, ihre beste Freundin. Das war eigentlich nicht schlimm, perfide war nur, dass Miriam beispielsweise an den Tagen, an denen sie ihre Anwesenheit Gabriella zuteilwerden ließ, extra hier am Hotel vorbeigejoggt ist, damit Timo auch sehen konnte, wie gut sie sich ohne ihn amüsierte. Oder sie ist mit meinem Mann an den See gegangen, lag lachend mit ihm am Steg, wenn sie genau wusste, dass Gabriella auch dort war. Sie war … nicht fair. Gabriella hat sich darüber oft bei mir beschwert. Obwohl sie ihre beste Freundin war, hat Jella Miriam manchmal regelrecht gehasst und war ekelhft zu ihr. Pass bloß auf, diese Frau kann eiskalt sein.«

Sarah sah rasch aus dem Fenster. Katta hatte trotzdem bemerkt, dass Tränen in ihren Augen standen. »Und Sie? Welche Rolle haben Sie bei diesem Spiel gespielt«, forschte sie nach.

Sarah Hansen schluckte. »Ich war das Aschenputtel. Mich hat keiner wirklich beachtet, aber ich durfte immerhin ab und zu dabei sein.« Sie lachte kurz auf. »Na ja, ich war ja auch keine ernst zu nehmende Konkurrenz. Kennst du das, dieses Gefühl, unsichtbar zu sein?«

Katta zögerte einen Moment, dann senkte sie die Stimme und flüsterte: »Ich war unsichtbar. Bis vor ein paar Tagen.«

Sarah Hansen atmete tief ein. Sie ergriff Kattas Hände und drückte sie. »Ich wünsche dir, dass du sichtbar bleibst. Sichtbar und wahrhaftig. Ich wünsche es dir so sehr. So, und jetzt muss ich wieder an die Arbeit, sonst verhungern unsere Gäste. Ich würde dir raten, dir ein neues Frühstück zu holen, der Tee ist sicher längst kalt und die Eier steinhart.« Sie stand auf. »Mach etwas aus diesem Tag, Katharina. Auf Wiedersehen!«

Katta erhob sich ebenfalls, trat ans offene Fenster und sah hinaus. Der Duft nach frisch gemähtem Gras, den sie so sehr liebte, zog ihr in die Nase, ein Pfauenauge umschwirrte sie für einen Moment und flog dann weiter in Richtung der üppigen Rosenbeete. Die Türen des Frühstücksraumes öffneten sich nun im Sekundentakt, immer mehr Gäste strömten herein. Katta packte ein neues Tablett und lief entspannt in ihr Zimmer, zurück zu Alex. Zwei Dinge waren ihr an diesem Morgen klar geworden: Sarah Hansen konnte sie mit Sicherheit aus dem Kreis der Verdächtigen streichen. Diese Frau log nicht, da war Katta sich so gut wie sicher, auch nicht, um ihren Mann zu schützen. Und die zweite Erkenntnis: Jetzt war die Zeit für Aschenputtel gekommen, um endlich allen zu zeigen, was in ihr steckte.

Inzwischen war es bereits kurz nach acht, und das Frühstück mit Alex fiel weniger romantisch als, als die beiden sich das vorgestellt hatten. Katta musste sich rasch fertig machen, um rechtzeitig zum Kurs zu kommen. Alex hatte ihr vorgeschlagen, dass er, wenn sie weg war, ihre Klamotten einfach in ihre Tasche packen, den Laptop mitnehmen und die Spuren der Nacht aufräumen würde. Er selbst könnte heimlich durch den Hintereingang verschwinden. Er hatte ja den Schlüssel.

Obwohl Katta sich vor der Begegnung mit Josef ein bisschen fürchtete, immerhin wollte sie ihn im Laufe des Tages auf den Einbruch in ihrem Zimmer ansprechen, hatte sie Lust auf den Kurs. So viele Bilder hatten sich in ihrem Kopf angesammelt, die herausdrängten, gemalt, gezeichnet, gespachtelt werden wollten, denen sie Ausdruck verleihen musste. Sie war ein Bach, der nach einem heftigen Gewitter voller Wasser stand und über die Ufer zu treten drohte. Katta kribbelte es in den Fingern, sie wollte unbedingt malen. So schnell wie möglich. Gleichzeitig hatte sie Angst vor dem neuen Kurstag bei ihrem Lehrer.

Was für widersprüchliche Gefühle!

Für den vierten Tag hatte Josef einige kleine Vorträge über bekannte und unbekannte Maler und deren Stile angekündigt, auf die Katta sich eigentlich schon seit Tagen freute. Sie liebte es, mehr darüber zu erfahren, wie steinig und lang der Weg für viele Künstler gewesen war und wie sie ihn dennoch mehr oder weniger erfolgreich gegangen waren. Josefs Erzählungen erinnerten sie an die Geschichten von Luna, ihrer Kunstlehrerin. Beide hatten die Gabe, andere Menschen für ihr Handwerk zu begeistern. Leider war Kattas Euphorie nach den letzten Tagen und ihren Verdächtigungen ziemlich gedämpft. Ob sie Josef überhaupt noch in die Augen schauen konnte?

Mit Alex hatte Katta auch ausgemacht, dass sie ihre Tasche zwar im Hotel lassen sollte, um kein Aufsehen zu erregen, die kommende Nacht aber im Gästezimmer von Alex' Tante und seinem Onkel verbringen würde. Außerdem hatte er vorgeschlagen, sie nach dem Kurs bei Josef abzuholen, damit sie Licht in Miriams Geschichte bringen konnten. Sie wollten endlich zu der alten Scheune, in der ihre Bilder lagerten.

Katta war nicht auf das gefasst, was sie bei Josef erwartete. Kaum war sie ins Atelier getreten, preschte Gabriella mit hochrotem Kopf auf sie zu und herrschte sie an: »Wieso hast du mir nicht gesagt, dass du ihr Tagebuch gefunden hast?«

Katta schoss das Blut in die Wangen. Sie wusste, Lügen würden jetzt gar nichts bringen. »Wieso sollte ich?«, versuchte sie deshalb möglichst schnippisch zu antworten, aber ihr Herz raste.

Gabriella hatte einen Ausdruck in den Augen, der ihr überhaupt nicht gefiel. Was hatte sie vor? Katta sah sich suchend um. Warum waren Pascal und Josef noch nicht im Atelier?

»Ich will nicht, dass du Dinge über meinen Vater liest. Es

geht dich nichts an, nichts, hörst du?« Sie kam näher. Drohend, einschüchternd. »Wo ist das Buch?«, flüsterte sie heiser. »Mein Vater will es haben. Und zwar sofort. Verstehst du? Jetzt! Auf der Stelle!«

Katta zuckte mit den Schultern.

Seufzend schlurfte Gabriella auf sie zu und hielt die Hand auf. Sie lächelt müde. »Sei ein braves Mädchen und gib mir das Buch. Es ist besser für dich, glaub mir.«

Die Frau stand jetzt so nah vor ihr, dass Katta ihren Atem spüren konnte. Er ging schnell und flach. So nah, als wollte Gabriella dem Mädchen ihre verbrauchte Luft mitten ins Gesicht spucken. Ihr Atem roch säuerlich. Katta würgte.

Josefs Tochter sah sie geringschätzig an, ihre flache Hand hielt sie immer noch in Kattas Richtung gestreckt. In diesem Moment rannte Katta los. Wie ein gehetztes Tier auf der Flucht raste sie aus dem Atelier, atemlos, völlig außer sich, knallte die Tür zu, lehnte sich von außen mit aller Kraft dagegen und schnappte nach Luft. Doch Gabriella ließ sich so schnell nicht abwimmeln. Schwungvoll warf sie sich von innen mit solcher Macht gegen die Tür, dass sie aufsprang, Katta fiel zu Boden.

»Wo ist das Buch?«, brüllte Gabriella sie an. »Wo?«

»Was ist denn hier los?«

Josef war aufgetaucht. Er drängte Gabriella zur Seite, bedeutete ihr, ruhig zu sein, was sie auch widerstandslos tat, und half der verdutzten Katta wieder auf die Füße.

»Entschuldige bitte, Katta. Meine Tochter ist ein bisschen durch den Wind, nimm es ihr nicht übel. Sie will nicht, dass die alte Geschichte wieder aufgewühlt wird. Timo Hansen hat angerufen. Auch er ist völlig aufgelöst, weil es wohl ein Tagebuch von Miriam gibt, von dem keiner eine Ahnung hatte.«

Gabriella nickte ihrem Vater zu.

Geistesgegenwärtig schüttelte Katta den Kopf. »Blödsinn. Du hast gewusst, dass deine Freundin so ein Buch geführt hat, dir war nur nicht klar, wo sie es versteckt hat. Und ich wette, dass Pascal dir gepetzt hat, dass ich es gefunden habe. Du hast mich doch schon gestern darauf angesprochen. Natürlich habe ich die Anspielung im Zusammenhang mit den Maltagebüchern von Klimt kapiert.« Katta sah zu Josef. »Sie wusste längst, dass es irgendwo bei mir ist.«

Ein empörtes Schnauben kam aus Gabriellas Mund. »Wusste ich nicht!«

»Das kann ich mir auch nicht vorstellen, das bildest du dir nur ein. Gabriella hätte mir davon sicher erzählt«, bestätigte Josef.

»Unsinn! Katta sagt die Wahrheit.« Pascal war um die Ecke gebogen und hatte den größten Teil des Gespräches wohl mitbekommen. »Ich war so blöd, ich habe Gabriella erzählt, dass Katta so ein Maldings gefunden hat. Sorry, aber ich habe doch nicht gewusst, dass das so wichtig ist. Erst als Gabriella voll ausgeflippt ist, wurde es mir klar. Sie hat rumgeschrien, dass in dem Buch bestimmt lauter Lügen stehen und gemeine Geschichten. Hey, die ist abgegangen wie eine Rakete!«

Einen Moment sah Josef ehrlich überrascht aus, aber Katta war sich nicht sicher, ob er diese Verblüffung vielleicht nur spielte. Sie konnte und wollte diesem Mann einfach nicht trauen, er verbarg irgendein Geheimnis, das spürte Katta. Vor was wollte er seine Tochter ihn schützen?

Gabriella stolzierte mit hoch erhobenem Kopf ins Wohnhaus und schlug die Tür hinter sich zu.

»Wie dem auch sei«, Josefs Gesicht nahm einen traurigen Ausdruck an, »ich habe dir schon einmal gesagt: Es ist besser, wenn du die alte Geschichte endlich vergisst.«

»Besser für wen?« Katta sah ihn ruhig an.

»Für alle Beteiligten«, erklärte Josef.

»Das kann ich immer noch selbst entscheiden.« Katta blitzte ihn eigensinnig an. »Außerdem reicht es mir jetzt! Nicht ich bin hier die Böse. Was ist das eigentlich für ein bescheuerter Kurs, bei dem ich mich ständig blöd anmachen lassen muss? Wenn das der Hauptgewinn ist, wie muss dann erst die Niete sein?«

Sie war jetzt ernsthaft sauer, am liebsten hätte sie alles hingeschmissen und wäre gegangen. Die Frage war: wohin?

Kattas Worte blieben nicht ohne Reaktion. Es war, als hätte jemand plötzlich einen Schalter in Josefs Kopf umgelegt. Schuldbewusst sah er Katta und Pascal an.

»Alles klar, Leute, alles wird gut. Weg mit der Vergangenheit!« Er hob abwehrend die Hände. »Katharina hat recht. Vorbei. Aus. Ende. So langsam scheint uns allen diese Sache mit Miriam zu entgleiten. Verdammt noch mal, was auch immer in diesem Buch steht, es ist mir egal. Lasst uns dieses Thema abhaken, bitte. Ich bin kein Psychologe, sondern Maler, das ist mein Beruf, meine Berufung. Ihr seid meine Schüler, die ich fördern will und für die ich Verantwortung übernommen habe. Alles andere muss dafür in den Hintergrund treten. Alles! Pascal und Katta, ich bitte euch in aller Höflichkeit, mit mir ins Atelier zu kommen. Es gibt viel zu tun und noch mehr zu lernen!«

21. FEUERROT

Entflammt

Die Bilder, die Katta und Pascal an diesem Vormittag malten, waren großartig. Explosiv, spannungsgeladen, wild. Josef war voll des Lobes. Nachdem sich alle zusammengerauft hatten, war die Stimmung zwar nicht völlig harmonisch, aber äußerst kreativ. Katta und Pascal peitschten mit ihren Pinseln auf Leinwände ein, spachtelten mit kräftigen Bewegungen, und Katta, die sonst eher für die gedeckten Töne war, wählte Farben wie Knallorange, Postgelb, Lila, Maigrün und Kirschrot.

Auch Josef war wie entfesselt. Mit großen Gesten erzählte er von verschiedenen Künstlern, wie sie gelitten, geliebt und ihrer Kunst verfallen waren, welche ungeheuren Anstrengungen sie unternommen hatten, um ans Ziel zu gelangen, aber auch, welche Befriedigung es ihnen zeitlebens verschafft hatte, das zu tun, was sie wirklich wollten. Sich nicht um Konventionen oder Wünsche zu scheren, Lebensentwürfe, die andere für sie gemacht hatten, einfach zu ignorieren und sich ins wunderbare Abenteuer Kunst zu stürzen.

»Ich selbst habe auch nicht als Maler angefangen«, erzählte Josef. »Meine Eltern wollten auf keinen Fall, dass ich diesen Beruf ausübe. Und ich wollte gerne das tun, was sie sich wünschten. Ich wollte brav sein, etwas Anständiges lernen, jeden Monat meinen feinen Gehaltsscheck bekommen. Habe ich dann auch gemacht.« Er schmunzelte. »Versicherungskaufmann. Herrje, ich habe wirklich erst eine Ausbildung gemacht und dann ein ganzes Jahr in dieser staubtrockenen Branche verbracht. In meinem sterilen Büro. Und was habe ich getan?« Er sah Katta und Pascal an. »Ich saß da und habe mir die Topfpflanzen angesehen. Ihr wunderbares Grün, die Adern, von denen die Blätter durchzogen sind, die braunen Flecken, wenn sie zu wenig Wasser kriegten. Ja, und am Abend bin ich nach Hause gegangen und habe gemalt. Topfpflanzen. Ist das nicht verrückt?«

Pascal und Katta, die ihm schweigend zugehört hatten, lachten wie befreit. Josefs Erzählung fesselte sie.

»Und dann, was kam dann?«, wollte Pascal wissen.

»Dann habe ich gemerkt, dass dieser Beruf mir die Luft zum Leben abschneidet. Aus. Vorbei. Kündigung. Bei der Kunstakademie haben sie mich sofort genommen. Aber dafür habe ich auch drei Monate lang nur gemalt wie ein Besessener.« Er schloss die Augen. »Ich würde es immer wieder tun. Immer! So, und jetzt ab zum Mittagessen.«

Weil Gabriella offensichtlich nichts vorbereitet hatte und zur geplanten gemeinsamen Mahlzeit auch nicht wieder auftauchte, musste Josef in der Küche auf die Schnelle nach ein paar Zutaten für eine schlichte Brotzeit suchen.

Katta und Pascal waren erleichtert, dass Josef ihre Hilfe abgelehnt hatte und sie auf der Bank vor dem Haus einfach nur in der Sonne sitzen und ein bisschen dösen konnten. Das konzentrierte Malen und Zuhören hatte sie ganz schön geschafft.

»Wegen gestern wollte ich noch sagen …«, begann Katta zögernd.

Pascal grinste. »Tut mir leid, war nicht ganz korrekt.«

»Korrekt?« Katta schnaubte. »Du hast Alex angelogen. Und der war total sauer auf mich!«

»Na ja, angelogen stimmt nicht ganz. Ich habe Josef den Sachverhalt nur nicht ganz richtig weitergegeben. Und der hat es dann Alex erzählt.«

»Wow.« Katta hob beide Daumen. »Echt tricky.«

»Exakt.« Pascal zwinkerte ihr zu. »Mensch, entspann dich! Es war ein Versuch, leider ist er in die Hose gegangen. Keine Ahnung warum, aber du ziehst diesen Pudellockenknaben einem echten Kerl wie mir vor. Selbst schuld. Mit meiner winzig kleinen Notlüge habe ich wenigstens eine halbe Stunde mit dir am See verbracht. Und ich weiß jetzt immerhin, dass du eine echt coole Bikinifigur hast.«

Pudellockenknabe! Katta kicherte. Dieser verrückte Pascal, man konnte ihm einfach nicht wirklich böse sein.

»Freunde?«, fragte er und hielt ihr die Hand hin.

»Spinner!«, gab sie zurück und drückte sie kräftig.

Es war wieder einer dieser Sonnentage, an denen der Himmel so azurblau und wolkenlos war, dass es beinahe kitschig wirkte. Pascal stopfte sich seine Kopfhörer in die Ohren und rutschte zentimeterweise näher zu Katta. Als kaum noch eine Handbreit zwischen sie passte, wurde es ihr zu viel: »Pascal!« Sie zog ihm die Kopfhörer aus den Ohren. »Ich habe zwar deine Entschuldigung angenommen, aber das heißt noch lange nicht, dass du mich jetzt hier anmachen kannst. Es reicht! Ich will nicht, dass du gleich auf meinem Schoß hockst!«

»Schade eigentlich.« Seine Füße wippten immer noch im Takt der Musik. »Ich fänd's schön. Allerdings eher umgekehrt. Du auf meinem Schoß, na, wie wär's?« Dabei grinste er so schelmisch, dass Katta lachen musste.

»Du bist echt der Hammer, und ich mag dich, wirklich. Aber ich bin seit ein paar Tagen mit Alex zusammen, tut mir leid.«

Noch während sie sprach, war sie überrascht von ihrer eigenen Offenheit und besonders darüber, was sie da gerade sagte.

Ich bin mit Alex zusammen. Wie einfach das klang. Und wie irre gut! Völlig leicht waren ihr die Wörter über die Lippen gekommen. Dabei waren ihre Gefühle zwischen Katta und Alex bisher kaum Thema gewesen. Das alles war einfach passiert. Nach ihrem Picknick am See hatte Alex zugegeben, dass er in sie verliebt war. Katta hatte dieses Gefühl ja schon längst, dann hatten sie sich gestritten, danach wieder versöhnt. Und jetzt war alles klar. Katta überlegte kurz. Wann konnte man sich eigentlich so ganz sicher sein, dass eine Beziehung fest war? Gab es diesen Moment? Oder blieben da immer ein paar kleine Zweifel, ein paar Unsicherheiten? Wie oft hatte sie bei Pärchen schon erlebt, dass die an einem Abend völlig auf Wolke sieben geschwebt waren, und am nächsten Tag war dann plötzlich doch alles vorbei. Funkstille. Hoffentlich passierte ihr das mit Alex nicht.

Ihre Gedanken wurden unterbrochen, als Josef mit einem Tablett in der Hand aus der Tür des Wohnhauses kam und es auf den Tisch stellte. »Es hat lange gedauert, aber jetzt könnt ihr endlich etwas essen!«

»Ihr?«, fragte Katta erstaunt. »Isst du nicht mit?«

Josef sah auf die Uhr. »Seid ihr mir böse, wenn ich mich eine halbe Stunde hinlege? Diese Hitze macht mir ziemlich zu schaffen, mein Kreislauf ist heute völlig am Ende.«

»Kein Problem«, meinte Pascal. »Sollen wir den Kurs abbrechen?«

»Bist du verrückt?«, brummte Josef. »Ich bin zwar alt, aber noch lange nicht senil. Noch lange nicht!« Er schmunzelte. »Halbe Stunde, okay?«

Pascal und Katta nickten. Josef hob die Hand zu einem stummen Gruß und verschwand im Wohnhaus. Pascal schnappte sich sofort ein paar Oliven und ein Stück Weißbrot und kaute genüsslich.

»So, und jetzt würde ich echt gerne mal durchblicken«, meinte er mit vollem Mund. »Ständig muss ich dich vor den Angriffen von Gabriella oder den verzweifelten Schlichtungsversuchen von Josef schützen. Und das, obwohl ich absolut nicht checke, um was es eigentlich genau geht. Raus mit der Wahrheit! Was ist mit dieser Miriam?«

»Gute Frage. Allerdings bin ich mir nicht sicher, ob ich dir eine Antwort geben kann. Sorry, Pascal, aber bis jetzt weiß ich nicht wirklich, ob ich dir trauen kann. Vielleicht erzählst du das Ganze gleich wieder brühwarm Gabriella weiter. Oder Josef. Oder gleich beiden!«

Pascal lachte laut auf. »Okay, du willst also den Schwur unter echten Blutsbrüdern. Ein Indianer-Ehrenwort. Kannst du haben. Soll ich mir mit dem Messer in die Haut ritzen, damit wir unseren Pakt auch richtig unterschreiben können?« Er fischte ein riesiges Taschenmesser aus seiner Hose, öffnete es, ließ die Klinge einmal kurz in der Sonne aufblitzen und hielt sie dann über seinen gestreckten Zeigefinger. »Also los!«

»Spinnst du?« Katta sah ihn entsetzt an.

»Entweder du sagst jetzt sofort, dass du mir vertraust, und erzählst mir die Wahrheit oder ich sorge hier für ein Blutbad wie in einem knallharten Western!«

Katta tippte sich an die Stirn und sah sich schnell um, ob Gabriella oder Josef vielleicht doch irgendwo zu sehen waren.

»Okay, du spinnst wirklich. Aber meinetwegen, hier die kurze Zusammenfassung: Du erinnerst dich doch noch, dass Josef mir das Bild eines Mädchens gezeigt und gemeint hat, dass wir ähnlich zeichnen?«

»Logo. Ich leide ja nicht unter Gedächtnisverlust!«

»Dieses Mädchen, Miriam, soll angeblich Selbstmord begangen haben. Aber Alex und ich haben ihr Maltagebuch gefunden, und da gibt es absolut keinen Hinweis darauf. Genauso wenig wie in ihren Bildern. Eher im Gegenteil! Jetzt wollen wir herausfinden, was wirklich passiert ist.«

Während sie aßen, erzählte Katta die ganze Geschichte. Wie sie von Miriam geträumt hatte, nachdem Josef ihr das Bild des Mädchens gezeigt hatte. Wie sie in der Nacht das Maltagebuch im Hotelflur gefunden hatte, wie Leni und Alex den Brief von Miriam hinter einem ihrer Bilder entdeckt und Katta gezeigt hatten und dass Miriams Mutter absolut davon überzeugt war, dass ihre Tochter sich nie im Leben in den rauschenden Bach gestürzt haben könnte. Katta verschwieg auch nicht, in welche Schwierigkeit sie die Lüge von Pascal gebracht hatte. Ebenso wie sie den Einbruch in ihrem Hotelzimmer und den nächtlichen Versuch des Unbekannten preisgab, noch einmal dort hineinzukommen. Allerdings behielt sie vorsichtshalber für sich, wo Miriams Tagebuch versteckt war.

Als Katta fertig war, fühlte sie sich wie befreit. Es war schön, außer Alex noch einen Verbündeten gefunden zu haben. Oder zumindest einen weiteren Menschen, der sich ernsthaft für das Geheimnis von Miriam zu interessieren schien.

»Und nach dem Kurs gehen Alex und ich in die alte Scheune der Familie Kosack im Wald, in der noch Bilder und andere Sachen von Miriam liegen«, erklärte Katta mit fester Stimme.

Pascal stöhnte entsetzt auf. »Oh, Scheiße, Mensch. Das ist alles so völlig verrückt, was du erzählt hast, ich glaub's nicht! Hansen, Josef, Gabriella, verdammt, das sind eine ganze Menge Menschen, die da irgendwie drin verstrickt sein könnten. Ich mache mir echt Sorgen um dich! Wenn du meine Meinung hören willst, ich kann mir weder bei Gabriella noch bei Josef vorstellen, dass sie irgendwas mit dem Tod dieser Miriam zu tun haben. Hansen kenne ich ja nicht. Aber nach allem, was du erzählt hast, muss er ganz okay sein. Leider täuscht man sich oft in den Menschen.« Er knuffte Katta freundschaftlich in die

Schulter. »Ich nehme das mit den Pudellocken zurück, ist echt super, was Alex da für dich oder mit dir gemeinsam macht. Hut ab! Trotzdem: Ich habe absolut kein gutes Gefühl, wenn du mit ihm in diese abgelegene Scheune gehst. Eigentlich hattest du mir ja noch einen Kinoabend versprochen. Ich verzichte großzügig darauf, wenn wir uns Punkt neun heute Abend hier vor der Tür treffen. Du, ich und Alex. Nur damit ich weiß, dass dir … dass euch nichts passiert ist«, fügte er leise hinzu.

»Was ist denn das für eine neue Seite an dir? So besorgt!«, frotzelte Katta. »Jetzt siehst du schon Gespenster!«

Pascal stemmte die Hände in die Hüften. »Das ist nicht mehr witzig, Katta. Ich halte das sogar für ziemlich gefährlich, was ihr da vorhabt. Und ich bin echt der Letzte, der vor irgendeiner verbotenen Aktion Schiss hat. Kann ich nicht wenigstens mitkommen?«

»Auf keinen Fall! Das würde Alex gar nicht gefallen.« Katta überlegte. »Ich weiß noch nicht mal genau, ob er es in Ordnung findet, dass ich dir das alles erzählt habe.«

»Musst du ihm ja nicht gleich auf die Nase binden. Hier!« Pascal zog sein Taschenmesser aus der Hose. »Nimm es mit. Nur für den Fall der Fälle, ja? Ist auch nur geborgt, das will ich wiederhaben. Möglichst ohne Blut dran!«

Katta grinste, griff zu und stopfte das Messer in ihre Umhängetasche. »Danke.«

»Und was ist jetzt mit unserem Treffen. Punkt neun? Okay?« Er hielt ihr seine Handfläche zum Abschlagen entgegen.

»Meinetwegen, abgemacht. Um neun hier vor der Tür.« Katta schlug ein.

In diesem Moment ahnte sie noch nicht, wie wichtig diese Verabredung mit Pascal werden würde.

Für sie und Alex.

Katta stand auf und lief ein paar Schritte auf die Wiese, dann drehte sie sich noch einmal zu Pascal um: »Eine Bitte habe ich noch. Wenn wir uns heute Abend treffen, dann tu mir den Gefallen und sei dieses Mal nicht wieder so pampig zu Alex. Ich könnte nämlich wetten, dass ihr euch eigentlich gut versteht. Er liebt Musik genauso wie du.«

Pascal zuckte mit den Schultern. »Geht klar.«

»Ich verlasse mich darauf. Und jetzt lasse ich mich noch 'ne Runde bräunen. Du passt bestimmt auf, dass ich nicht rot wie ein gekochter Hummer werde, ja?«

Er nickte, stellte die gebrauchten Teller aufs Tablett, stand ebenfalls vom Tisch auf und stopfte sich wieder seine Kopfhörer in die Ohren. Sofort tanzte sein ganzer Körper.

Katta zog eine Tube Sonnencreme aus ihrer Tasche, rieb sich die empfindliche Nase ein und streckte sich für ein kurzes Sonnenbad auf einer Decke aus, die sie aus dem Atelier geholt hatte. Mitten auf der Wiese vor Josefs Haus.

Sie schloss die Augen. Die warmen Strahlen streichelten ihre Haut und ihre Seele, schon nach wenigen Sekunden vergaß sie alles um sich herum und entschwand in eine Art von Dämmerzustand. Ihr Körper fühlte sich matt an, fiebrig, ihr Geist jedoch schien völlig klar zu sein. Rasend schnell kamen die Bilder und waren farbintensiver als je zuvor. Träumte sie? Oder war es wahr, was sie sah?

Helle Wolken schoben sich über den Himmel, bildeten Formationen, lösten sich auf und modellierten in Sekundenschnelle Hügel, riesige Berge, ganze Gebirgsketten. Dann verschwanden sie wieder, und Katta sah die Sonne. Als orangeroter Ball tauchte sie am Horizont auf, wunderschön leuchtend. Plötzlich schossen hohe Strahlen in Form einer Stichflamme aus ihr heraus und entzündeten den Himmel, die ganze Umgebung. Ein feuerrotes Flammenmeer. Und auf einmal war da Miriam! Miriam vor der glühenden Kulisse. Brannte es oder leuchtete nur der Himmel? Brannte Miriam? Beinahe sah es so aus, als würde sie in Flammen stehen.

Entflammt!

Unruhig wälzte Katta sich auf der Decke hin und her, eine Stimme drang an ihr Ohr, aber sie wollte nichts hören, sie wollte nur schauen. Miriam sehen. Doch jetzt war da nur noch der Himmel, dieser feuerrote Himmel. Wo war Miriam?

»Katta, hörst du mich?«

Wer war das denn jetzt? Wem gehörte die Stimme? Nur schwer konnte Katta sich von den flammenden Bildern lösen. Sie versuchte, die Worte zu ignorieren, doch es gelang ihr nicht.

»He, Katta, aufwachen. Hörst du mich, du Pennsuse?«

Die Stimme. Jetzt erkannte Katta sie. Es war nicht Miriam.

Sie schlug die Augen auf. Pascal hatte sich über sie gebeugt und streichelte sie sanft am Arm. Auf und ab, ab und auf. Auf ihrem Rücken bildete sich eine Gänsehaut.

»Komm, wach endlich auf. Josef ist wieder fit, der Kurs geht weiter!«

An diesem Nachmittag spürte Katta besonders intensiv, dass der Sinn der Malerei, wie Josef immer wieder betonte und auch in den Tagen zuvor schon oft erklärt hatte, nicht darin lag, Gegenstände oder Ereignisse einfach so wiederzugeben, wie sie sich präsentierten, sondern wie sie auf den Betrachter wirkten. Die eigene Sichtweise, das persönliche Empfinden und damit eine ureigene Schöpfungskraft waren für ihn das Merkmal eines echten Künstlers.

Hatte Katta in den ersten Tagen des Kurses noch nicht allzu viel damit anfangen können, verstand sie heute viel besser, was Josef damit gemeint hatte. Sie konnte die Energie förmlich spüren, die aus den Bildern ihres Kursleiters floss und sich auf seine Schüler zu übertragen schien. Pascal und sie malten unterschiedliche Gegenstände im Wohnhaus, Blumen und Gräser. Doch sie malten sie nicht einfach ab, sondern entwickelten ganz neue, eigene Formen und Farben. Sie gestalteten und experimentierten mit Kohle und Kreide, mit Aquarellfarben, Ölkreiden, Bunt- und sogar Wachsmalstiften. Josef ermutigte sie mit Nachdruck, einmal das Material, ein anderes Mal den Inhalt und die Form in den Vordergrund zu stellen und keine Technik geringer zu achten als die andere. Vor allem mit der Farbigkeit, die so in allen Bildern entstand, hätten weder Pascal noch Katta vorher gerechnet. Dass Katta vor allem mit plakativen Rottönen experimentierte, überraschte sie nach ihrem Traum am Nachmittag, dessen Bilder sie zu ihrer Verblüffung immer wieder mühelos hervorholen konnte, allerdings kein bisschen.

Mit beinahe kindlicher Freude betrachtete Josef die Werke seiner Malschüler und erklärte ihnen verschmitzt, dass sie einen großen Schritt auf dem Weg zu sich selbst als Maler gemacht hätten.

Als Alex zur verabredeten Zeit an die Ateliertür klopfte, war Katta fast ein bisschen enttäuscht, dass die Zeit vorbei war. Nur noch ein Kurstag, und dann war die Woche auch schon rum.

»Die Suche nach eurer Künstlerpersönlichkeit ist noch nicht ganz abgeschlossen«, erklärte Josef am späten Nachmittag. »Morgen machen wir weiter.«

Doch für Katta lag dazwischen noch eine völlig andere Suche.

Die Suche nach der Wahrheit.

22. Menninge

Toxic

Hätte Katta gewusst, wie tief im Wald verborgen die Scheune der Familie Kosack lag und wie beschwerlich der Weg dorthin war, sie wäre nicht in ihrem dünnen Sommerkleidchen losgelaufen, sondern hätte sich eine Hose und ein langärmliges Shirt angezogen. Wenigstens ihre tintenblauen Chucks waren genau richtig, um sich zwischen dichten Sträuchern hindurchzukämpfen und über morsche Baumstümpfe zu hüpfen.

»Mist, guck dir das mal an.« Sie blieb stehen und betrachtete ihre Arme. »Ich habe überall Schrammen von diesen blöden Dornen an den Himbeerbüschen.«

Alex, der ein paar Meter vor ihr lief, drehte sich um und wartete, bis Katta näher gekommen war. »Tja, sieht ein bisschen aus, als hätte dich einer ausgepeitscht. Wusste gar nicht, dass du auf so was stehst!«

»Haha, wie witzig! Aber wenigstens schmecken diese Waldfrüchte verdammt lecker.« Sie streckte ihm ihre himbeerrote Zunge entgegen. »Sieht gut aus, oder?«

»Zum Anbeißen!« Alex legte ihr sachte die Hand in den Nacken, zog ihr Gesicht zu sich und küsste sie.

»Wie lange warst du schon nicht mehr dort?«, fragte Katta.

»Sechs Jahre. Vielleicht auch acht. Ich erinnere mich noch,

dass ich mit meinem Onkel eine alte Schubkarre aus der Scheune geholt habe. Sie war so verrostet, dass die Erde, die wir später hineingefüllt haben, sofort wieder rausgefallen ist. Mitsamt dem Schubkarrenboden.« Er lachte rau. »Da fällt mir ein, dass mein Onkel auch einige Zeit in der Scheune sitzen geblieben ist und in ein paar Kisten gewühlt hat. Ich glaube, er hat etwas herausgenommen und angesehen. Aber genau weiß ich es nicht mehr. Es waren eine ganze Menge Kisten dort. Richtig massive, aus Holz und fest zugenagelt. Komisch, ich habe seit Jahren nicht mehr darüber nachgedacht.«

Sonnenlicht fiel durch die Zweige und beleuchtete die fein gewebten Spinnennetze, die dazwischen hingen. Katta kam es vor, als hätte der Wald an diesem Ort eine Installation geschaffen und extra für sie ein zartes Kunstwerk inszeniert. Der Waldboden war von einer Schicht modernder Kiefernnadeln bedeckt, dazwischen reckten riesige Gestrüppe aus mannshohen Brennnesselzweigen ihre gezackten Blätter in die Höhe, als wollten sie alle ungebetenen Gäste von einem Besuch abhalten. Hinter einer dieser Hecken, die Alex erst mit einem Stock niederschlagen musste, lag die Scheune.

Die Holzlatten der Wände waren verwittert, das Dach teilweise eingefallen und die Dachpfannen über und über mit flaschengrünem Moos und Flechten bewachsen.

Schon auf den ersten Blick erkannten Alex und Katta, dass die Tür lange nicht mehr geöffnet worden war. Die staubgraue Farbschicht, die sie bedeckte, blätterte schon ab, das Schloss war rostig und von Spinnweben verklebt. Als Alex den Schlüssel umzudrehen versuchte, bewegte der sich keinen Millimeter.

»Mist, alles verrostet. Das kriegen wir so nicht auf.«

»Hilf mir mal!«

Katta war um die Scheune herumgeschlichen und hatte an der Rückseite ein Brett entdeckt, das aussah, als hätte es jemand vor langer Zeit einzutreten versucht. Schief und wackelig hing es herunter, doch schien es sich mit aller Macht gegen Kattas Versuche, es vollends loszutreten, zu stemmen. Verbissen drückte sie immer wieder dagegen, mit den Händen, den Füßen. Aber das Holz knarzte nur, brach oder bewegte sich aber nicht. Schweiß strömte Katta bereits über das Gesicht, als Alex endlich neben ihr auftauchte und sie sich beide gemeinsam gegen das Brett lehnten. Endlich krachte es zur Seite, und sie blickten durch den Spalt ins Innere der Scheune. Sie war riesig.

Schweigend traten sie ein.

»Es hat sich nichts verändert«, flüsterte Alex. »Alles ist noch genauso wie damals.«

Licht drang durch das kaputte Dach, ein paar Sonnenstrahlen zeichneten vereinzelte Tupfen auf den Boden, und in dem gedämpften Licht tanzten winzige Staubflöckchen, die die beiden Eindringlinge mit ihren Schritten aufwirbelten. Still war es hier, so still, als hätte die Welt zu atmen aufgehört. Noch nicht einmal das Rauschen der Blätter in den Bäumen oder das Summen von Insekten war zu hören.

Kein Geräusch.

Da! Ein lautes Keckern drang von den Wipfeln in die Scheune. Katta zuckte zusammen, doch dann erkannten sie, dass ein Vogel gerufen hatte. Erleichtert sahen Katta und Alex sich an. Alex packte Kattas Handgelenk.

»Dahinten. Komm«, flüsterte er beinahe ehrfürchtig, als befänden sie sich nicht in einer einfachen Scheune, sondern würden gerade eine Führung durch eine berühmte Kathedrale machen.

Auf dem Boden standen ein Dutzend verstaubte Kisten, verhüllt von einer Decke aus Spinnweben. Als Alex eine Kiste verschob, um sie zu öffnen, stoben ein paar Mäuse darunter hervor und rannten fiepend weg. Ein Heer von Käfern und Asseln hatte sich darunter ein gemütliches, sonnenarmes Nest gebuddelt. Die Tiere brauchten eine Weile, um sich zu orientieren und unter die anderen Kisten zu schlüpfen.

»Hier, hat mir Pascal geborgt.« Katta reichte Alex ein großes Taschenmesser.

Er hob kurz die Brauen, sagte aber nichts. Mit der geöffneten Klinge hebelte er das Schloss auf, es war längst altersschwach und mürbe.

»Bilder«, erklärte er, nachdem er in die Kiste geschaut hatte.

»Zwei, vier, sechs, sieben. Sieben Stück«, zählte er durch.

»Okay, fangen wir an«, meinte Katta. »Kiste eins.«

Fünf Kisten hatten sie bereits unter großen Anstrengungen geöffnet und insgesamt drei Botschaften von Miriam gefunden. Als Katta eine kurze Pause machte und sich wieder durch den Spalt nach draußen drängte, um Luft zu schnappen, hatte die Dämmerung die Scheune schon mit ihrem staubgrauen Laken eingehüllt. Fröstelnd lief sie wieder zu Alex. Der hatte gerade einen Brief von seiner Cousine gefunden, den sie aber nie abgeschickt hatte. Genau wie die vielen anderen Briefe, die Miriam hinter ihren Bildern oder an anderen Orten versteckt hatte. Waren all diese Schreiben vielleicht so eine Art Tagebuch gewesen? Ihre persönliche Art und Weise, um die Dinge zu verarbeiten? In dem Schreiben, das Alex in seinen Händen hielt, beschwerte sie sich genervt bei T. H. – Katta und Alex machten ihn leicht als Timo Hansen aus –, dass jemand ihr nachspionierte, dass Dinge von ihr verschwanden, unter anderem ihre Kette. In den letzten Stunden hatte Katta auch schon ein Foto von Miriam entdeckt, ebenfalls eingespannt in einen Bilderrahmen. Neben Miriam blickte ein zweites Gesicht dem Betrachter entgegen, oder besser: hatte ihm wahrscheinlich entgegengeblickt, denn das zweite Gesicht war aus dem Foto ausgeschnitten, nur noch ein leerer

Kreis. Dafür stand darunter mit rotem Filzstift der Buchstabe *J.*, der mehrere Male durchgestrichen war. Außerdem noch der Satz: *Wenn aus Freundschaft Neid und aus Liebe Hass wird!*

»Schon wieder!«, brummte Katta und packte die gesammelten Botschaften in ihre Umhängetasche, die sie immer mit sich trug. »Komm, Alex, das ist doch jetzt wirklich völlig klar, dass Josef und Miriam keine ganz alltägliche Beziehung hatten. Irgendwas war zwischen den beiden. Okay, vielleicht auch einseitig. Vielleicht nur von Josef aus. Aber normal ist das doch nicht. Mir scheint, als hätte Miriam sich von dem Kerl bedroht gefühlt.«

Alex streckte sich flach auf dem Boden aus und massierte sich die Beine, auf denen er die ganze Zeit über halb gekniet, halb im Schneidersitz gesessen hatte. »Auf jeden Fall taucht dieses *J. W.* einen Tick zu häufig auf, als dass wir einfach drüber hinwegsehen könnten. Ach Scheiße, Katta, Josef kann kein Mörder sein. Der Typ ist ein bisschen durchgeknallt, aber er lebt völlig für seine Malerei. Alles andere ist für ihn doch nur … na ja, pillepalle!«

»Ich blicke da echt nicht durch.« Katta wischte sich den Schweiß von der Stirn. »Vielleicht denken wir ja auch in eine völlig falsche Richtung!«

In der Scheune war es glühend heiß, obwohl sie von den vielen Bäumen ringsherum gut beschattet wurde und es längst Abend geworden war. Dennoch standen Schweißperlen auf Kattas Stirn und Alex' Haare waren feucht. Gerade hatte er schon wieder eine Botschaft hinter einem Bild gefunden, einen Briefumschlag. Auch dieses Bild trug auf seiner Rückseite eine Zahl. Eine Nummer, die Miriam in ihren Aufzeichnungen sorgfältig umkringelt hatte, wie Katta sofort überprüfte. Seit dem Einbruch in ihrem Hotelzimmer hatte sie das Maltagebuch des Mädchens ständig bei sich.

»Hier, Bild Nummer siebzehn«, stellte Alex fest. »Wenn Miriam ihre Werke auch nach ihrer Entstehungszeit aufgelistet hat, dann hat sie dieses hier wohl ziemlich spät gemalt. Also wahrscheinlich kurz vor ...« Er stockte.

Katta legte ihre Hand auf seinen Arm. »Das Ganze hier muss wirklich furchtbar für dich sein, Alex. Wenn du willst, dann hören wir einfach auf, okay?«

»Auf gar keinen Fall!« Alex schüttelte so heftig den Kopf, dass seine Locken durch die Luft wirbelten. »Leni würde auch weitermachen, wenn sie könnte.«

»Okay.« Katta nahm ihm den Umschlag aus der Hand. »Komm, lass mich vorlesen.« Sie riss ihn auf. »Es ist ein Brief an ihre Eltern. An Leni und ...«

»Tobias«, flüsterte Alex heiser.

Verlegen räusperte sich Katta, dann las sie los:

Liebste Mama, lieber Papa,
wenn ihr diese Zeilen lest, dann bin ich nicht mehr da. Nein, nicht das, was ihr denkt. Ich bin nicht tot, ich lebe. Ich lebe mit dem Mann, den ich liebe. Und weil ich ihn so liebe, bin ich mit ihm fortgegangen. Weit fort. Ich weiß, ihr hättet mir das niemals erlaubt, deshalb habe ich euch auch nie von unserer Beziehung erzählt. Seid mir nicht böse, ich liebe euch über alles, aber du, lieber Papa, hast Mama. Und Mama hat dich. So wie ihr euch jetzt festhaltet, halten wir uns. Und sind sehr glücklich dabei. Ich melde mich so bald wie möglich.
Ich liebe euch! Miriam

»Sie wollte weggehen? Heimlich?« Alex starrte Katta mit leerem Blick an. »Mit wem?«

»Ist doch völlig klar! Mit Hansen. Seine Frau hat mir erzählt, dass er in einem zweiten Anlauf nach Amerika gehen wollte. Und Miriam sollte ihn begleiten. Die ganze Clique wusste Bescheid, nur ihre Eltern durften nichts erfahren.« Sie fuhr sich nervös mit der Hand durch die Haare. »Verrückt, echt, aber so ist das wohl manchmal in schwierigen Situationen. Die Eltern erfahren es zuletzt, obwohl man das eigentlich gar nicht so will. Man würde es ja gerne erzählen. Aber es geht nicht. Weil die Umstände so sind. So blöd.«

»Was meinst du?« Alex sah sie verständnislos an.

»Ach nichts.« Sie lächelte gequält. »Zurück zu Miriam. Wahrscheinlich war alles schon arrangiert …«

»… und dann ist etwas dazwischengekommen«, fuhr Alex fort. »Aber was?«

Abrupt drehte Katta sich um. »Pst, hörst du das?«

»Was?« Alex hob den Kopf und lauschte.

»Da ist jemand«, flüsterte Katta.

Jetzt hörte Alex es auch.

Schritte. Schnelle, schwere Schritte. Erst hinter der Scheune, dann lief jemand eilig um das Gebäude herum, schritt vor der Tür auf und ab. Katta und Alex hörten Äste knacken, längst verwelke Blätter, die im Schatten vor sich hin moderten, gaben bei jedem Schritt des Unbekannten ein schmatzendes Geräusch von sich. Katta hielt den Atem an, aber mit einem Mal war es draußen still.

Zu still.

Schrecklich still.

Plötzlich krachte etwas heftig, Holz splitterte, dann breitete sich ein seltsamer Geruch aus. Katta lief es kalt den Rücken hinunter. Auch Alex war starr vor Schreck, das konnte sie an seinen weit geöffneten Augen erkennen. Ein leises, bedrohliches Knistern war zu hören. Katta schnüffelte. Wie ein scheues Tier hielt sie die Nase in die Luft.

Feuer!

Die Scheune brannte!

23. Kupfer

Vor dem Schmelzpunkt

Zunächst sah es nur nach ein paar kleinen, blutroten Zungen aus, die an den morschen Holzwänden leckten, doch blitzschnell entwickelten sich diese zu heimtückischen Flammen. In rasendem Tempo fraßen sie sich durch die Balken, durch ein paar Leitern, die an der Wand lehnten, und sprühten Funkenregen in die Scheune. Innerhalb kürzester Zeit wütete das Feuer im Inneren und versengte jedes brennbare Material. Eine unerträgliche Hitze breitete sich aus, immer dichter wurde der Rauch, der zum Glück wie in einem Kamin durch das offene Dach abzog, sodass Katta und Alex, die sich in eine Ecke geflüchtet hatten, zumindest noch Luft bekamen. Weniger gut war, dass durch den Sauerstoff, der auf demselben Weg von außen förmlich in die Brandstelle hineingezogen wurde, das Feuer mit unbeschreiblicher Geschwindigkeit immer hektischer durch die Scheune raste.

»Wir müssen raus hier!« Katta trommelte mit den Fäusten gegen die hölzernen Bretter, verzweifelt suchte sie nach einem Spalt, einer Ritze, durch die sie die Hand stecken und so vielleicht eine Latte lockern könnte.

»Verdammt, wir sind eingeschlossen!«, schrie Alex. »He, du Arsch da draußen, willst du uns lebendig verbrennen? Mach die Tür auf, du Idiot, mach schon!«

»Schnell runter!«, rief Katta. »Immer dicht am Boden bleiben, das haben wir doch bei der Brandschutzübung in der Schule gelernt. Los, Alex, wir müssen kriechen, dann kriegen wir nicht so viel von dem Qualm ab!«

Beide ließen sich auf die Knie fallen und krabbelten auf allen vieren auf die Seite der Scheune, in der die Flammen noch nicht wüteten.

»Hilfe! Hilft uns denn keiner?«, schrie Katta in Panik. »Hiiiiilfe!«

»Mist! Die Kisten mit den Bildern«, rief Alex. »Wir können die doch nicht einfach alle hierlassen!« Er robbte zu den Behältern, konnte aber nur noch eine Kiste von den Flammen wegziehen. Über die anderen hatte sich das Feuer schon hergemacht. »Mist, Mist, Mist!«

Währenddessen versuchte Katta angestrengt, das lose Brett, durch das sie in die Scheune gestiegen waren, zu finden. Eigentlich war sie sicher, dass es hier irgendwo sein musste, aber entweder hatte die Person draußen es wieder so befestigt, dass kein Schlupfloch mehr in der Wand war, oder Katta konnte sich in dem Qualm nicht mehr richtig orientieren. Auch die Scheunentür, vor der Alex kniete, ließ sich nicht einen Zentimeter weit öffnen. Er rüttelte an der Klinke.

Nichts.

Ein brennender Balken stürzte weiter hinten krachend ins Innere. Katta zuckte zusammen, Alex sah verzweifelt nach oben. Zwischen dem Dunst blinkten immer wieder einzelne Sterne durch das eingefallene Dach, der Himmel präsentierte sich in ruhigem Nachtblau.

Die Sterne, dachte Katta eine Sekunde lang, immer waren sie dort oben am Himmel. Egal, was hier unten auf der kleinen Erde passierte, sie strahlten und funkelten und blinkten. Sicher hatte ihr Vater nicht diesen Moment gemeint, als er die Karte mit dem Satz *Ich wünsche dir einen Himmel voller Sterne!* in ihrem Gepäck versteckt hatte. Nein, sicher nicht! Katta ballte die Fäuste. Sie würden es schaffen, sie und Alex!

Wie mausgraue Gespenster zogen die Rauchwolken am First entlang. Katta hatte sich in die äußerste Ecke der Scheune verkrochen und hielt ihr Handy in der Hand, hustete immer wieder und tippte wie besessen auf dem Smartphone herum.

»Wir haben kein Netz, Alex«, wimmerte sie verzweifelt. Tränen stiegen ihr in die Augen, sie versuchte sie mit den Handflächen wegzuwischen. »In dieser verdammten Scheune habe ich sogar mit diesem schweineteuren Ding keinen Empfang. So ein Mist! Versuch du es noch mal. Schnell!«

Mit fliegenden Fingern zog Alex sein Handy aus der Hosentasche. Angespannt hielt er es mal in die eine, mal in die andere Himmelsrichtung. Nach oben, unten, wieder nach oben. Vergebens. Kein Empfang. Nur die ständige Anzeige im Display, dass das Handy ein Netz suchte.

»Hallo! Ist da draußen keiner? Haaaalloooo!«, brüllte er wütend und voller Angst. »Scheiße, sind wir hier am Ende der Welt? Was machen wir nur?«

Schluchzend suchte Katta seinen Blick. »Alex!«

Einen Moment lang schloss sie die Augen. Weil sie von dem verdammten Rauch so brannten. Weil sie so verzweifelt war. Weil sie das hässliche, flackernde Rotorange der Flammen nicht mehr ertragen konnte. Ein paar Sekunden lang malte sie sich aus, wie es wohl sein würde, wenn sie nicht mehr aus dieser Scheune herauskämen. Verbrannten. Und vorher, wahrscheinlich, hoffentlich erstickten. *Ich wünsche dir einen Himmel voller Sterne!*

Was würden ihre Eltern sagen, ihre Freunde? Wie fühlte es sich an, wenn das Feuer ihre Kleider und sie selbst langsam abfackeln würde? Tat es weh? Würde sie es überhaupt noch spüren? Katta hustete wieder. Die meisten Brandopfer starben an

Rauchvergiftung, hieß es immer. War das ein qualvoller Tod? Und wer war dieser Kerl da draußen, wer wollte ihnen so etwas Furchtbares antun?

Einen Himmel voller Sterne!

Genau in diesem Moment spürte sie, wie Alex sie umarmte und festhielt. Wie er ihr Gesicht mit seinen heißen Küssen bedeckte, schnell, leidenschaftlich und verzweifelt.

»Wir schaffen das schon, wir kommen hier raus. Ich liebe dich! Das habe ich noch nie zu jemandem gesagt, Katta, aber ich liebe dich so sehr, dass es wehtut. Und ich werde verdammt noch mal dafür sorgen, dass es heute nicht vorbei ist. Wir sind noch lange nicht am Ende, noch lange nicht!«, brüllte er gegen das Krachen des Gebälks an.

Die Hitze wurde immer unerträglicher. Katta riss die schmerzenden Augen auf. Alex hatte ein Brett, das irgendwo in der Ecke gelegen hatte, gepackt, war aufgestanden und hieb damit wütend gegen die Tür. Immer und immer wieder. Seine Muskeln spannten sich unter seinem T-Shirt, Schweiß rann von seiner Stirn. Für den Bruchteil einer Sekunde sah Katta ihn mit einer Mischung aus Stolz und Liebe an. Dann robbte sie los und schnappte sich den nächstbesten Knüppel, den sie finden konnte. Gemeinsam hämmerten sie gegen den Ausgang. Ein paar Schläge, die Arme wurden schwerer. Noch ein paar. Ihre Augen brannten, sie brannten wie Feuer. Ein letztes Mal das Holz gepackt und gegen die Wand geschlagen, obwohl der Rauch in der Lunge so unendlich schmerzte und das Atmen immer schwerer wurde. Kattas und Alex' Kräfte schwanden und das Feuer kam spürbar näher. Die Luft war entsetzlich heiß.

»Weg da!«, hörten sie plötzlich eine Stimme. »Weg von der Tür!«

Die Klinge einer mächtigen Axt drang durch das Holz, als wäre es Papier.

Ratsch. Ratsch. Ratsch.

Wütende, schnelle Schläge hieben einen breiten Spalt bis zum Boden, durch den Katta und Alex flüchten konnten. Der dichte Qualm hatte ihre Augen tränenblind gemacht, dazu hüllten beißende Rauchschwaden die Scheune ein wie zäher Nebel. Die dunkle Gestalt draußen, die sich erschöpft auf die Axt stützte, konnten sie zunächst gar nicht erkennen.

»Schnell weg. Die Scheune stürzt bald ein. Los!«, rief die Stimme. Und jetzt erkannte Katta auch, zu wem sie gehörte.

Es war Pascal.

»Die Kiste!«, schrie Alex. »Eine Kiste mit Miriams Bildern steht noch drinnen. Gleich hier vorne!«

Pascal überlegte keine Sekunde. Er zog sich sein Shirt über Mund und Nase und zwängte sich durch den Spalt. Sekunden später reichte er die Bilderkiste nach draußen. Mehr als diese eine war tatsächlich nicht mehr aus dem Inferno zu retten. Alex nahm ihm die Kiste dankbar ab und eilte damit zum nahen Waldrand, Katta stürzte hinterher. Auch Pascal wollte folgen, aber gerade als er sich wieder durch den Spalt drängte, krachte es direkt über ihm und ein brennender Balken fiel ihm in den Rücken.

»Uaaargh!« Wie das Brüllen eines Tieres hallte sein Schrei durch die Gegend. »Ich brenne. Hiiiiiilfe!«

Mitten im Laufen drehte Alex sich um. Alle Farbe war aus seinem Gesicht gewichen, er war leichenblass. »Verdammt! Pascal!«

Sofort rannte er zurück, gefolgt von Josef, der zunächst die benommene Katta einfach gepackt und zum Waldrand getragen hatte. Auch er erkannte die schreckliche Situation sofort. Jeder von beiden griff nach einer Hand des Verletzten, und gemeinsam zogen sie Pascal aus der dampfenden und brodelnden Scheune durchs Gras. Sein T-Shirt war an einer Stelle beinahe kreisrund weggebrannt, ein dunkler Fleck versengter Haut prangte auf seinem Rücken, als hätte ein wildes Tier ein Stück Fleisch aus ihm herausgebissen.

Alex war völlig kopflos, aber Josef reagierte besonnen und klug: Er riss sich sein Hemd vom Leib, rannte zum nahe gelegenen Goldbach und schwenkte das Kleidungsstück im kühlen Wasser. Immer wieder wrang er es über Pascals Rücken aus und konnte so die Verletzung zumindest notdürftig kühlen und verhindern, dass sich die Fläche noch vergrößerte.

»Sollen wir ihm das T-Shirt nicht besser ausziehen?«, schrie Katta, die sich neben Pascal gekniet hatte, obwohl ihr noch völlig schwindelig war. »Das ist ja rund um die Wunde total verbrannt.«

»Bloß nicht!« Alex winkte ab. »Das muss ein Arzt machen, kann gut sein, dass sich Stoff und Haut verbunden haben.«

Pascal stöhnte. »Shit, Mann, das fühlt sich nicht gut an. Echt nicht. Habt ihr die Bilder?«

»Wie kannst du jetzt an die Scheißbilder denken!« Mit einer Mischung aus Weinen und Lachen strich Katta dem wimmernden Pascal über seine wilden, an einigen Stellen leider ziemlich verkokelten Rastalocken. »Ich hab so eine Angst gehabt, dass du nicht mehr lebend aus dem Ding rauskommst.«

»Ich rufe jetzt den Notarzt«, erklärte Alex. »Und dann die Feuerwehr.« Hastig rannte er über die Wiese, mal nach rechts, mal nach links, um endlich irgendwo aus dem Funkloch zu kommen. Erst in einiger Entfernung von der Scheune klappte es. Wie durch ein Wunder funktionierte sein Handy nun wieder einwandfrei.

»Ich glaube, die Verbrennung ist nur oberflächlich«, meinte Josef beruhigend. »Das wird wieder!«

Erst jetzt registrierte Katta so richtig, dass er auch dabei war. »Josef, du?«, fragte sie matt. »Wie kommst du hierher?«

»Wie geht es euch?« Josef kniete sich neben sie ins Gras und presste Katta an sich.

An seinen warmen Bauch gedrückt, merkte sie erst, wie sie bibberte. Ihre Arme, ihre Beine, ihr ganzer Körper gehorchten ihr nicht mehr, alles zitterte völlig unkontrolliert. Alex ging es nicht viel besser. Seine Zähne schlugen rhythmisch aufeinander, sein Körper zuckte. Keiner von beiden sprach darüber, was sie gerade in der brennenden Scheune erlebt hatten. Dafür war alles noch viel zu frisch, zu unwirklich.

»Mann, habt ihr Schwein gehabt, dass wir noch rechtzeitig gekommen sind«, röchelte Pascal. »Dieses Feuer rast durch das Holz, als wäre das alles nichts!«

Josef hatte sich erhoben. Er stand mit dem Rücken zu ihnen und beobachtete, wie sich die Flammen auch durch die letzten morschen Hölzer fraßen. Inzwischen brannte alles, beißender Qualm hing über der Scheune. Mit Sicherheit würde die Feuerwehr kein Problem haben, sie hier zu finden, die Rauchwolke konnte man in jedem Fall auch noch in Goldbach sehen.

»Was habt ihr da drin gemacht? Wie konnte diese riesige Scheune in Brand geraten?«, wollte Josef wissen. »Ihr habt doch nicht etwa einfach eine Kippe weggeworfen?«

Alex hob abwehrend die Hände. »Quatsch, wir rauchen doch beide gar nicht. Das Feuer hat einer draußen gelegt!«

»Wie bitte?« Josef starrte Alex erschrocken an. »Bist du sicher?«

Jetzt hatte sich auch Katta wieder ein bisschen gefangen. »Völlig sicher. Und der Typ, der das Feuer gelegt hat, wusste genau, was er tat. Er wusste, dass wir in der Scheune waren!«

»Also Brandstiftung«, murmelte Pascal. »Ach, du Scheiße! Der Kerl musste doch davon ausgehen, dass ihr da drinnen verreckt. Wer ist denn so ein Schwein?«

»Ein Mordversuch?«, stieß Josef hervor. »Warum? Was soll

das? Ich darf gar nicht darüber nachdenken. Mein Gott, was für ein Glück, Katta, dass du mit Pascal dieses Treffen ausgemacht hast, sonst hätten wir euch nie retten können.«

»Treffen?« Alex starrte erst Josef, dann Pascal irritiert an.

Mit zusammengebissenen Zähnen flüsterte Pascal: »Ich hatte gleich so ein blödes Gefühl, als Katta mir erzählt hat, dass ihr zusammen in die Scheune gehen wollt. Deshalb habe ich sie so lange bequatscht, bis sie mit mir einen Zeitpunkt ausgemacht hat, an dem wir uns treffen. Sie wollte ja gar nichts erzählen, aber ich habe sie erpresst«, meinte er mit Blick auf Alex betont heiter. »Würde ich bis zum ausgemachten Zeitpunkt nichts von euch hören, müsste ich mir wohl Sorgen machen. Und ich habe nichts gehört!«

»Wieso hast du mir nichts davon erzählt?« Alex sah zu Katta hinüber.

»Ganz ehrlich? Ich habe es einfach vergessen. Ich fand es … irgendwie ein bisschen idiotisch.« Katta schluchzte los. »Und jetzt rettest du uns damit das Leben und wirst selbst verletzt. Pascal, das werde dir nie vergessen!«

»Schon okay. In so einem Fall bin ich gerne mal der Idiot.« Pascal versuchte, möglichst lässig abzuwinken, musste aber seinen Arm wieder sinken lassen, der Schmerz war zu heftig. »Hey, Leute, das ist doch jetzt auch völlig unwichtig, wer da was erzählt oder ausgemacht hat. Mal davon abgesehen: Josef hat mich hierher geführt. Ohne ihn hätte ich diese Scheune nie gefunden, so versteckt wie das Ding im Wald liegt.«

»Josef hat dich hergeführt?« Katta schüttelte verständnislos den Kopf. Sämtliche Verschwörungstheorien, die sie sich zurechtgelegt hatte, brachen gerade zusammen.

»Wir haben Karten gespielt«, erklärte Pascal. »Schon den ganzen Abend. Aber ab kurz vor neun ging da gar nix mehr. Ich war so nervös, dass du nicht kommst … äh … dass ihr nicht kommt. Irgendwie habe ich geahnt, dass was passiert ist. Ich hatte gleich so ’n Kribbeln am Kopf. Und Josef hat mich dann sofort zur Scheune geführt, als ich ihm erzählt habe, was ihr vorhabt.«

Mit einem Mal schämte Katta sich für die Vorwürfe, die sie die ganze Zeit über vor Alex gegen Josef erhoben hatte. Wenn er Pascal hierher geführt und den Abend mit ihm verbracht hatte, dann war er nicht der Täter. Josef konnte die Scheune nicht in Brand gesteckt haben. Und dann war er wohl auch nicht der Einbrecher im Hotel gewesen, der Kerl, der ihr üble Botschaften hinterlassen hatte, auch nicht die schwarze Gestalt, die Katta beobachtet hatte. Und er war wohl ebenfalls nicht schuld an Miriams Tod.

Katta schluckte. Aber wer war es dann?

Aus den Augenwinkeln sah sie, wie Alex zu ihr rübersah, den Kopf schüttelte und ihn danach möglichst unauffällig Richtung Josef reckte. Bestimmt hatte er sich gerade die gleichen Gedanken gemacht. Statt einer Antwort zuckte Katta mit den Schultern. Sie war am Ende. Nicht nur körperlich, sondern auch mit ihren Ideen, wer es auf sie abgesehen hatte und was mit Miriam passiert sein könnte. War es doch Hansen gewesen? Immerhin hatte er mehrfach ziemlich deutlich darauf hingewiesen, dass sie sich doch unbedingt Miriams Bilder in der Scheune ansehen sollten. Hatte er sie in eine Falle gelockt und diese dann auf brutale Weise zuschnappen lassen? Oder Sarah? Vielleicht war sie doch eifersüchtiger gewesen, als sie zugeben wollte. Vielleicht hatte sie in einer dummen, unbedachten Sekunde etwas getan, das sie auf jeden Fall vor aller Welt verbergen wollte. Vielleicht war sie schuld an Miriams Tod. Oder gab es da jemanden, an den Katta bisher noch gar nicht gedacht hatte?

»Verdammt, wann kommt denn jetzt endlich dieser verflixte Notarzt«, stieß Alex mit Blick auf Pascal hervor, der sich sein

Leiden nicht anmerken lassen wollte, sich aber immer wieder schmerzverzerrt auf die Lippen biss.

In diesem Moment hörten sie einen unbeschreiblichen Lärm. Ein Knirschen, das bei jedem von ihnen eine Gänsehaut verursachte. Nur ein paar Minuten, nachdem Pascal und sie der Scheune entkommen waren, stürzte das lodernde Gebäude ein. Fassungslos sahen alle zu, wie schnell und beinahe komplett die Scheune in sich zusammensackte. Lediglich ein paar tragende Balken und Pfeiler ragten aus den Flammen.

»Sieht aus wie das riesige Gerippe eines Walfischs«, raunte Alex.

Vom Rest des großen Gebäudes waren bald nur noch ein paar dampfende und glimmende Hügel übrig.

Kohle.

Asche.

Staub.

Als die Feuerwehr die letzten Schwelbrände in der Scheune löschte, waren Katta, Alex, Pascal und Josef längst nicht mehr dabei. Obwohl seine Wunden, wie Josef vermutet hatte, nur oberflächliche Verbrennungen waren, musste Pascal die Nacht zur Beobachtung im Krankenhaus verbringen. Die anderen saßen inzwischen in warme Decken gehüllt in Josefs riesiger Wohnküche. Alex lächelte Katta dankbar an und strich immer wieder glücklich über ein Bild, das Pascal in letzter Sekunde aus der Scheune hatte retten können. Seine Stieftante Leni war darauf zu sehen, jung und hübsch. Es war das verschollene Geburtstagsbild, das Miriam vor vielen Jahren für sie gemalt hatte. Josef Wild hatte es lange aufgehoben, dann aber eines Tages zu den Bildern gepackt, die Miriams Eltern in der Scheune deponiert hatten. Leni hatte es nie gesehen, jetzt wollte Alex es ihr feierlich überreichen.

Gerade war der Polizist gegangen, der sie nach dem Brand vernommen hatte. Ein alter Freund von Josef. Gemeinsam hatten die beiden ein Schnäpschen getrunken, und der Polizist hatte sich darüber amüsiert, dass Katta und Alex darauf bestanden, dass nicht sie, sondern ein Unbekannter den Brand gelegt haben sollte.

»Kinder, Kinder«, meinte der Polizist schmunzelnd, »mir könnt ihr es doch sagen. Hab doch früher auch mit meinen Kumpels heimlich irgendwo im Heu geraucht. Selbstgedrehte. Und anderes Zeugs! Die alte Scheune der Kosacks wäre sowieso bald zusammengebrochen, ist kein großer Verlust. Und jetzt zahlt eh alles die Versicherung!«

Egal, was Katta und Alex auch andeuteten, der Polizist hatte sich längst sein eigenes Bild von der Sache gemacht. Nach einer Weile bedeutete Josef den beiden, dass sie einfach nichts mehr sagen sollten, bis sein Freund wieder verschwunden war. Katta und Alex waren heilfroh, als er sich endlich verabschiedete.

Dicke Kerzen brannten in großen Windlichtern, süßliche Düfte waberten durch den Raum. Ein plötzliches Glücksgefühl durchströmte Katta. Überlebt! So nah hatte sie sich dem Tod gefühlt, aber es war doch ganz anders gekommen. Was für ein wahnsinniges Glück sie und Alex und vor allem Pascal gehabt hatten!

Verrückt, das Leben war wirklich total verrückt!

Hätten alle vor knapp einer Stunde nicht etwas so Ungeheuerliches, Schreckliches erlebt, es hätte ein richtig gemütlicher Abend sein können. Der warme Kakao, den Josef gekocht hatte, wirkte Wunder. Schon nach der ersten Tasse fühlte Katta sich viel besser, nur das Zittern in ihren Händen ließ einfach nicht nach. Alex schien es ebenso zu gehen, aber vor ihr und Josef wollte er sich das wohl nicht anmerken lassen. Katta beobachtete, wie er seine Tasse mit beiden Händen hob und auch wieder absetzte, so hatte er seine Anspannung besser unter Kontrolle.

»Und jetzt kommt das Beste: Jellas Grießnockerlsuppe. Hat meine Tochter zwar gestern schon gemacht, ist aber immer noch lecker«, erklärte Josef, der in einem Suppentopf rührte. »Und dann mal raus mit der Sprache. Was genau habt ihr eigentlich in der Scheune gemacht? Pascal wollte mir nichts verraten.«

»Oh nee«, flüsterte Katta. »Ich kriege keinen Bissen hinunter.«

»Ich auch nicht«, brummte Alex.

»Na, vielleicht später«, erklärte Josef. »Suppe weckt die Lebensgeister. Also ich alter Kerl brauche das jetzt! Mensch, euer kleines Abenteuer hat mich ganz schön geschafft. Ich glaube, ich eigne mich nicht mehr zum Superman.« Mit breitem Grinsen schnappte er sich einen Teller und schöpfte ihn randvoll. Vorsichtig stellte er die Suppe auf den Tisch und rückte sich einen Stuhl neben Alex. »Los, Alex, erzähl!«

Zögernd blickte Alex zu Katta, aber die nickte nur müde. Josefs Benehmen in den letzten Tagen war zwar immer wieder ziemlich merkwürdig gewesen, aber dass er ein Mörder, Brandstifter oder Einbrecher war, davon war sie inzwischen abgekommen. Alex ging es offenbar genauso. So viel Erkenntnis hatte dieses grässliche Erlebnis in der Scheune zumindest gebracht.

Als Alex nach einer knappen halben Stunde mit seinem Bericht fertig war, sprang Josef auf und schob geräuschvoll seinen Stuhl zu Seite.

»Ich fasse es nicht! Und ihr habt wirklich geglaubt, dass ich Miriam etwas hätte antun können?« Seine Augen blitzten. »Sie hätte eine ganz große Künstlerin werden können, da bin ich sicher. Wenn Miriam gemalt hat, dann war das keine Arbeit, in ihren Bildern steckte keinerlei Mühe, sondern pure Leidenschaft. Sie hatte den perfekten Blick für die Bildaufteilung, die

Farben, Formen und Linien. Sie war …«, er seufzte, »sie war genial. Viel begabter als ich!«

»Und warum soll sie dann ins Wasser gegangen sein?«, fragte Katta. »Sie hatte totale Panik davor, hat Leni uns erzählt. Sie war absolut wasserscheu. Also wer hat sie dazu gebracht? Oder hat es vielleicht selbst übernommen, dass sie …«

Josef straffte seine Schultern. »Hör auf, Katharina, hör auf. Diese Geschichte verfolgt mich seit damals, aber ich kann dir versichern: Ich weiß es nicht! Ich hatte ihr noch am Tag zuvor gesagt, dass sie mich inspiriert, dass ich mit ihr arbeiten will, dass ich sie fördern möchte. Am Tag ihres Todes wollte ich mit Leni und Tobias darüber sprechen, wie wir Miriams Talent gemeinsam weiterentwickeln können.«

»Und?«, wollte Alex wissen.

»Es gab einen unangenehmen Zwischenfall. Meine Tochter hat sich dann mit Miriam gestritten. Ich glaube, Gabriella war ein bisschen eifersüchtig. Aber sie hat mit der Sache bestimmt nichts zu tun! Miriam hatte ja auch noch einen Freund. Vielleicht gab es Probleme mit ihm?« Er fuhr sich mit der Hand durchs Haar. »Wirklich, Alex. Ich hätte deiner Cousine nie etwas antun können. Sie war für mich wie … meine zweite Tochter. Eine Tochter, wie ich sie mir immer gewünscht hatte, eine, die mein Werk weiterführen wird.«

Im Zimmer hätte man eine Stecknadel fallen hören können, so still war es.

»Und was machen wir jetzt?«, fragte Katta nach einer gefühlten Ewigkeit. Sie hatte sich neben Alex gesetzt und legte erschöpft ihren Kopf auf seine Schulter. »Ich bin kaputt. Völlig. Aber ins Hotel gehe ich mit Sicherheit nicht zurück. Da schlafe ich auf keinen Fall!«

»Kein Problem«, flüsterte Josef heiser. »Gabriella hat mir einen Zettel auf den Tisch gelegt, dass sie ganz dringend wegmusste, also ist ihr Zimmer frei. Du kannst dort schlafen, Katta. Und Alex, du kannst auch hierbleiben. Du könntest das Bett von Pascal nehmen, ich habe noch frisches Bettzeug. Natürlich nur, wenn du willst. Am besten, du rufst gleich mal bei deiner Stieftante und deinem Onkel an, die machen sich sicher schon Sorgen. Die Feuerwehrsirenen hat kein Mensch in Goldbach überhört, da wette ich was. Aber du musst ihnen ja nicht gleich auf die Nase binden, dass du etwas damit zu tun hattest.« Er beugte sich zu Alex. »Ich glaube, das wäre Gift für die Gesundheit deiner Stieftante!«

»Hast recht.« Alex nahm sein Handy aus der Tasche. »Hey, Leni, ich bin's, Alex … ja, ja, es geht mir gut. Klar haben wir die Sirenen gehört … Aber nein, ist alles okay mit uns. Wirklich! Du, wir sind hier bei Josef in seinem Haus und quatschen. Er hat mir angeboten, dass ich heute Nacht bei ihm schlafen kann.« Eine Weile schwieg er und trommelte hektisch mit den Fingern auf den Holztisch. »Alles klar. Bis morgen!«

»Und?« Katta sah ihn gespannt an.

»Doof ist meine Tante ja wirklich nicht, natürlich hat sie das mit der Feuerwehr mitgekriegt. Sie weiß, dass ihre Scheune abgefackelt ist. Aber ich habe so getan, als hätte ich … als hätten wir nichts damit zu tun. Kleine Notlüge, aber ich habe jetzt keinen Bock auf große Erklärungen gehabt. Morgen ist auch noch ein Tag, und Leni war einfach nur froh, dass es mir gut geht. Und euch natürlich auch. Ich soll Grüße ausrichten!«

Katta zog sich die Decke enger um die Schultern. »Leni ist so eine starke Frau, Wahnsinn!«

Josef nickte. »Wohl wahr. Die meisten Leute unterschätzen, was es heißt, ein Kind zu verlieren und trotzdem weiterleben zu müssen. Egal, wie. So, und jetzt ab ins Bett. Es ist schon bald Mitternacht!«

Nachdem sie sich ausgiebig von Alex verabschiedet hatte, wollte Katta schnell in Gabriellas Zimmer verschwinden. An der Tür hielt Josef, der wohl schon auf sie gewartet hatte, sie noch einmal auf und drückte ihr eine frische Decke und ein Kopfkissen in die Hand.

»Hier. Gabriella hat mich gerade angerufen, sie weiß, dass du in ihrem Zimmer schläfst. Sie … äh … lässt ausrichten … äh … sie wollte dich bitten, dass du dort nichts anrührst.« Josefs Stimme war dünn, er sah Katta mit einem schiefen Lächeln an. Die Ansage seiner Tochter war ihm offensichtlich ein bisschen peinlich.

»Geht klar.« Katta schnitt eine Grimasse. »Wo ist sie überhaupt?«

»Ach, wieder auf einem dieser Floristentreffen. Meine Tochter liebt Blumen über alles, am liebsten hätte sie einen eigenen Laden. Aber das geht nicht, ich brauche sie hier.« Josef zuckte mit den Schultern. »Ohne sie schaffe ich dieses ganze Drumherum nicht. Ich weiß schon, dass es nicht unbedingt ihr Wunsch war, immer die zweite Geige zu spielen. Aber immerhin arrangiert Gabriella die Gestecke in verschiedenen Hotels, auch in deiner Unterkunft, im *Hotel beim Goldbach*. Die wunderbaren Sträuße müssen dir doch aufgefallen sein.«

Kattas Gesicht war mit einem Schlag aschfahl, die Decke und das Kissen glitten ihr aus den Händen und fielen zu Boden.

»Sie arbeitet dort? Dann hat sie doch sicher auch einen Schlüssel zum Hotel?«, wisperte sie, während sie sich nach den Schlafsachen bückte.

»Selbstverständlich«, erklärte Josef und angelte das Kissen vom Boden. »Sie gehört ja sozusagen zum Personal. Eine kleine Entschädigung dafür, dass sie bei mir immer nur an zweiter Stelle steht. Meine Tochter ist … Katta, ich schwöre dir, dass ich mit dem Tod von Miriam nichts zu tun habe. Und doch glaube ich, dass ich Schuld auf mich geladen habe. Mit meinen unbedarften Äußerungen, mit meiner Art habe ich einen Menschen sehr, sehr verletzt, das wird mir jetzt klar.«

»Wie meinst du das?«

»Ach, ich will heute nicht mehr darüber sprechen. Ein anderes Mal vielleicht. Man kann nicht alles mit dem Alter erklären oder sich ständig darauf berufen, aber jetzt bin ich wirklich kaputt. Ein solcher Rettungseinsatz wie heute geht über meine Kräfte hinaus.« Er wendete sich zum Gehen. »Schlaf gut, Katta, du bist ein großartiges Mädchen. In jeder Beziehung!«

Sie sah ihm grübelnd hinterher. Seine Schritte waren nicht wie gewohnt weich und federnd, an diesem Abend schlurfte Josef wie ein Greis in seinen Pantoffeln den Flur entlang. Aber nicht nur sein Gang, auch sein Gesicht war plötzlich anders. Zum ersten Mal hatte Katta ihren Mallehrer nicht als großartigen, dynamischen Kerl wahrgenommen, sondern als alten Mann. Als gebrechlichen, verbitterten Menschen, der müde war vom Leben.

Von welcher Schuld hatte er gesprochen? War seine Tochter der Mensch, den er verletzt hatte? Und was Katta noch viel mehr beunruhigte: War sie es gewesen, die in ihr Hotelzimmer eingedrungen war? Die Möglichkeit dazu hätte sie gehabt, so viel stand nun fest.

Fröstelnd öffnete Katta die Tür zu Gabriellas Zimmer.

24. PETROL

Raffiniert

Es klopfte.

Leise und ganz sachte, aber Katta schreckte sofort hoch.

Hatte sie schon geschlafen? Sie erinnerte sich nur noch daran, dass sie ins Zimmer gegangen war und sich mitsamt Klamotten und sogar ihrer Umhängetasche sofort auf dem leeren Bett ausgestreckt hatte. In Gabriellas asiatisch gestyltem Zimmer. Katta war sich vorgekommen, als hätte sie jemand per Mausklick nach Japan gebeamt. Die Wände waren mit Schiebepaneelen bedeckt, auf deren zartem Papier Kirschblüten und Magnolien wuchsen. Neben dem Futonbett stand ein niedriger Tisch, eine Schale mit Steinen und ein fernöstliches Blumengesteck waren kunstvoll darauf drapiert. Sonst nichts. Auch die Regale und Gabriellas schmaler Schreibtisch waren beinahe leer und extrem ordentlich aufgeräumt. Ein bisschen leblos, war Kattas erster Eindruck, eine Inszenierung wie für eine Einrichtungszeitschrift. Nur ein einziges Bild hing an der Wand, ungewöhnlich für diesen Malerhaushalt. Das Gemälde zeigte einen Bach, wahrscheinlich den Goldbach, mit der Brücke, die darüberführte. Ob Gabriella das Bild gemalt hatte? Komisch. Der Stil erinnerte Katta eher an Miriam. Dieser leichte, feine Schwung, die Farben. Preußisch- und Kobaltblau, Petrol, Blaugrau. Mit wenigen Strichen war der Bach wiedergegeben, der an dieser Stelle reißend und brodelnd war und Katta so viel Angst gemacht hatte. Das Gemälde musste sie sich unbedingt mal ansehen.

Später.

Ungewöhnlich war auch der kleine Schrein, eine Art Altar, der in eine der Wände eingelassen war. Eine Kerze brannte dort, daneben stand ein Glas mit Nelken. Ausgerechnet blassrosa Nelken. Die hatte Katta schon immer verabscheut. Friedhofsblumen. Bäh! Aber bevor sie alles genau betrachten konnte, war sie wohl eingeschlafen. Als sie die Augen aufschlug, lag das Bettzeug, das Josef ihr zum Beziehen gegeben hatte, noch immer neben ihr.

Das Klopfen wurde lauter.

Langsam räkelte Katta sich im Bett, glitt heraus und schlich zur Tür.

»Wer ist da?«

»Ich bin es. Mach auf, Katta, bitte.« Die Stimme von Alex.

Sie drehte den Schlüssel im Schloss um und ließ ihn herein.

»Alles okay?«, erkundigte er sich. Noch bevor sie antworten konnte, legte er zärtlich seine beiden Hände auf ihre Wangen und zog ihr Gesicht zu sich. Näher, nahe, ganz nah. »Ich hatte so eine Sehnsucht nach dir, ich konnte einfach nicht schlafen, ohne dich noch mal im Arm zu haben. Ich musste unbedingt nachsehen, ob …«

»Mmmh.« Katta schloss die Augen. »Psst. Nicht mehr sprechen!«

Nichts sehen, nichts hören, nur spüren! Seine Lippen, die sich auf ihre pressten, seine Hände, die sich unter ihr T-Shirt schoben und ihren Körper erforschten. Auch Katta tastete sich zentimeterweise vor, ihre Finger wanderten über seinen Rücken, den Bauch, strichen sanft über seine Muskeln.

Nach einer Weile hielt er in seinen Bewegungen inne.

»Hoffentlich war das jetzt kein Überfall?« Alex grinste ein bisschen verlegen. »Ich hatte dir ja eigentlich versprochen, dass wir noch ganz viel Zeit haben. Für alles. Aber nach diesem irren Tag heute musste ich dich noch mal so richtig spüren. Schlimm?«

»Ich bin froh, dass du da bist.« Wieder schlang Katta die Arme um ihn und küsste ihn. Diesmal zart und leicht, nicht mehr so fordernd wie vorher. »Was sagst du zu diesem Zimmer? Ist das nicht ungewöhnlich?« Sie drehte sich einmal im Kreis. »Und der komische Altar da drüben. Guck doch mal!«

Die Kerze, die in der Nische in der Wand brannte, war tatsächlich eine dieser roten Grableuchten, die man auf jedem Friedhof findet. Dahinter stand ein Foto, Alex zog es vorsichtig heraus.

»Miriam!« Seine Lippen zitterten. »Was soll das sein? Meine Cousine als Heilige, die von ihrer Freundin angebetet wird? Wie schräg ist das denn? So langsam glaube ich, dass Josefs Tochter voll durchgeknallt ist.«

»Oh Gott! Könntest du dir vorstellen … meinst du, sie ist so durchgeknallt, dass sie etwas mit Miriams Tod zu tun hat? Josef hat mir heute erzählt, dass Gabriella auch einen Schlüssel für mein Hotel hat. Sie hätte in jedes Zimmer gehen können. Einfach so, völlig unbemerkt!«

»Hey, piano!« Alex legte ihr sanft den Arm um die Schultern. »Katta, bitte! Kannst du nicht mal ein paar Sekunden aufhören, darüber nachzugrübeln? Lass uns dieses Thema auf morgen verschieben, ja? Ich bin jetzt einfach nur froh, dass wir heil aus dieser Scheißscheune rausgekommen sind. Und die arme Jella muss nicht gleich der Bösewicht sein, nur weil sie so an meiner Cousine gehangen hat. Immerhin waren sie beste Freundinnen. Es könnte immer noch genauso gut Hansen gewesen sein. Oder seine süße Barbiepuppe Sarah. Und für alle drei Theorien hast du null Beweise!«

»Aber die werde ich finden«, zischte Katta. »Das verspreche ich dir!«

Es klopfte wieder. Diesmal laut und energisch.

»Alex, falls du da drin bist, muss ich dich leider bitten, ins Bett zu gehen. In dein Bett. Ich will kein Spielverderber sein, aber Kattas Mutter würde mich umbringen, wenn sie davon erfährt, dass ihr in einem Zimmer geschlafen habt. Ich bitte euch, macht mir keinen Ärger, ja?«

Josef.

Katta nickte Alex zu.

»Schon gut, ich komme. Wollte nur noch Gute Nacht sagen.«

Er küsste sie leidenschaftlich.

Als er sich zur Tür drehte, legte sie ihm die Hand auf die Schulter. »Warte mal.«

Er sah sie fragend an.

»Ich liebe dich! Bis morgen.« Ihr ganzer Körper bebte.

Vor Glück.

Wenige Stunden später würde sie sich fragen, warum sie Alex einfach hatte gehen lassen. Warum sie sich nicht über Josefs Wunsch hinweggesetzt und aufeinander aufgepasst hatten. In dieser besonderen Nacht. Dann wäre alles anders gekommen.

Alles.

Aber in diesem Moment flüsterte sie Alex einfach nur liebevoll ein »Schlaf gut« zu.

Kaum hatte er das Zimmer verlassen und war wie ein braver Junge ins obere Stockwerk verschwunden, da fiel Katta ein, dass sie gar keinen Schlafanzug dabeihatte. Sie trug noch immer ihr dünnes Sommerkleid mit der Strickjacke darüber, und beides stank entsetzlich nach Rauch. Ob sie schnell hinterherlaufen und Josef fragen sollte? Ach was! Bestimmt hatte Gabriella irgendetwas halbwegs Passendes in ihrem Schrank, das würde sie sich einfach ausborgen.

Auch der Einbauschrank war schlicht und funktionell, mit Schiebetüren aus blickdichter Papierbespannung. Im Inneren war eine Kleiderstange angebracht, im unteren Teil waren zwei große Schubladen eingebaut, auf der linken Seite mehrere Regalböden, auf denen Hosen, T-Shirts, Schals und Unterwäsche lagen. Katta kicherte. Das konnte ja wohl nicht wahr sein! Gabriella hatte alles farblich geordnet. An der Kleiderstange hingen ein paar Jacken, lange Röcke und einige dieser merkwürdigen Kaftans, die Josefs Tochter so gerne trug. Auf den ersten Blick konnte Katta keinen Schlafanzug, kein Nachthemd oder etwas Ähnliches erkennen. Na gut, würde sie sich eben mit einem frischen T-Shirt begnügen. Oder – halt – da gab es ja noch die Schubladen. Mal sehen, ob sie darin vielleicht eines dieser zarten Spitzenteilchen fand? Oder einen Traum in Rosa? Katta hielt gespannt die Luft an, ein bisschen blöd kam sie sich schon vor, aber was sollte sie denn machen? Gabriella würde doch wohl irgendwo so einen verdammten Pyjama verstaut haben?

Die erste Schublade war komplett leer. Als Katta die zweite aufzog und hineinspähte, lief ihr ein plötzlicher Schauder über den Rücken. Ein eng beschriebenes Papier lag darin. Aber nicht irgendeines, das erkannte Katta schon beim ersten Hinsehen. Es war der Brief, den Miriam am Vortag ihres Todes verfasst hatte. Das wichtige Schreiben, das bewies, dass Miriam sich unmöglich umgebracht haben konnte. Der Brief, den Katta mit Alex zusammen in dem Bildband über Monet gefunden hatte und der ihr aus ihrem Hotelzimmer gestohlen worden war.

Von Gabriella!

»Ich fasse es nicht«, flüsterte Katta in das schummrige Licht des Zimmers hinein. »Du bist es also wirklich, die mein Zimmer durchwühlt hat, du hast den Brief geklaut, der beweist, dass Miriam keinen Selbstmord begangen hat, du bist uns heimlich zur Scheune gefolgt und hast sie angezündet. Du Miststück!«

Wie hatte sie diese Frau so unterschätzen können? Konnte es wirklich wahr sein, dass Gabriella ihre beste Freundin auf dem Gewissen hatte? Katta stellten sich alle Nackenhaare auf, eine Gänsehaut bildete sich auf ihren nackten Armen. Sarah Hansen hatte sie noch vor Josefs Tochter gewarnt, aber Katta hatte ihr misstraut, hatte gedacht, dass Timos Frau alles nur zu dessen Schutz gesagt, vielleicht sogar erfunden hatte. Aber es war die Wahrheit. Gabriella Wild war kalt wie ein Eisblock. Und möglicherweise ging sie sogar über Leichen!

In einem spontanen Impuls lief Katta zur Tür und drehte mehrfach den Schlüssel, der glücklicherweise in der Zimmertür steckte, im Schloss herum.

Sicher war sicher.

Mit zitternden Fingern fischte sie den Brief aus der Schublade.

21. August, für J.:
Warum quälst du mich mit deiner Eifersucht?
Du hast keinen Grund dazu, du machst mir Angst.
Die Malerei hat uns doch immer verbunden, soll sie uns nun trennen?
Das Leben beginnt jetzt! Für uns beide!
Ich lebe. Und du?
Miriam

In diesem Moment, als Katta den Brief noch einmal las, fiel es ihr endlich auf. Mein Gott, wie hatte sie die ganze Zeit über nur so dämlich sein können! Was hatte Alex vorhin noch zu ihr gesagt: *Und die arme Jella muss nicht gleich der Bösewicht sein, nur weil sie so an meiner Cousine gehangen hat. Immerhin waren sie beste Freundinnen.* Jella! *J. W.*, diese Buchstaben standen nicht für Josef Wild. *J. W.*, das war Gabriella. *Für J.*, das bedeutete, dass dieser Brief an Jella Wild adressiert war! Dieser dämliche Kosename, an den hatte sie die ganze Zeit über gar nicht gedacht, dabei hatten Alex und Josef ihn immer mal wieder erwähnt. Warum hatte sie nie ernsthaft an genau diese Möglichkeit gedacht, die jetzt so einfach und naheliegend schien.

»Verdammt!«, flüsterte Katta und stampfte auf dem Boden auf. »Verdammt, verdammt, verdammt!«

Ob sie Alex wecken sollte? Aber vielleicht würde Josef ebenfalls aufwachen, und dann wäre der Ärger groß. Nein, das musste sie alleine hinkriegen. Vor Alex hatte sie noch großspurig angegeben, dass sie Belege für eine ihrer Theorien finden würde. Na also! Einen Hinweis hatte sie schon, dass Josefs Tochter etwas mit Miriams Tod zu tun hatte. Und sie würde noch mehr finden. Sie würde herausfinden, was sich damals zwischen Miriam und Gabriella abgespielt hatte. Und wie es dazu gekommen war, dass die arme Miriam später tot aus dem Wasser gezogen wurde. In das sie sich, da war Katta sich zu hundert Prozent sicher, nicht freiwillig gestürzt hatte.

Um sich wieder zu beruhigen, schloss Katta für einen Moment die Lider, und sofort tauchte Miriams Bild vor ihrem inneren Auge auf. Das Foto, das in Josefs Galerie hing: ein kleines, zierliches Mädchen mit elfenbeinfarbener Haut und kurzen blonden Haaren. Sie lächelte Katta glücklich zu, ihre Wangen waren leicht gerötet, um den Hals trug sie eine Kette mit einem goldgelben Stern als Anhänger. Und dann, wie in einer Art Tagtraum, begann Miriam zu blinzeln. Das starre Bild löste sich auf, wurde zu einem Film in Kattas Kopf. Miriam, wie sie Katta erst anlächelte und ihr anschließend zuwinkte. Hilfesuchend, als würde sie darum bitten, dass man ihr folgen solle. Dann verschwand sie in einer Art Dämmerlicht.

Katta riss die Augen auf. Was war das denn? Träumte sie jetzt schon in völlig wachem Zustand? Oder konnte das tote Mädchen auf irgendeine übernatürliche Art und Weise Kontakt mit ihr aufnehmen?

Sie biss sich auf die Lippen. Seltsam. Mit einem Mal machte ihr das Ganze gar keine Angst mehr, im Gegenteil! Es war eher so, dass von Miriams Erscheinung etwas Beruhigendes ausging. Katta spürte, dass diese Bilder keine Furcht, sondern Mut in ihr auslösten. Miriam brauchte ihre Hilfe!

Katta entschloss sich, Alex auf keinen Fall aufzuwecken. Er würde sie sicher für verrückt erklären, wenn sie ihm von ihrem Tagtraum erzählte. Außerdem – sie hatte die Tür abgeschlossen, was sollte passieren? Wetten, dass sie hier noch einige andere Gegenstände von Miriam finden würde? Beweise dafür, dass Jella Wild schuld war an ihrem Tod?

Fieberhaft und konzentriert begann Katta mit ihrer Suche. Jeden Winkel des Zimmers, angefangen vom Bett und seiner Matratze, durchkämmte sie systematisch.

Nichts.

Auch in den filigranen Regalen, die nur Bücher über Malerei oder Blumen enthielten, in zwei kleinen Schränkchen und auf dem Schreibtisch fand sie keine weiteren Beweise dafür, dass Gabriella die Täterin sein könnte. Katta gähnte. Eigentlich war sie hundemüde, aber sie kämpfte verbissen dagegen an. Sie musste diese Nacht nutzen, schlafen konnte sie zu einem anderen Zeitpunkt!

Als sie noch einmal zu dem merkwürdigen Altar hinübersah, entdeckte sie an der Stelle, an der vorhin noch die Kerze gestanden hatte, einen zierlichen Metallring, der in die Luft ragte. So als könne man mit seinem Finger hineingreifen und etwas daran herausziehen. Normalerweise wäre er dem bloßen Betrachter sicher nicht aufgefallen, aber Kattas aufmerksamem, suchenden

Blick war er nicht entgangen. Zumindest beim zweiten Hinsehen. Als Alex das Bild seiner Cousine hinter dem brennenden Licht herausgezogen hatte, war wohl das Grablicht ein bisschen verrutscht, deshalb hatte Katta den Ring beim ersten Betrachten nicht gesehen. Vorsichtig kniete sie sich davor, pustete die Kerze aus, stellte sie und die Blumen auf den Tisch neben dem Bett und betrachtete die ungewöhnliche Konstruktion. Erst nach einigen Minuten begriff sie: In der Wandnische gab es einen Hohlraum. Und in diesen war etwas eingelassen. Eine schmale Metallkiste, schätzungsweise ungefähr so groß wie ein Taschenbuch, war dort versenkt, und der Ring war der Griff, an dem man sie herausziehen konnte. Wie geschickt! Katta steckte ihren Zeigefinger hinein und zerrte. Es knirschte, Metall klapperte leise, doch die Kiste war zu schwer für Kattas schlanken Finger. Verflixt! Mit den anderen Fingern hätte sie genauso wenig ausrichten können, und für ihren kräftigeren Daumen war der Ring zu klein. Kattas Herz schlug schneller. Und wenn sie eine Nagelfeile in die Fuge zwängte? Vielleicht ließ sich die Kiste auf andere Art und Weise aus dem Hohlraum heben. Super Idee eigentlich, allerdings war ihr ganzer Kram im Hotel. Auch die Nagelfeile.

»Ruhig bleiben, ruhig«, flüsterte Katta sich selbst zu.

Immer noch kniend kniff sie kurz die Augen zu. Was könnte sie in den Ring stecken, um daran zu ziehen? Einen Stift? Quatsch, der würde sofort brechen. Eine Schnur? Blödsinn, die würde reißen. Und überhaupt – wo sollte sie die jetzt herbekommen? Aber ein Pinsel wäre gut! Eines von Josefs sündhaft teuren Dingern mit Metallgriff, das wäre die Lösung. Katta überlegte. Ob das Atelier wohl noch offen war? Egal, sie musste es probieren. Durchatmen und los!

Auf nackten Füssen lief sie zur Tür, schloss auf und streckte den Kopf in den Flur. Keiner da. Mit dem Schlüssel in der Tasche huschte sie über die dunklen Gänge, die Treppe hinunter, aus dem Wohnhaus, zum Atelier. Mit pochendem Herzen packte sie die Klinke und … Gott sei Dank! Nicht abgeschlossen.

Es war, als würde Katta alles in Trance erledigen, als gehörte ihr Körper gar nicht zu ihr, sondern verrichtete wie ein Roboter die Dinge, die eben getan werden mussten. Denn hätte sie auch nur ein paar Sekunden innegehalten und nachgedacht, sie wäre vor Angst schreiend davongelaufen und hätte sich irgendwo versteckt. Stattdessen lief sie wie ferngesteuert auf die Schublade mit Josefs teuerstem Werkzeug zu, öffnete sie und packte einen festen, aber nicht zu dicken Pinsel, stülpte die metallene Schutzkappe darüber und rannte los. Ohne nach links und rechts zu sehen. Schublade zu, Licht aus, Ateliertür zu, über das kurze Stückchen Innenhof zum Wohnhaus, Tür auf und …

In diesem Moment hörte Katta ein Knirschen. Jemand lief mit festen Schritten über Josefs kiesbestreuten Außenbereich.

Genau in ihre Richtung! Katta überlegte nicht lange, wer es sein könnte, sondern stürmte los. Preschte durch die Tür des Wohnhauses, die Gänge entlang, die Treppe hoch zu Gabriellas Zimmer.

Endlich!

Hastig verschloss sie die Tür, lehnte sich von innen dagegen und holte zum ersten Mal wieder richtig tief Luft.

25. GOLDGELB

Twinkle, twinkle little star

Katta legte ihr Ohr an die Tür und lauschte. Draußen war nichts zu hören. Kein Geräusch, keine Schritte. Trotzdem machte es sie ein bisschen nervös, dass jemand ums Haus schlich. Jetzt bloß keine Zeit mehr verlieren! Mit einem Ruck zog Katta die Metallkiste aus dem Spalt. Offensichtlich war es eine Weile her, dass Gabriella sie dort versenkt hatte. Vorsichtig legte Katta die flache Box, die mit einem einfachen Spannverschluss verriegelt war, vor sich auf den Boden. Was sie wohl darin finden würde? Schon hatte Katta die Hand ausgestreckt, da schossen ihr Bilder aus den letzten Kinofilmen durch den Kopf, die sie mit ihrer Freundin Melanie gesehen hatte. Großaufnahmen, in denen plötzlich fiese Skorpione oder riesige Spinnen aus solchen Verstecken krabbelten. Erschrocken zog sie die Hand zurück und schlug für einige Sekunden die Arme um die Knie. Entspann dich, Katta, entspann dich! Ist doch alles nur Einbildung!

Wieder griff sie zur Kiste, lockerte den Verschluss und hob den Deckel des Behälters vorsichtig an. Sie hatte keine Ahnung, nicht die geringste Vorstellung davon, was sie finden würde.

Aber das, was darinlag, hatte sie nicht erwartet. Katta schnappte nach Luft. Der Boden der Kiste war mit königsblauem Samt ausgeschlagen, kleine Stecknadeln fixierten den Inhalt: Miriams Kette.

In der Box lag ihre heißgeliebte Silberkette mit dem goldgelben Stern, dem Anhänger, der auf allen Fotos von Miriam zu sehen war und der ihr eines Tages gestohlen worden war. Daneben lag eine zweite Kette, ebenfalls aus Silber, mit einem orangefarbenen Mond als Anhänger. Die Kette von Gabriella. Wie in der Auslage eines Juwelierladens lagen sie hier friedlich vereint, Miriams und Gabriellas Ketten. Die Talismane, die Josef den beiden Mädchen geschenkt hatte. Jetzt wusste Katta, wer der Dieb von Miriams Kette gewesen war. Gabriella, Miriams beste Freundin.

Aber warum?

Katta betrachtete die Schmuckstücke, als ob sie die Antwort darin finden konnte. Und tatsächlich fiel ihr nach einer Weile etwas auf: Obwohl die Ketten mit Sicherheit aus demselben Schmuckgeschäft stammten, von einem Künstler gefertigt waren, hätte die Wirkung der Anhänger nicht unterschiedlicher sein können: Der Stern glitzerte, blinkte und funkelte tatsächlich wie die kleinen Himmelskörper, die eine dunkle Nacht erhellen können, der Mond dagegen leuchtete bescheiden und gedämpft vor sich hin. Warum Josef wohl die eher unscheinbare Kette für seine Tochter, die auffällige aber für seine Schülerin ausgewählt hatte? Wieder fiel Katta die liebevolle Botschaft ihres eigenen Vaters ein: *Ich wünsche dir einen Himmel voller Sterne!* War es nicht das, was Väter ihren Töchtern wünschten? Einen Himmel voller Sterne? Wollten sie ihnen nicht auch die Sterne vom Himmel holen? Und dieses eingängige Lied vom funkelnden Stern, das Kattas Vater ihr, damals noch als Kinderkassette, von einer Auslandsreise mitgebracht hatte und das sie von da an jeden Abend zum Einschlafen gehört hatte *Twinkle, twinkle little star …*

Eilig zog Katta die Stecknadeln aus dem Samt, nahm das Schmuckstück von Miriam aus der Kiste und legte es auf ihre Handfläche. Ihr Herz zog sich zusammen, während sie mit dem Zeigefinger erst über die Silberkette, dann den filigranen Anhänger strich. Der Gedanke, dass Miriam den Schmuck berührt hatte, war tröstlich. In diesem Moment fühlte sie sich dem verstorbenen Mädchen so nahe wie nie zuvor. Eine ganze Zeit lang hatte Miriam genau diese Kette um ihren Hals getragen, als Schutz und Glücksbringer. Und jetzt lag sie hier, in Kattas Hand.

Gerade wollte sie den Schmuck wieder in der Kiste befestigen, da fiel ihr ein winziges Papierstück auf, das unter dem Samt hervorlugte. Nur ein kleines Fetzchen, fast nicht zu sehen. Mit zitternden Fingern hob Katta den Stoff aus der Kiste. Darunter lag ein flüchtig beschriebener Zettel, den jemand eilig aus einem Schulbuch oder einem Block herausgerissen haben musste, an einer Seite war er völlig ausgefranst. Als Katta ihn herausnehmen wollte, bemerkte sie, dass es nicht ein Zettel war, sondern zwei. Offensichtlich war er zerrissen. Oder jemand hatte ihn absichtlich zerfetzt. Katta las zunächst den größeren Teil:

Liebe Jella, eigentlich hatte ich gehofft, dass es heute hier bei dir einfach eine nette Übernachtung würde. So wie früher. Mit Chips und einem guten Film. Nur wir zwei. Aber du gehst mir mit deiner Eifersucht so tierisch auf die Nerven, ich halte das nicht mehr aus! Erst warst du neidisch, weil dein Vater findet, dass ich besser male als du. Jetzt bist du auch noch eifersüchtig auf meinen Freund. Du kannst mich mal, heute Abend habe ich keine Lust auf deine Gesellschaft!

Das war der eine, große Teil des Schreibens, auf dem anderen kleinen Papierfetzen stand nur noch:

Ich kann nicht mehr. Ich verschwinde!

Katta biss sich auf die Lippen. Das Zimmer, der Brief, alles um sie herum verschwamm, ihr wurde schwarz vor den Augen, der Magen fuhr Achterbahn. Dieser zweite Teil, diese beiden kurzen Sätze. Konnte es wirklich sein, dass Jella …? Nein, so gemein, so hinterlistig konnte sie doch nicht gewesen sein? Verwirrt massierte Katta ihre Schläfen mit den Handballen. Konnte Gabriella, die damals noch eine Jugendliche war, wirklich so viel kriminelle Energie entwickelt haben, dass sie ein paar kurz hingeschmierte Worte der besten Freundin, die aus einer Genervtheit, einer Laune heraus entstanden waren, konnte ein junger Mensch so perfide sein, um später daraus einen Abschiedsbrief zu konstruieren? Aber diese paar Worte waren genau die gewesen, von denen Alex erzählt hatte! Katta hatte sie sich eingeprägt, weil sie die ganze Geschichte von Miriams angeblichem Selbstmord so unglaublich fand. Dass es zwar keinen echten Abschiedsbrief von Miriam gab, dass ausgerechnet ihre beste Freundin Gabriella der Polizei jedoch einen einfachen Zettel mit diesen zwei Sätzen präsentiert hatte.

Sechs Wörter für ein ganzes Leben.

Zum zweiten Mal in ihrem Leben fühlte Katta echten Hass und heftigen Zorn. Beim ersten Mal hatte sich dieser Hass gegen Carlo Wötzel gerichtet, den Geschäftsfreund ihres Vaters. Dieses Mal traf er Gabriella, und zu ihrem eigenen Erstaunen überrollte Katta das Gefühl beinahe noch stärker als damals, dabei ging es gar nicht um sie selbst, sondern um einen Menschen, den sie zwar nie kennengelernt hatte, dem sie sich aber unglaublich nahe fühlte. Katta verspürte den unbedingten Wunsch, Gabriella, die mit ziemlicher Sicherheit für Miriams Tod – in welcher Weise auch immer – verantwortlich war, zur Rechenschaft zu ziehen. Ja, Katta war selbst überwältigt von diesem Gedanken: Sie wollte Rache, zumindest aber Gerechtigkeit. Und mit jeder Faser ihres Herzens wünschte sie sich, dass es ihr gelang, endlich die Wahrheit ans Licht zu bringen. Sie musste Gabriella Wild als Täterin überführen. Und dazu brauchte sie hieb- und stichfeste Beweise. Egal wie!

Noch einmal lief sie zur Tür und legte ihr Ohr daran. Stille. Ein Glück! Bäuchlings warf sich Katta aufs Bett, legte die Kette neben sich, griff nach ihrer Umhängetasche und zog Miriams Tagebuch heraus. Eilig blätterte sie darin, überflog noch einmal jedes Gedicht, jede Notiz. Auf einer der hintersten Seiten fiel ihr eine schmale Skizze auf, die sie schon häufiger achtlos überblättert hatte, aber in diesem Moment sofort erkannte. Der Goldbach war darauf zu sehen, und zwar genau an seiner gefährlichsten Stelle an der kleinen Brücke. Hier noch in schwarz-weiß und ohne Farbe. Katta stöhnte leise auf. Natürlich! Es war die Skizze zu dem Bild, das in Gabriellas Zimmer hing!

Hastig sprang Katta auf, nahm das Gemälde von der Wand und drehte es um. Eine kleine Zahl, die Nummer neunzehn, stand auf der Rückseite. Eine der Nummern, die Miriam in ihrem Tagebuch rot umrandet hatte. Wenn es also genau wie bei den anderen Bildern war, hinter denen Miriam etwas versteckt hatte, musste sich auch hinter diesem Gemälde eine Botschaft verbergen.

Katta schauderte. Mit spitzen Fingern legte sie das Bild neben die Skizze aufs Bett und verglich die beiden Zeichnungen. Kein Zweifel! Miriam hatte den wilden Bach gemalt. Und das Gemälde Gabriella geschenkt? Oder war es eines dieser Bilder, die Miriam gestohlen worden waren, wie Leni erzählt hatte? Auf jeden Fall war es doch ein unglaublicher Zufall, dass Miriam ausgerechnet den Ort ihres Todes gezeichnet hatte. Das war alles sehr, sehr düster, fast wie eine Vorahnung. Katta dachte an einen Satz, den Luna, ihre Kunstlehrerin manchmal zitiert hatte: *Farben sind Spiegel der Seele.* Preußisch- und Kobaltblau, Petrol, Blaugrau.

Waren das die Farben der Angst?

Atemlos ließ sie sich im Schneidersitz auf dem Fußboden nieder und fummelte vorsichtig an der Rückseite der Zeichnung herum. Genau wie bei den anderen Bildern, die sie bereits erfolgreich untersucht hatte, löste sich die Rückwand, und darunter lag eine weitere kleine Botschaft, geschrieben in Miriams krakeliger Mädchenschrift.

Was soll das für ein Freundschaftsbeweis sein?

Ein Treffen am Goldbach beim nächsten Vollmond.

Mitten in der Nacht!

Ausgerechnet an der Brücke!

Wo sie doch weiß, welche Panik ich vor Wasser habe.

Warum verlangt sie das von mir? Meine beste Freundin …

Ich werde es tun. Jella ist es mir wert, aber ich spüre, dass etwas passieren wird.

Mit uns?

Zwischen uns?

Mit mir?

Katta legte den Zettel zur Seite und starrte an die Decke. Es war so still im Zimmer, dass sie ihren eigenen Atem hören konnte. In ihr überschlugen sich die Gefühle. Wut, Angst, Trauer, ja, auch Schmerz. Ihre Empfindungen waren so heftig, dass sie ihr fast die Kehle zuschnürten, wütende, heiße Tränen liefen ihr übers Gesicht. Katta fühlte sich zornig. Und gleichzeitig hilflos. Wie gerne hätte sie Alex neben sich gehabt, Alex, der sie mit seinen starken Armen festgehalten, sie eng umschlungen und die Tränen auf ihrem Gesicht einfach weggeküsst hätte. Ob sie ihn doch wecken sollte?

Quatsch. Dazu war keine Zeit mehr. Sie hatte schon viel zu lange fürs Auffinden der Kette und der Botschaft gebraucht. Katta fröstelte. Vielleicht sollte sie am besten ganz schnell die Polizei rufen. Nee, sie schüttelte trotzig den Kopf. Die würde ihr diese Geschichte sicher genauso wenig glauben wie die von der Brandstiftung in der Scheune. Hirngespinste von zwei Jugendlichen, ein paar Tagebucheinträge, alberne Briefe, die hinter Bildern versteckt waren, ein paar Gemälde.

Nichts weiter.

Ob Gabriella es war, die sie vorhin im Garten gehört hatte? Katta biss sich auf die Lippen. Das wäre eine Möglichkeit. Aber nicht die wahrscheinlichste. Nee, bestimmt waren das keine Schritte, sondern nur ein Tier gewesen, und Gabriella war längst über alle Berge. Geflüchtet. Das wäre auf jeden Fall schlauer. Wahrscheinlich war Josefs Tochter gar nicht zu einem dieser dämlichen Blumenbindertreffen gefahren, sondern hatte sich klammheimlich aus dem Staub gemacht. Weil sie gemerkt hatte, dass Katta und Alex ihr langsam auf die Schliche gekommen waren. Na klar. Dieses Biest!

Katta hatte auf einmal das Gefühl, nicht mehr atmen zu können. Kein Wunder, vor lauter Angst hatte sie das Fenster zugemacht. Aber jetzt brauchte sie dringend frische Luft! Sie stürzte zum Fenster, riss es weit auf, atmete tief ein und aus und starrte lange in die Dunkelheit.

Schon besser. Ihre Lungen füllten sich mit der kühlen Nachtluft, Katta wurde ruhiger. Voll und rund stand der Mond am Himmel und schickte sein silbergraues Licht zur Erde. Aber innerhalb von wenigen Minuten ging das tiefe Schwarz der Nacht in das Bleigrau der einsetzenden Dämmerung über, und das Mondlicht verlor seine Leuchtkraft. Ein ungewöhnlich schneller Farbwechsel für solch eine schwülwarme Sommernacht. Schemenhaft wurden die Konturen der Bäume, Büsche, des Hofes von Josefs Haus sichtbar. Plötzliche raschelte es. Katta stutzte. Was war das da unten? Also doch ein Tier, das sich im Morgengrauen verirrt hatte? Vielleicht ein Fuchs oder sogar ein Reh? Nein, das Lebewesen war größer. Stand da nicht jemand? Sie kniff die Augen zusammen und konzentrierte sich. Eine Gestalt hob sich unscharf gegen die hellen Kieselsteine ab. Jetzt trat sie ins Licht, das den Eingang zu Josefs Atelierhaus beleuchtete, und sah zu ihr herauf.

Es war Gabriella!

26. SEPIA

Nur ein Verteidigungsmechanismus

Der verblassende Mond warf einen letzten hellen Lichtstreifen genau auf Gabriellas Augen. Dunkel und kalt wirkten sie, ein abfälliger Ausdruck lag auf ihrem Gesicht. Katta schauderte bei ihrem Anblick. Eine Weile verharrte Josefs Tochter völlig reglos im Schein der Lampe, und beinahe hatte Katta den Eindruck, als würde Gabriella auf sie warten.

Auch Katta rührte sich nicht vom Fleck. Selbst wenn sie gewollt hätte, sie war unfähig, sich zu ducken oder vom Fenster zurückzuziehen. Wie in Beton gegossen stand sie da und starrte auf Gabriella hinunter.

Stille.

Schweigen.

Dann, nach wenigen Minuten setzte Gabriella sich in Bewegung. Langsam durchschritt sie den Hof in Richtung des Fensters, der Kies knirschte unter ihren Schuhen. Dabei blieb ihr Blick weiter auf Katta geheftet. Ein eisiger, hasserfüllter Blick, der bei dem wartenden Mädchen eine Gänsehaut hervorrief. Direkt unter Katta, fast zum Greifen nahe, machte Gabriella halt. Ihr Gesicht verzog sich zu einer Fratze, und auf einmal fing sie an zu lachen. Nicht fröhlich, sondern hysterisch und schrill. Beinahe krümmte sie sich unter ihrem Gelächter, dabei deutete sie mit dem Zeigefinger immer wieder auf Katta. Die Symbolik war klar: Gabriella Wild lachte Katta aus, verhöhnte sie als kleines, dummes Kind, das beim Detektiv-Spielen viel zu lange den falschen Räuber verfolgt hatte.

Was für eine Erniedrigung!

Katta biss sich auf die Lippe. Wie überheblich diese Frau war, wie selbstgefällig sie mit in die Hüften gestemmten Händen unter ihr stand. Kein einziges Wort war bisher über Gabriellas Lippen gekommen, aber ihre Botschaft vermittelte sich auch so: Sieh doch nur, ich kann machen was ich will. Keiner kann mir etwas anhaben, keiner! Und du, Katharina, kleine Katta, erst recht nicht!

Katta schluckte. Diese Frau war ihr immer einen Schritt voraus, sie wusste genau, was sie tun und wie weit sie gehen konnte, das hier war ihr Terrain, hier kannte sie sich aus. Keiner außer Katta konnte sie gerade hören, das wusste Gabriella. Niemand bekam die Szene, die sich hier abspielte, mit, denn die Zimmer, in denen Josef und Alex schliefen, lagen nicht nur einen Stock höher, direkt unter dem Dach, sondern auch auf der anderen Seite des Hauses. Würde Katta jetzt eilig zu ihnen laufen, um sie zu wecken, wäre Gabriella mit Sicherheit weg. Verdammt! Hatte Josefs Tochter das alles genau geplant? War sie extra von ihrer angeblichen Reise zurückgekommen, um sich jetzt Katta vorzunehmen? Ganz in Ruhe? Ohne Zeugen?

Aber halt, was passierte nun?

Mit einem triumphierenden Gesichtsausdruck hob Gabriella die Hand, winkte Katta zu, als wolle sie sich von ihr verabschieden, spuckte verächtlich auf den Boden, drehte ihr den Rücken zu und schritt langsam davon. Den schmalen Weg am Goldbach entlang, der direkt hinter Josefs Haus Richtung Wald führte. Gabriella flüchtete! Das durfte Katta auf keinen Fall zulassen. Wie gut, dass sie immer noch ihre Kleider und Schuhe trug, so konnte sie sofort losrennen.

Hinterher!

Katta nahm keinen Schlüssel mit, keine Tasche, noch nicht mal die Tür von Gabriellas Zimmer zog sie hinter sich zu. Achtlos ließ sie das Bild, Miriams Tagebuch mit der Skizze, die Ketten einfach liegen. All das spielte jetzt keine Rolle mehr. In dieser Sekunde, als Gabriella zu fliehen drohte, war das alles nicht mehr wichtig, jetzt ging es nur noch darum, Josefs Tochter zu folgen.

Entschlossen raste sie los.

Durchs Haus, die dunklen Gänge entlang, die Treppe hinunter, ins Freie. Gabriella war längst nicht mehr zu sehen, aber während Katta den schmalen Wanderweg hinauflief, hörte sie in nicht allzu großer Entfernung das Knacken trockener Äste. Das musste Jella sein!

Beinahe beschwingt folgte Katta ihr. Sie fühlte keine Angst, als sie aus dem Silbergrau der Dämmerung um Josefs Haus in den dunklen Wald einbog, den die Nacht immer noch mit ihren schwarzen Fingern umklammerte. Katta ließ sich weder vom heiseren Knarren der Äste noch vom Zischen und Rascheln der kleinen Waldtiere um sie herum irritieren. Sie dachte nur an den spöttischen Ausdruck in Gabriellas Gesicht, diesen hasserfüllten Blick, mit dem Josefs Tochter sie angesehen hatte.

Und an Miriam.

Wie lange sie Gabriella schon verfolgt hatte, wusste Katta nicht. Sie hatte jedes Zeitgefühl verloren. Mit einem Mal stand sie an der Brücke, die über den Goldbach führte. Es war genau die Stelle, an der aus dem hübschen kleinen Bächlein, das sich durch den Hotelgarten und an Josefs Haus vorbeischlängelte, ein gefährlicher, rauschender Wildbach geworden war. Klar und kühl war die Luft hier oben, leichter Nebel lag über den Gräsern und dem Schilf am Ufer, an den Sumpfdotterblumen glitzerten winzige Tautropfen. Die düstere Finsternis, die im Wald geherrscht hatte, war verschwunden, auch das Nebelgrau der Dämmerung löste sich langsam auf wie ein Schleier. Über den Gipfeln der Bäume tastete sich die Sonne mit dünnen, aber dennoch kräftigen Strahlen in den jungen Tag vor. Beinahe senkrecht verlaufende Lichtstreifen, ein grandioses geometrisches Muster, wie auf Leinwand gebrannt. Morgenstimmung.

Gabriella lehnte am Brückengeländer und sah Katta lächelnd entgegen. Siegesgewiss.

»Ich nehme an, du hast Miriams Kette in meinem Zimmer gefunden. Als mein Vater mir sagte, dass du dort schlafen wirst, war mir klar, dass du deine kleinen Dreckpfoten nicht von meinen Sachen lassen kannst. Und? Habe ich recht?«

Katta schwieg und kreuzte trotzig die Arme vor der Brust. Gabriellas überhebliches Lächeln widerte sie an. Eigentlich hatte sie sich den ganzen Weg über vorgenommen, sich eine Strategie auszudenken. Sich genau zurechtzulegen, wie sie vorgehen, was sie zu Gabriella sagen und was sie tun sollte. Aber jetzt war ihr Gehirn schlagartig leer. Watte im Kopf.

»Es war nicht ihre Kette. Sie hat mir gehört.« Gabriella legte den Kopf schief. »Es war nur ein Versehen. Mein Vater hat da was verwechselt. Ich war doch sein Stern. Ich! Aber Miriam wollte mir den Anhänger einfach nicht zurückgeben. Böses, böses Kind. Da musste ich mir das Schmuckstück einfach selbst nehmen, verstehst du?«

»Du hast sie gestohlen«, erklärte Katta patzig. »Genau wie den Brief, den du aus meinem Hotelzimmer geklaut hast. Du bist eine Diebin und Ich-weiß-nicht-was-sonst-noch!«

Gabriella hob die Brauen. »Katharina, die Große. Du fühlst dich wohl in deiner Rolle als Rächerin, stimmt's?« Ihr Tonfall war jetzt weniger schneidend, sondern beinahe traurig. »Als ich so alt war wie du, habe ich mich manchmal auch so gefühlt. So stark. Beinahe unbesiegbar.« Sie seufzte. »Manchmal.«

Als wäre ihr der letzte Zusatz unangenehm, als könne sie die Worte wieder verscheuchen, wedelte sie mit der Hand vor ihrem Gesicht hin und her. Dann fuhr sie mit lauter Stimme fort: »Du hast doch keine Ahnung! Weißt du, wie das ist, wenn man die ewige Zweite ist? Wenn man nie so gut ist wie die beste Freundin, geschweige denn besser! Miriam konnte einfach alles: Malen, wunderbare Briefe schreiben, sich gut ausdrücken, jeder wollte mit ihr befreundet sein, alle fanden sie großartig. Und sie war so hübsch. Nicht so wie ich.« Sie wandte sich zum Bach und starrte auf das brodelnde Wasser unter ihr.

Katta ließ sie nicht aus den Augen. »Ist das Grund genug, um die eigene Freundin umzubringen?«

»Ich. Habe. Sie. Nicht. Umgebracht!« Jedes einzelne Wort spuckte Gabriella Katta entgegen. »Es war ein Unfall!«

Sie drehte sich zu Katta um und rannte mit schnellen Schritten auf sie zu. Für eine Flucht blieb keine Zeit. Gabriellas plötzliches Vorpreschen hatte Katta völlig überrascht. Josefs Tochter griff ihr Handgelenk, packte sie am Oberarm und brüllte auf sie ein, ihre spitzen Nägel krallten sich bei jedem Wort tiefer in Kattas Fleisch. Keine Chance, sich zu wehren, Gabriella war stark. Sehr stark. Keifend schleifte sie das strampelnde Mädchen immer näher zum Bach hin, bis schließlich beide auf der schmalen Brücke standen. In der Ferne hörte Katta wieder die Eulen. Es war gespenstisch.

»Wir haben gestritten. Sie hat mich angeschrien, diese blöde Gans hat mich angebrüllt, dass ich sie in Ruhe lassen soll. Da habe ich ihr einen Schubs gegeben. Nur so … ganz leicht … nicht doll. Ich konnte doch nicht ahnen, dass sie ins Wasser fällt und … wie dumm … wieso konnte sie denn auch nicht schwimmen?« Bei diesen Worten überschlug sich ihre Stimme beinahe, dann wurde sie auf einmal ganz leise. »Erst hat sie geschrien. Dann nicht mehr. Ich bin gerannt. Nur weg. Nichts mehr hören. So laut. So leise. Und dann auf einmal nichts mehr. Nichts. Keine Miriam. Nur noch Wasser.«

Mit jedem Wort packte Gabriella fester zu. Katta taumelte nach hinten, so groß war der Schmerz, den ihre Nägel erzeugten. Ihr Rücken stieß gegen das knirschende Geländer, eine einfache Holzkonstruktion, die ihr Gewicht gerade noch so auffangen konnte. Katta versuchte, sich dem harten Griff zu entziehen und sich aus der Umklammerung zu lösen, aber Gabriella hielt sie fest wie ein Schraubstock. Der Ausdruck ihrer Augen brannte sich in Kattas. Pure Verachtung lag darin.

»Lass mich los, du spinnst doch!«, brüllte Katta sie lauthals an.

Gabriella sah sie überrascht und zornig an. Abrupt löste sie ihre Hand von Katta und schlug ihr hart ins Gesicht.

»Sag das ja nicht noch mal, hörst du, nie wieder! Sag nie wieder, dass ich verrückt bin! Das hat Miriam auch zu mir gesagt, kurz bevor sie …« Gabriellas Stimme bebte.

»Kurz bevor sie gestorben ist?«, beendete Katta den Satz.

Ihre Wange schmerzte wie Feuer, aber sie ließ sich nichts anmerken. Mit einer Geste, als wolle sie lediglich eine Fliege verscheuchen, strich sie darüber. Als sie die Hand zurückzog, klebte Blut daran. Überrascht betrachtete Katta die rote Flüssigkeit, die an ihren Fingern klebte. Ein metallischer, leicht süßlicher Geruch stieg ihr in die Nase, als sie den Finger vor ihr Gesicht hob.

Statt eine Antwort auf Kattas Frage zu geben, nickte Gabriella leicht, reckte die gefalteten Hände in die Luft und wisperte: »Ich habe sie geliebt. So geliebt. Aber sie war schlecht. Sie hat meine Freundschaft nicht verdient. Nur noch diesen Timo hat sie im Kopf gehabt. Ich war nicht mehr wichtig.«

»Und welche Rolle hat dein Vater gespielt?«, fragte Katta vorsichtig.

Gleichzeitig dachte sie fieberhaft darüber nach, wie sie aus dieser Situation wieder herauskommen konnte. Sie musste Zeit gewinnen, Gabriella ablenken. Ob jemand gemerkt hatte, dass sie aus dem Haus gegangen war? Alex vielleicht? Katta versuchte sich zu konzentrieren. Wenn sie ganz fest an ihn dachte, das musste er doch merken, oder?

Alex.

Alex.

Alex.

»Mein Vater hat alles zerstört.«

Wie durch einen Schleier vernahm Katta Gabriellas Stimme. Was hatte sie gesagt? Katta blinzelte irritiert. Sie hatte gerade nicht aufgepasst, weil sie immer noch Gedankenbotschaften in Josefs Haus schickte. Zu Alex.

»He, hör mir gefälligst zu, wenn ich mit dir rede!« Gabriella packte sie hart am Arm. »Erst hat er ihr diese Kette geschenkt, dann sollte sie ihn auch noch zu seinen Ausstellungen begleiten. Aber das wollte ich doch machen. Ich habe ihn inspiriert. Ich! Schon immer.«

Als Josefs Tochter sie ansah, stellte Katta fest, dass Gabriellas Augen verquollen und gerötet waren. Ihr Blick war leer.

»Und was macht dieses kleine Biest? Miriam hat sich über meinen Vater lustig gemacht«, presste Gabriella wütend hervor. »Ein alter Mann sei er, hat sie erklärt. Alt und langweilig. Aber das darf sie nicht einfach über meinen Papa sagen.« Wimmernd ließ sie sich direkt vor Kattas Füßen auf die hölzernen Planken fallen, faltete die Hände, wiegte sich hin und her und begann leise zu singen: »Schlaf, Kindlein, schlaf. Der Papa hüt' die Schaf. Die Mama schaut vom Himmel zu, denn Jella, die geht jetzt zur Ruh. Schlaf, Kindlein, schlaf.«

Katta sah sie mit einer Mischung aus Furcht und Mitleid an. Hilfe! Diese Frau war komplett wahnsinnig! Nicht auszudenken, was sie noch mit Katta vorhatte. Wahrscheinlich würde es nicht bei dieser einen blutigen Ohrfeige bleiben. Gabriella war unberechenbar.

»Was hältst du davon, wenn wir jetzt zusammen zur Polizei gehen?«, schlug Katta scheinbar gelassen vor. »Wenn es ein Unfall war, dann musst du das sagen. Bestimmt wird alles gut.«

Ein wütendes Aufheulen war die Antwort. »Niemals. Nie im Leben gehe ich zur Polizei. Wie kannst du auf so eine Idee kommen? Alle denken, dass sich Miriam umgebracht hat. Und dabei soll es auch bleiben. Jahrelang habe ich geschwiegen, warum sollte ich die Geschichte jetzt erzählen?«

»Weil …« In Kattas Augen flackerte die Angst. »Weil ich … weil du mir …«

Stille. Nur Gabriellas erregtes Atmen war zu hören.

»Weil du jetzt Bescheid weißt, meinst du? Kleine Katta. Kleine, dumme Katta. Selber schuld. Du hast alles kaputtgemacht. Auch dein verdammtes Leben. Glaubst du, dass du hier so einfach wieder verschwinden kannst?«

Wie ein gehetztes Tier blickte Katta sich nach einem Fluchtweg um. Bloß weg hier, weg! Aber Gabriella versperrte den Weg ins Dorf. Blieb nur der schmale Pfad zum Goldsee. Gerade wollte Katta losstürmen, da wurde sie von Gabriella an der Wade gepackt. Katta konnte sich nicht mehr halten und fiel der Länge nach auf die schmale Brücke. Ihr Kopf schlug hart auf, aus den Augenwinkeln sah sie den tosenden Bach direkt unter sich. Olivgrün und schlammig braun. Vollkommen undurchsichtig. Wer da hineinfiel, den würde das Wasser verschlucken. Katta erstarrte. Kaum eine Handbreit entfernt wiegte sich eine einsame Seerose in den Wellen. Wie auf dem Bild der toten *Ophelia*, schoss es Katta durch den Kopf. Die schöne Leiche, zart wie eine Blume über dem Wasser schwebend. Ein Zittern fuhr durch ihren Körper. In diesem Moment öffnete die Seerose ihre großen, schneeweißen Blütenblätter und präsentierte ihre goldfarbene Mitte. So nah war sie, dass Katta sogar den schweren, süßen Duft wahrnahm, den sie verströmte.

Offensichtlich war Gabriella ihrem Blick gefolgt. »Wusstest du, dass Seerosen bis zu drei Meter lange Wurzeln haben können?«, fragte sie in die entstandene Stille hinein. »So tief ist das Wasser an dieser Stelle. So tief, Katharina!« Amüsiert sah sie das am Boden liegende Mädchen an.

Erschrocken wollte Katta sich aufrappeln, aber es ging nicht. Sie wollte weglaufen, aber sie konnte nicht. Wollte fliehen, aber es gab keine Möglichkeit. In ihren Augen blitzte wieder die Angst auf. Gabriella lächelte und stieß sie mit einem Fußtritt wieder auf die Planken zurück.

»Katharina. Es ist zu spät, viel zu spät. Du weißt doch, dass ich dich nicht gehen lassen kann.« Ihr Blick verfinsterte sich. »So ein Jammer.«

»Gabriella, bitte. Was soll das? Wir können doch in Ruhe reden. Bitte.«

Katta fröstelte. Vor Angst, aber auch weil sie sich vor ihrer eigenen piepsigen Stimme ekelte. Dieses Miststück Gabriella. Ließ sie um ihr Leben flehen. Wie widerwärtig!

»Was hast du gesagt?« Gabriella kicherte wie ein kleines Mädchen. »Wie heißt das Zauberwörtchen?«

»Bitte«, wiederholte Katta. »Bitte lass mich gehen.«

Gabriella glotzte sie mit weit aufgerissenen Augen an. Ungläubig, und plötzlich fing sie an zu lachen. Sie lachte wie eine Wahnsinnige, ihre Stimme schraubte sich immer mehr in die Höhe, als würde sie über die Bäume, den dichten Wald hinauswachsen wollen. Dann, mit einem Schlag, hörte das Lachen auf und Gabriella streckte Katta die linke Hand hin.

»Na, komm!«

Erleichtert packte Katta zu. Gabriella zog sie mit einem kräftigen Ruck in die Höhe. Doch gerade als Katta mitten in der Bewegung war, sich schwungvoll wieder aufrichtete, versetzte Gabriella ihr mit der rechten Hand erneut eine schallende Ohrfeige, während die Linke Kattas ausgestreckte Finger einfach losließ. Katta schrie laut auf vor Schreck und Schmerz, sie schwankte, versuchte sich zu fangen, ruderte mit den Armen, torkelte. Doch auf dem glitschigen Holz fand sie keinen Halt. Mit einem erstickten Schrei stürzte sie über das niedrige Geländer. Mitten hinein in den kalten, tosenden Bach.

Das Letzte, was sie sah, war Gabriellas überraschten Blick. Wie erstarrt sah sie auf das Wasser, auf Katta hinunter.

Dann war alles dunkel.

27. NACHTBLAU

Grenzüberschreitungen

Katta versank sofort.

Gabriellas Schlag war so heftig gewesen, dass sie beim Sturz über das Geländer für einen Moment die Besinnung verlor. Im wirbelnden Sog des Wildbaches ging sie unter wie ein Stein. Für den Bruchteil einer Sekunde konnte sie ihre Umgebung vor lauter Schmerzen gar nicht wahrnehmen, dann fühlte sich auf einmal alles so leicht an, leicht und schwerelos. Auch ihre Gedanken schienen zu schweben, sich langsam aufzulösen. Sämtliche Geräusche waren weg, wie ausgeblendet.

Stille.

Die Welt über ihr verschwand. Nicht nur neben ihr im Wasser, auch in ihrem Gehirn schienen Luftblasen zu schweben. Katta blieb vollkommen ruhig, ließ es einfach geschehen. Für einige Momente pendelte sie zwischen Gegenwart und Vergangenheit. Aber dann sog sich alles, was sie am Körper trug, voll Wasser, zog und zerrte an ihr. So schwer! Viel zu schwer! Kattas Bewusstsein kehrte langsam zurück. Das dünne Sommerkleid, die Strickjacke, die leichten Turnschuhe, die sie trug, schienen plötzlich viele Kilogramm zu wiegen. Die Kleidung zog sie auf den Grund. Tiefer, immer tiefer. Wo war oben, wo war unten? Je weiter sie sank, desto heftiger dröhnte es in Kattas Ohren. Es war, als würde ein Flugzeug neben ihr landen. Und überall war dieses verdammte Wasser, kaltes, eisiges Wasser. Es drang in ihre Ohren, in die Nase. Sie riss die Augen weit auf, konnte aber nicht viel erkennen. Rings um sie herum war alles trüb, verschwommen.

Ging ihr Leben jetzt zu Ende?

In diesem Moment? Hier?

Katta spürte, wie sie mit den Füßen einsank, dann ging es auf einmal nicht weiter. Das Sinken hörte auf. Angekommen. Ganz unten. Sie stand im morastigen Untergrund. Matschepampe, fuhr es ihr durch den Kopf, wie früher. Und der zweite Gedanke: Das ist deine Chance. Stoß dich ab, Katta, sofort. Nicht aufgeben, du musst kämpfen. Jetzt sofort!

Aber was war das? Ganz ohne weiteres Zutun drängte ihr Körper wie von selbst zurück nach oben. Höher, immer höher. Mit ihrem Kopf durchstieß sie die Wasseroberfläche wie eine Ballonhülle, prustend und mit den Armen rudernd.

»Hilfe!«

Zusammen mit einem Schwall Wasser spuckte sie das Wort heraus. Mehr ein heiseres Japsen als ein kräftiger Schrei. Ihre Stimme gehorchte ihr nicht. Noch nicht. Sie brauchte Luft, sie musste unbedingt tief Luft holen. Atmen, Katta, atmen. Und schwimmen! Los, noch ein Versuch: »Gabriella, hilf mir! Hiiiiiilfe!«

Ihr Schrei durchschnitt die Stille des Waldes, drang bis oben zu den Baumwipfeln, hallte durch die Büsche und Gräser und Farne. Doch Josefs Tochter war verschwunden. Die Brücke war leer. Und weit weg, wie Katta erschrocken feststellte, denn unter Wasser war sie ein ganzes Stück abgetrieben. Mit kräftigen Schwimmstößen versuchte sie oben zu bleiben und sich gleichzeitig weiter umzusehen. Gabriella konnte sie doch nicht einfach hier ersaufen lassen!

»Hilfe! Gabriella! Hilfe, ich ertrinke!«

Auch auf dem schmalen Waldweg war kein Mensch zu sehen. Katta war tatsächlich völlig allein. Allein im eiskalten Wasser, das sie nun wieder mit Macht nach unten zog. Das durfte sie auf keinen Fall zulassen, nicht noch einmal. Sie hatte es bis an die Oberfläche zurück geschafft, jetzt würde sie es bis zum Ufer schaffen. Kattas Herz klopfte in rasendem Tempo. Keuchend kniff sie die Augen zusammen. Da vorne an der Uferböschung hing eine kräftige Wurzel ins Wasser. Sie sah stabil aus. Die musste sie zu fassen kriegen.

Zwei Meter, höchstens. Zwei lumpige Meter.

In der Schule gehörte sie im Sportunterricht zwar nicht zu den Besten, aber sie war eine ganz passable Schwimmerin.

Verdammt, das würde sie schaffen, auch wenn ihre Zähne klapperten und ihr Körper sich anfühlte wie ein Eisblock. Dieses völlig wild brodelnde, wirbelnde Wasser, das in rasender Geschwindigkeit von hier aus ins Dorf brauste. Kalt wie ein Bergsee. Katta biss sich auf die Lippen, ihre Wange schmerzte, ihr Kopf dröhnte, aber sie nahm sich zusammen und mobilisierte alle Energiereserven. Als Erstes streifte sie sich mit einer heftigen Bewegung die nassen Turnschuhe von den Füßen. Die waren nur hinderlich. Danach versuchte sie sich zu konzentrieren, alles andere auszublenden – die Kälte, ihre nachlassende Kraft, ihre Angst vor dem Ertrinken, das Bild der leblosen *Ophelia*, die Erinnerung an Miriams Tod im Bach –, und sich nur auf diese verdammte Wurzel zu konzentrieren.

Als sie an der Stelle vorbeigetrieben wurde, schnellten ihre Arme nach vorne, ihre Muskeln spannten sich und griffen … ins Leere! Shit! Noch einmal. Los, Katta. Nicht aufgeben. Schnell! Sie drehte ihren Körper, um gegen den Strom zu schwimmen, ihre Arme prügelten aufs Wasser ein, Zug um Zug näherte sie sich dem Ufer. Keuchend und schwer atmend kämpfte sie sich zur Böschung hin, zur Wurzel, zur rettenden Wurzel.

Geschafft.

Es waren die längsten Sekunden ihres Lebens, während sie sich mit klammen Fingern an dem Holz mit seinen langen Trieben festhielt, während der Bach sie gierig mit seinem eiskalten Wasser umspülte. Denn jetzt, das spürte Katta deutlich, verließen sie ihre Kräfte. Sie konnte nicht mehr. Und die Böschung war so hoch, dass sie sich mit viel Anstrengung dort hinaufziehen müsste.

War ihr Kampf am Ende doch verloren?

28. Lila

It's magic

»Katta? Bitte atme, Katta. Mach die Augen auf, bitte!«

Diese Stimme.

So weich und zärtlich.

Aber so weit weg.

Weit. Weit.

Weg.

»Katta, bleib bei mir, bitte! Schau mich an!«

Noch immer hatte Katta keine Ahnung, wer da mit ihr sprach.

Wo sie war. Was passiert war.

War sie wach? Oder träumte sie?

Alles drehte sich in ihrem Kopf. Plötzlich streichelte eine warme Hand über ihre Wangen, jemand bedeckte ihr Gesicht mit zärtlichen Küssen. Schön war das. So schön und sanft. Katta blinzelte. Gerne hätte sie die Augen aufgeschlagen, hätte etwas gesagt, aber sie brachte keinen Ton heraus. Jede winzige Faser ihres Körpers schmerzte, selbst das Zucken ihres Augenlides tat weh, unglaublich weh. Bloß nicht bewegen! Und dann wurde sie auf einmal hochgehoben, etwas Warmes legte sich um ihren Körper, und ein flüchtiger Duft stieg ihr in die Nase. Er roch vertraut. Er roch gut.

Das genügte ihr in diesem Moment. Katta ließ sich einfach in dieses behagliche Gefühl hineinfallen.

Der See, über den sie ruderte, glänzte im Mondlicht. Bunte Blumen wippten auf den Wellen, die Katta mit ihren Ruderschlägen erzeugte. Alles war so friedlich. Eine lautlose Nacht. Am Ufer tanzten Dutzende von Glühwürmchen ein stilles Ballett. Die Äste der Trauerweide am See tauchten ihre Äste tief ins Wasser, als wollten sie daraus trinken. In Zeitlupe glitt Kattas Boot auf eine Insel zu, silbern leuchtete sie im Schein des nächtlichen Lichtes. Und dann stand sie auf einmal da: Miriam. Zart wie eine Elfe. Sie strahlte Katta an, neigte den Kopf und lächelte. Anmutig hob sie ihr Kleid und wendete sich zum Gehen. Kurz bevor sie völlig aus Katta Blickfeld verschwand, drehte sie sich noch einmal um und winkte ihr zu. Ein letztes Mal.

Als Katta wieder wach wurde, lag sie auf einem breiten Sofa. Senfgelb und samtig. Erstaunt sah sie nach oben. Irgendwoher kannte sie diesen Raum. Die Zimmerdecke leuchtete zart lila. Ein Kronleuchter mit bunten Glasstücken baumelte über ihrem Kopf hin und her. Die Mittagssonne schickte ihre hellen Strahlen durch die Fenster ins Zimmer und malte zitronengelbe und blassorange Muster auf die Wände.

»Wo bin ich?«, fragte Katta in den Raum hinein.

Sofort beugten sich mehrere Gesichter über sie, sahen sie mit großen Augen an. Kattas Mutter und ihr Vater.

»Katta, mein Engel«, schluchzte Kattas Mutter.

»Katharina!« Das war ihr Vater. »Gott, bin ich froh, dass du lebst!«

»Du bist in meinem Wohnzimmer.« Die dunkle, weiche Stimme gehörte Josef. »Katta, alles wird gut.«

Wo kamen ihre Eltern auf einmal her? Und wo war Alex? Katta versuchte sich aufzurichten. Jemand drückte ihre Hand, streichelte und küsste sie zärtlich. Ein vertrauter Geruch kitzelte ihre Nase.

»Alex«, hauchte Katta.

Ihre Blicke berührten sich. So viel Liebe lag darin, dass Katta warm ums Herz wurde. Da waren sie wieder, die Schmetterlinge im Bauch.

»Kannst du dich aufsetzen?«, hörte sie ihre Mutter fragen. »Hast du Schmerzen, Süße? Willst du etwas trinken? Hast du Hunger? Möchtest du …«

»Ida«, unterbrach Kattas Vater. »Lass sie doch erst mal zu sich kommen. Du stellst viel zu viele Fragen auf einmal. Katta ist doch noch völlig fertig.«

Ein Lächeln huschte über Kattas Gesicht. Das hörte sich nach zu Hause an. Ihre Eltern diskutierten schon wieder miteinander. Ganz normal. Alles war wie immer! Vorsichtig rutschte sie im Sofa höher und drückte sich mit dem Oberkörper gegen die Lehne.

»Was ist passiert? Ich kann mich gar nicht mehr richtig erinnern.«

»Alex hat dich gerettet«, fing Ida wieder an. »Er hat dich aus dem Wasser gezogen. Er ist dir nachgelaufen und …«

Der Blick ihres Mannes beendete ihren Wortschwall.

»Entschuldigung«, meinte Kattas Mutter. »Das erzählt er dir am besten selbst. Wir gehen für einen Moment in die Küche und holen etwas zu essen, ja, Schätzchen?« Sie drückte einen Kuss auf Kattas Wange. »Wir sind sofort gekommen, als wir gehört haben, was passiert ist. Ich habe in den letzten Tagen häufiger mit Josef telefoniert, ich musste doch hören, wie du dich so schlägst. Aber dann kam dieser Anruf … ach, ich bin so froh, dass es dir gut geht, meine Kleine.«

»Josef, Ida, kommt«, meinte Gregor Voss. »Lassen wir die zwei mal für ein paar Minuten alleine.«

Als sie die Tür hinter sich geschlossen hatten, blickte Katta Alex fragend an. »Wie bin ich hierhergekommen? Was ist passiert? Bin ich verletzt?« Vorsichtig tastete sie ihren Körper ab. Tränen standen in ihren Augen. »Oh Mann, ich komme mir vor, als hätte ich auf einer Party zu viel getrunken und würde jetzt völlig ohne Erinnerung aufwachen.«

»Psst.« Alex legte ihr vorsichtig den Finger auf die Lippen. »Mit dir ist alles klar so weit. Wobei …«, er legte den Kopf schief. »Am besten, ich sehe mal nach, ob du auch wirklich richtig okay bist, Prinzessin.«

Er quetschte sich neben sie auf das Sofa, hob die Hände und umfasste Kattas Gesicht. Auch in seinen grünen Augen schimmerten ein paar Tränen. Und dann küsste er sie. Lang und unendlich zärtlich. Als hätten sie sich ewig nicht gesehen, nicht berührt, als wären sie vor Sehnsucht beinahe gestorben. Katta hatte das Gefühl, als würde Alex mit jeder Berührung seiner Lippen ein Stückchen Leben in sie hineinhauchen. Ihr Atem wurde ruhiger, tiefer.

»Mann, ich wäre völlig ausgeflippt, wenn du in diesem Scheißbach ersoffen wärst«, erklärte Alex, nachdem sie sich wieder voneinander gelöst hatten. »Ich bin so froh, dass ich aufgewacht bin und …«

»Der Bach! Gabriella!« Jetzt fiel es Katta wieder ein. »Ich habe mich an der Wurzel festgehalten. Alles war so kalt, so eisig. Und ich hatte überhaupt keine Kraft mehr.«

Alex nickte. »Ich glaube, ich bin echt in letzter Minute gekommen. Der Anblick, als du da im Wasser hingst, war so krass! Du hast schon ausgesehen wie eine Wasserleiche. Ganz blass, mit blauen Lippen und glasigen Augen.«

»Hört sich ja super an.«

»Nee, im Ernst, das war nicht witzig«, meinte Alex. »Ich habe mir solche Sorgen gemacht, ob du noch lebst!«

»Aber wie hast du mich überhaupt gefunden?«

Er streichelte ihr Gesicht. »Ich habe dich gehört. Im Traum. Du hast nach mir gerufen, stimmt's?«

Katta sah ihn entgeistert an. »Das stimmt wirklich. Ich habe so gehofft, dass du es hörst, aber … das gibt es doch gar nicht, oder doch?«

Alex zuckte mit den Schultern. »Keine Ahnung. Auf jeden Fall bin ich mitten in der Nacht aufgewacht und hatte ein total komisches Gefühl. Ich bin zum Fenster gelaufen und habe mir eingebildet, von irgendwoher ein richtig fieses Lachen zu hören. Und dann war da deine Stimme.«

»Gabriella!«, presste Katta hervor. »Sie hat gelacht. Auf einmal ist sie in Josefs Hof gewesen und hat zu mir heraufgesehen. Genau in dem Moment, als ich zufällig am Fenster stand. Sie hat wirklich laut gelacht, sie hat mich ausgelacht. Und dann hat sie mir so richtig blöd gewunken und wollte abhauen.«

Die Tür öffnete sich leise und Kattas Mutter steckte ihren Kopf hinein. »Dürfen wir wieder reinkommen? Ich muss doch auch unbedingt wissen, was passiert ist.«

Katta nickte. Alex wollte vom Sofa aufspringen, aber sie hielt ihn fest.

»Bleib bei mir. Ich brauche dich.«

Sanft küsste er ihre Fingerspitzen, hob ihren Kopf hoch und legte ihn sich auf den Schoß. »Aber wie kannst du denn mitten in der Nacht und ganz alleine diese Frau verfolgen? Das war doch wahnsinnig!«

»Danke«, entgegnete Katta leicht genervt. »Mir blieb doch gar nichts anderes übrig.«

»Stopp«, erklärte ihr Vater, der mit einer Tasse Tee für Katta ins Zimmer getreten war. »Jetzt mal von Anfang an, bitte. Ich verstehe bisher nur Bahnhof. Und obwohl eigentlich nur zählt, dass du hier bei uns bist und dass es dir gut geht, will ich ganz genau wissen, wer meiner Tochter etwas angetan hat.«

»Wir haben außerdem noch jemanden mitgebracht«, erklärte Kattas Mutter und schob Pascal durch die Tür.

»Pascal!«, rief Katta.

Grinsend schlurfte Pascal auf Krücken zum Sofa und setzte sich ans Fußende. »Passt das so?«

Katta nickte. »Bin ich froh, dich zu sehen. Wie geht es dir?«

»Echt krass, dass gerade du mir diese Frage stellst«, meinte Pascal. »Das sollte ja wohl besser ich fragen. Bei mir ist mit einer Nacht im Krankenhaus und der Betreuung durch ein paar superhübsche Schwestern alles wieder paletti, aber du wärst ja fast abgesoffen, habe ich gehört.«

Ein strafender Blick von Kattas Mutter traf ihn.

Pascal lehnte seine Krücke gegen die Lehne des Sofas und sah Katta mit schiefem Lächeln an. »Äh, 'tschuldigung, ich wollte nur sagen …«

»Passt schon«, lachte Katta. »Kein Problem. Dir geht es wieder besser, mir auch, jetzt erzählen Alex und ich einfach mal, okay?«

Und dann berichteten die beiden erst langsam und stockend, dann immer schneller die ganze Geschichte. Wie sie Miriams Tagebuch gefunden, am Selbstmord von Alex' Cousine gezweifelt und wie sie Briefe von ihr hinter verschiedenen Bildern gefunden hatten. Als sie an die Stelle kamen, an der Kattas Hotelzimmer durchwühlt worden war, schrie Kattas Mutter auf.

»Warum hast du uns nichts gesagt, Katta? Ich wäre sofort losgefahren. Oder dein Vater wäre gekommen.« Sie hielt sich erschrocken die Hand vor den Mund. »Gregor, wie schrecklich!

Unsere Tochter wird verfolgt und wir … wir turteln in Venedig herum. Mir wird ganz schlecht!«

Katta drückte Alex' Hand und kicherte. »Wieso seid ihr eigentlich dorthin gefahren?«

Ihre Eltern sahen sich vielsagend an.

»Wir hatten eine Meinungsverschiedenheit«, erklärte Kattas Vater. »Carlo hat sich nicht korrekt deiner Mutter gegenüber verhalten, mehr möchte ich dazu nicht sagen. Und jetzt haben wir uns getrennt. Beruflich und privat. Wir werden uns nicht wiedersehen. Punkt. Und jetzt erzähl weiter, bitte.«

Katta starrte ihren Vater an. Nee, oder? Carlo hatte sich doch nicht etwa an ihre Mutter rangemacht? Zuzutrauen wäre es dem Kerl ja. Irgendwann würde sie nachfragen, was passiert war. Jetzt freute sie sich einfach nur diebisch, dass der blöde Typ von ihrem Vater ausgebootet worden war.

Inzwischen konnte sich Katta wieder an alle Einzelheiten der Nacht erinnern. Wie sie Gabriella gefolgt war, wie diese mit ihr gestritten, sie geschlagen hatte und wie sie schließlich in den Wildbach gestürzt war. Und dass ihr Gabriella nicht zu Hilfe gekommen, sondern sich aus dem Staub gemacht hatte. An dieser Stelle musste Katta heftig schlucken.

»Ich glaube, jetzt erzähle ich mal weiter«, erklärte Alex und streichelte Katta über die Wange. »Ich weiß nicht wovon, aber irgendwie bin ich auf einmal mitten in der Nacht aufgewacht. Mir war übel heiß, und ich hatte gleich so ein ganz komisches Gefühl, dass irgendwas mit Katta nicht stimmen konnte. Also bin ich zu ihr gelaufen und wollte klopfen. War aber völlig unnötig, weil die Tür zu Jellas Zimmer sperrangelweit offen stand. Als ich die Ketten, Miriams Bild, den Tagebucheintrag gesehen habe, war mir alles klar. Es war irgendwie echt wie … ja, als hätte ich die Situation schon mal erlebt. Vielleicht im Traum, ich weiß nicht so genau.«

Kattas Vater sah erst seine Tochter, dann seine Frau mit hochgezogenen Augenbrauen an. Träume. Schon wieder! Das kannte er doch irgendwoher.

Alex ließ sich nicht beirren, sondern fuhr ruhig fort: »Ich bin gerannt so schnell ich konnte. Den ganzen Weg hinauf zum Goldbach. Und da hing Katta an dieser Wurzel. So bleich, so unecht. Als wäre da gar kein Leben mehr in ihr drin.«

»Und dann hast du mich geküsst und gestreichelt und mich hochgehoben?«, flüsterte Katta dankbar.

»Das weißt du noch?«

»Nein, in diesem Moment habe ich nur gewusst, dass mir alles ganz vertraut ist«, antwortete sie.

Kattas Vater war vor Aufregung aufgestanden und lief mit großen Schritten im Zimmer auf und ab. »Zurück zu dir, mein Schatz. Wie konntest du so leichtsinnig sein, diese verrückte Gabriella zu verfolgen? Ganz allein? Mitten in der Nacht? Diese Frau scheint mir doch völlig geistesgestört zu sein.«

Seine Frau zupfte ihn schüchtern am Ärmel. »Gregor, bitte. Gabriella ist immer noch Josefs Tochter.«

Mit dem Kinn deutete sie auf den Maler, der zusammengesunken in einem Sessel saß und die Unterredung bisher schweigend verfolgt hatte. Jetzt richtete er sich kerzengerade auf.

»Die Polizei hat mich vorhin schon angerufen, als ihr gerade in der Küche wart. Jella ist gefasst worden. Sie ist auf der Autobahn in eine Polizeikontrolle geraten. Erst wollte sie flüchten, aber die Beamten haben sie verfolgt und schließlich gestellt. Die Polizisten …«, er räusperte sich, »… sie haben zunächst gedacht, dass sie eine … Geisteskranke vor sich haben, weil meine Tochter so viel wirres Zeug geredet hat. Ich werde euch nachher hier alleine lassen und zu ihr fahren. Ich bin doch ihr Vater! Trotz allem … bin ich … ihr Vater.« In seinen Augen standen Tränen.

Eine Weile herrschte betretenes Schweigen im Zimmer. Keiner der Anwesenden brachte ein Wort über die Lippen. Verlegen sahen sich alle an. Josef tat Katta unendlich leid. Und sogar mit Gabriella hatte sie Mitleid. Irgendwie. Katta hätte gerne etwas Nettes zu Josef gesagt, aber sie wusste nicht, was. Ihr fehlten einfach die Worte. Es war Alex, der als Erster die Sprache wiederfand.

»Jella war einfach so tierisch verletzt, Josef. Das ist zwar keine Entschuldigung für das, was sie mit meiner Cousine gemacht hat. Deine Tochter hat ja auch Katta einfach im kalten Wasser liegen lassen, aber sie … ich meine, du …«, er zuckte hilflos mit den Schultern.

»Aber es gibt im Leben immer wieder Momente, in denen wir nicht wirklich Herr unserer Sinne sind«, fuhr Kattas Mutter ruhig und bestimmt fort: »Manchmal handeln wir nicht rational, und dann können wir froh sein, wenn es sich um Belanglosigkeiten handelt und dic Sache glimpflich für uns ausgeht. Deine Tochter hatte dieses Glück leider nicht, lieber Josef. Sie hat wirklich große Schuld auf sich geladen. Sie hat dich lange angelogen. Nicht nur dich, sondern auch Miriams Eltern. Trotzdem: Nur wer völlig frei von Schuld ist, darf sie jetzt verurteilen oder gar verdammen.«

Katta sah ihre Mutter an. Ein Leuchten umspielte Idas Augen, wie Katta es schon lange nicht mehr an ihr gesehen hatte. Es gab nicht viele Momente, in denen sie sich mit ihrer Mutter einig war, aber in diesem Augenblick liebte sie diese für ihre klaren Worte über alles. Katta war stolz. So hatte sie ihre Mutter noch nie erlebt. So klar, so zielgerichtet. Wo war die alte, verträumte Ida geblieben, die sich Tag für Tag, Stunde um Stunde in ihre Ballettwelt zurückgezogen hatte? Ihr Vater sah sie zärtlich an, Katta runzelte die Stirn. Das Leben war seltsam. Während sich die eine Familie, Josefs Familie, auflöste, fand die ihre gerade wieder neu zusammen. Endlich waren sie Teil der gleichen Welt.

Ida ging auf Josef zu und legte ihm sachte die Hand auf die Schulter. Als Josef sie ansah und müde lächelte, drückte sie ihn. »Sollen wir dich zur Polizei begleiten? Ich glaube ja nicht, dass du Autofahren kannst!«

Josef nickte dankbar. Sein Gesicht wirkte verfallen, greisenhaft. Tiefe Falten gruben sich in seine Stirn, die Mundpartie und die Wangen. Es war, als wäre er in den letzten Stunden um Jahre gealtert.

»Gehen wir?«, fragte er müde.

28. JADEGRÜN

Neuanfang. Hoffnung. Leben.

Es war schon später Nachmittag, als Katta und Alex nach draußen gingen. In der prallen Sonne glänzten die Kieselsteine in Josefs Hof wie ockergelbe Edelsteine, der Himmel war von einer fast unbeschreiblichen Tönung. Eine Mischung aus Azur- und Karibikblau.

Katta blinzelte gegen die Sonne, die warm ihr Gesicht streichelte. Die Luft flirrte vor Hitze, Grillen zirpten. Das Dunkel der vergangenen Nacht, die Erinnerungen wurden übermalt von strahlenden, leuchtenden Farben.

Ein traumhafter Sommertag!

Katta war mit einem Mal so glücklich, dass sie hätte schreien können. Sie drückte sich an Alex, umschlang und küsste ihn, atmete den Duft seiner Haare, seiner Haut ein. Wie warm seine Hände waren, mit denen er sie streichelte, wie laut sein Herz pochte.

Tock. Tock. Tock.

Beruhigend hämmerte es rhythmisch an ihrer Brust.

»Alles wird gut, Prinzessin«, flüsterte er.

»Ich weiß«, wisperte Katta. »Ab jetzt beginnt unsere Geschichte.«

Hand in Hand liefen die beiden zum Atelier von Josef, aus

dem laute Musik drang. Reggae. Der Anblick, der sich ihnen bot, als sie die Tür aufzogen, war genial und komisch gleichzeitig: Pascal hatte seine Krücken zur Seite gelegt. Wie ein Bekloppter tobte er durch den Raum, einen riesigen Pinsel in der Hand, lauthals und völlig losgelöst singend. Auf dem Boden hatte er etliche Farbeimer und gleich mehrere riesige Leinwände verteilt, auf die er immer wieder ein paar Kleckse oder Tupfer auftrug, Linien zog, voller Elan Farbe darüberschüttete oder -spritzte. Kirschrot, Siena, Magenta, Kornblumenblau, Apfelgrün, Weizengelb. Action painting vom Feinsten.

»Alter Schwede!«, entfuhr es Alex.

»Hey, Pascal. Was machst du denn da?«, brüllte Katta gegen die Musik an.

Keine Antwort. Pascal war völlig in seiner Welt versunken.

Erst als Alex die Musik ein bisschen leiser stellte, fuhr er herum.

»Mann, habt ihr mich aber erschreckt!«

Alex deutete auf die Leinwände. »Was wird das?«

»Na, ist heute Kattas und mein letzter Kurstag, oder etwa nicht? Verdammt, ich habe fünf Tage gewonnen, also kriege ich auch fünf Tage. Mit oder ohne Lehrer. Scheißegal! Was ist, macht ihr mit?«

»Klar!«, meinte Katta und angelte sich einen Pinsel aus Josefs riesiger Sammlung. »Los geht's.«

»Warte kurz.« Alex zögerte. »Sag mal, hast du gerade mitgesungen?«

Pascal runzelte die Stirn. »Passt dir schon wieder was nicht?«

»Nun mach dich mal locker, Mann. Im Gegenteil.« Alex schnalzte anerkennend mit der Zunge. »Das war übel cool. He, du kannst das ja richtig.«

»Danke für die Blumen! Ich singe die Lieder schon, seit ich denken kann. Das ist meine Musik. Absolut!«

»Hat Katta dir erzählt, dass wir 'ne Band haben? Und dass wir gerade Reggae spielen?« Alex legte Pascal die Hand auf die Schulter. »Wir könnten ja was zusammen machen? Vielleicht kommst du mal wieder nach Goldbach, wenn ich auch da bin? Würde mich freuen.«

Pascal grinste. »Vielleicht.«

Erleichtert sah Katta von einem zum anderen. Mannometer, das hatte aber ganz schön gedauert, bis sich die zwei zusammengerauft hatten.

»Können wir jetzt endlich?«, fragte sie. Und mit einem Augenzwinkern zu Pascal fügte sie hinzu: »Oder wollt ihr den ganzen Nachmittag hier rumsülzen?«

Alex hauchte ihr einen zarten Kuss auf die Wange. »Macht ihr mal, okay? Das ist euer Kurs. Ich muss dringend etwas erledigen. Meine Tante und mein Onkel werden ausflippen vor Glück, wenn ich ihnen das Porträt von Miriam bringe, das wir … na ja, vor allem du, Pascal … aus der Scheune gerettet haben. Gegen Abend bin ich wieder da, okay? Du kannst ja mal deine Eltern fragen. Vielleicht kann ich bei euch mit nach Hause fahren. Auf Goldbach habe ich nicht mehr so viel Lust.«

Das goldene Licht der Nachmittagssonne spiegelte sich in den Scheiben von Josefs Haus, als Kattas Eltern mit dem Maler zurückkamen. Katta, Alex und Pascal warteten bereits am Tisch im Freien, die frischen Leinwände hatten sie zum Trocknen nach draußen getragen. Auch die anderen Bilder, die sie während des Kurses gemalt hatten, lagen im Freien. Beeindruckt betrachteten Kattas Eltern die Werke, ihr Vater musterte sie eine Weile eingehend, dann nahm er seine Tochter in die Arme: »Ich gestehe, dass ich mich in deinem Talent getäuscht habe, Katharina. Deine Bilder sind richtig gut. Verdammt gut.«

Kattas Mutter hob die Brauen. »Habe ich doch gesagt!«

»Darf ich denn bei meiner Ausstellung auf dich zählen, Ida?«, fragte Josef verlegen. »Ohne Gabriella … ohne Hilfe bin ich aufgeschmissen, und ich kann nicht mehr absagen.«

Ida Voss strich sich verlegen eine Strähne aus dem Gesicht: »Katta, Josef hat mich gebeten, ihm bei der Ausstellung in zwei Tagen zu helfen. Ich habe doch früher neben meiner Ausbildung beim Ballett in einer Kunstgalerie gejobbt. Und das Ganze würde mir solchen Spaß machen … Also Gregor ist einverstanden. Ist das auch für dich okay, wenn ich noch eine Weile hierbleibe?«

Die Augen von Kattas Mutter leuchteten vor lauter Vorfreude auf die neue Arbeit.

»Also für mich ist das voll okay«, mischte Pascal sich ein. »Ich verpacke schließlich die Bilder. Da darf ich auch ein Wörtchen mitreden.«

Alle lachten.

Außer Josef. »Vielleicht muss ich mich daran gewöhnen, dass Gabriella lange Zeit nicht mehr zurückkommt. Vielleicht … muss ich mir etwas Neues aufbauen. Die Hilfe von anderen Menschen annehmen lernen.«

»Mum macht das sicher gut«, meinte Katta. »Sie umsorgt dich voll, wetten?«

»Irgendwann werde ich auch wieder Kurse geben können«, flüsterte Josef. »Auch für dich, Katta, wenn du willst.«

Katta nickte. »Klar, wenn Alex auch mitkommt.«

»Oh nee, geht das schon wieder los?« Pascal schnitt eine Grimasse. »Ich halte es nicht mehr aus!«

Nachdem sich alle verabschiedet und für die nächsten Ferien verabredet hatten, nahm Gregor seine Tochter und Alex mit nach Hause.

Die beiden saßen eng nebeneinander auf der Rückbank und

sahen schweigend zum Fenster hinaus. Wieder fuhren sie die Allee entlang, auf der Katta und ihre Mutter erst vor wenigen Tagen nach Goldbach gekommen waren. Katta kam es vor wie eine Ewigkeit. So viel hatte sich dazwischen ereignet.

So viel Wunderbares. So viel Magisches.

So viel Schreckliches.

So viel.

Die Hängebirken, die rechts und links den Weg säumten, ließen nur hin und wieder den kupferroten Schein der Abendsonne durch. Ihre maigrünen Blätter bewegten sich nicht, kein Lüftchen regte sich, der Wind stand still. Atempause.

»Jetzt würde ich gerne die Zeit anhalten«, sagte Katta leise. »Genau jetzt.«

Alex lächelte sie an.

Katta strahlte zurück. »Ich liebe die Farbe deiner Augen. Sie ist so besonders.«

»Einfach grün«, meinte Alex.

»Nein!« Katta schüttelte den Kopf. »Jadegrün. Die Farbe des Glücks. Ich könnte darin versinken.«

»Das sollst du auch, Katta. Jetzt. Sofort!«

© Barbara Rose

Barbara Rose arbeitet als Kinder- und Jugendbuchautorin und Journalistin. Farben, Malerei und Musik spielten schon in ihrer Kindheit eine wichtige Rolle. Im Modeatelier ihrer Mutter lief immer Musik, die Wände hingen voller Gemälde, die Barbara Rose abzumalen versuchte. Leider mit ziemlich mäßigem Erfolg. Im Gegensatz zu ihrer älteren Schwester, die das Malen zu ihrem Beruf machte. Barbara Rose tröstete sich damit, dass sie beim Radio Sendungen für Jugendliche moderieren und die neuesten Songs hören durfte. Später begann sie, Bücher zu schreiben. Dazu hört sie oft die passende Schreibmusik. An jedem freien Platz ihres Büros hängen und stehen Bilder – in allen Größen und Variationen. Unter anderem die, die ihre Kinder für sie gemalt haben. Die Autorin wohnt mit ihrer Familie in der Nähe von Stuttgart.